文學研究叢書・文學理論叢刊

比較文學・現代詩

增訂版

古 添 洪 著

目次

增訂版序

　　在這裡我增加了三篇論文。一為〈集異記考證與母題分析〉，是我國考據學與西方母題學的結合，也同時援用了杜鐸洛夫的「奇幻體」理論，以闡述志怪小說集《集異記》的詭譎特質。這篇論文與原有的〈唐傳奇的結構分析〉恰為一對。另一為〈論桓夫的「泛」政治詩〉，也是與原有的〈名理前的視境：論葉維廉詩〉相映成趣。桓夫與葉維廉是我最心儀的前輩詩人，他們的詩非常耐讀，詩質最好；現在得以在增訂版裡放在一起，對我可謂是一大樂事。另一為置於全書之首的〈中西比較文學：範疇、方法、精神的初探〉。這篇論文可說是這系列研究的開端，是其時蘊含在心裡的理念與前提，也可說是研究探索後經驗的總結。一九七六年，我趁撰寫國內第一本比較文學論文集《比較文學的墾拓在臺灣》（與陳慧樺合編）序文之便，提出比較文學的中國派。這篇論文即為我首度的系統論述，謂中國派綜合法國派及美國派之長，強調文化模式及差異，並提出「闡發研究」的比較方向，在中國文學詮釋裡，開一個比較文學的窗口。增訂版裡也隨手作了一些文字訂正，不在話下。

　　在目前的回顧裡，筆者願意說，這些論文，不僅是對個別比較主題或臺灣現代詩篇的詮釋，而更是在中西比較文學的廣闊世界裡，我個人從事耕耘之初，對閱讀模式與方法的試驗與提供。

古添洪

2010 年 10 月 10 日於花蓮

初版原序

　　本書分為兩部分。第一部分是關於比較文學的，第二部分是關於現代詩的。比較文學與現代詩都是新興的產物，而本論文集所採取的各種研究方法，也是新穎的。在此意義而言，本書是相當前衛的。

　　比較文學是超越國家疆域的文學研究，也就是在兩國或兩國以上的文學上從事文學研究；或研究其影響，或研究其異同。前者是法國派的重心，後者是美國派的重心。但無論如何，上乘的比較文學論文，都得超乎影響與異同，而能進一步闡發文學的原理及本質。

　　西方的比較文學學者，在西方諸國的文學世界裡作比較文學的研究，是較為容易。因為西方諸國的文學，大致而言，有著同一的文學基礎，那就是希臘羅馬的文化，以及基督教文化，而諸國間的文學影響也是歷歷可陳。然而，這種囿於西方諸國文學的比較文學研究，在中西文化互為激盪的今日看來，無寧是狹窄的。新的廣闊的領域，應是中西方的比較文學研究，它由於文化背景的不同，更能顯示諸國文學的本色，而所歸納出來的理論以及探索出來的文學本質，才是兼容並蓄，才是世界性的。這種中西方的比較文學研究，尚在起步階段，前途是大有可為的。

　　在中西文學的比較研究上，除了作影響及異同研究外，中國學者似乎又墾闢了一條新途徑，也就是闡發。我與陳慧樺君合編《比較文學的墾拓在臺灣》一書（臺北市：東大圖書公司，1976 年），

序中我們便曾宣言說：

在晚近中西間的文學比較中，又顯示出一種新的研究途徑。
我國文學，豐富含蓄；但對於研究文學的方法，卻缺乏系統
性，缺乏能深探本源又能平實可辨的理論，故晚近受西方文
學訓練的中國學者，回頭研究中國古典或近代文學時，即援
用西方的理論與方法，以開發中國文學的寶藏。由於這援用
西方的理論及方法，即涉及西方文學，而其援用亦往往加以
調整，即對原理論與方法作一考驗，作一修正，故此種文學
研究亦可目之為比較文學。我們不妨大膽宣言說，這援用西
方文學理論與方法並加以考驗、調整以用之於中國文學的研
究，是比較文學中的中國派。

我們又說：

我們寄望以後的論文能以中國文學研究作試驗場，對西方的
理論與方法有所修訂；並寄望能以中國的文學觀點。如神
韻、肌理、風骨等，對西方文學作一重估。

本書中的比較文學論文，一共有七篇，大致說來是中國派的。前三
篇皆屬於比較批評。首篇是把翁方綱的肌理說與藍森的字質結構說
作平行的比較，互為批判，互為闡發，以求對詩或文學的結構有一
較周延的洞察。其二是關於直覺與表現的問題，其探討以克羅齊的
直覺理論為起點，加以思辨性的批評，並引用中國文學批評上的相

關資料，以求對此課題有一更清晰的洞悉。從這兩篇論文中，我們得見中西方對文學的看法，各有千秋；我國文學批評家雖不慣作系統的論述，而其洞察力卻絕不遜於西賢。其三是關於中國文學批評中的評價標準，是援用西方人所歸納出的評價標準類型以歸納中國的評價資料，以獲得一簡賅的綜覽。

第四篇，是對作品的實際分析。在此，我借用了結構主義的方法，把 Greimas 所標示的三結構點歸結到契約上，並提供這契約說理論基礎。然後，我以這契約結構為基準，來分析唐代傳奇的結構。在這樣的分析下，傳奇的結構就顯得具體起來如骨骼般歷歷可陳了。接下的三篇，是對元雜劇的研究。〈悲劇：感天動地竇娥冤〉與〈喜劇：楊氏女殺狗勸夫〉是姊妹篇。西方戲劇，自亞里斯多德以來，即被分為悲劇與喜劇兩大類型，如一線的兩極，互為對照。筆者即試圖援用此悲劇、喜劇的美學觀點，來分析我認為是元雜劇中最具有悲劇、喜劇本質的兩篇作品。其中，我也指出了由於文化及劇種的差異所產生的變異。另一篇是〈秋胡戲妻的真實意義〉，其中我並沒有援用西方的理論；在我心目中，我是把它當作為團圓劇的例子，雖然在文中我沒有標明。團圓劇應是中國劇的本色所在，它建基於我國的中庸思想與恕道上，是值得表彰的。

現代詩如果以胡適先生的《嘗試集》開始，至今已近六十年的歷史。如果以三十八年政府遷臺算起，也將近有三十年的歷史。許多批評家已指出臺灣早期的現代詩與大陸時期的現代詩兩者的淵源，也同時指出了其因諸種因素而形成的特有的風格。概言之，這風格是著重個人的內心世界，以藝術為依歸，而其表現形式及文字往往流於晦澀難懂。這種藝術風格，在新生代的詩人中，已漸漸改

變。適逢其時，關傑明等對現代詩的晦澀大肆攻擊，於是此種藝術風格的缺失便為世所目睹，而新生代的明朗風格便同時為詩壇所注意。

然而，新生代的詩人，其成就往往未能為詩壇所認可。要成名，則須聯群結黨，互相吹棒；或大吵大罵，以邀名聲；或求得一兩前輩詩人，加以提攜方可。如此，正確的批評便無由產生。筆者有鑑於此，以嚴正的態度寫成了兩篇詩評，一是關於陳明台君的，一是關於郁銓君的。前者我指出了明台君兩組詩中的心路歷程及其白描的特色，後者我指出了郁銓君詩中神話的本質，如宇宙流轉的籟音。此外，趁《大地詩選》出版之便，我寫了〈大地詩選所展示的世界〉一文，對大地詩社中諸詩人所展示的諸種風貌及其成就，作了一簡單的概述。新生代的詩人終於唱出了自己的聲音。

新詩評論部分，除了以上所述，尚有兩篇。一是〈寫實心態與即物手法的傳統〉，此篇是有鑑於現代詩多用超現實之筆，故特指陳中國詩的寫實與即物傳統，企望回歸於正途，並指出現代詩人的傑作，與此傳統實聯綿相承，以增其信心。一是〈名理前的視境：論葉維廉詩〉，我細讀葉維廉先生的詩，深覺其詩篇的特質，是以名理前的視境以察物，而這名理前的視境正是中國古典詩中優秀的詩人優秀的詩篇中所沿用的。這也許是我寫成該文的主因吧！

這些比較文學與現代詩的論文，是這三年來就讀於臺大外文研究所比較文學博士班所寫就的。它們是我在比較文學與現代詩的路上探索的一列足跡。對我而言，這本書是象徵著我學術生涯上的一個路程。此外，我用英文寫就的草稿，尚有：〈想像與神思〉、〈詩乃

半有機體論〉、〈元雜劇：一個特殊的劇種〉、〈中國古典小說中的超自然架構〉以及〈葉慈自我靈魂的對話與陶淵明形影神的比較〉諸文，以後有機會希望能用中文重寫，以就正於高明。（按：〈直覺與表現的比較研究〉及〈中國文學批評中的評價標舉〉未列入本增訂版中。二文可見《比較文學的墾拓在臺灣》一書。）

一九七六年九月五日於美國加州

上編

中西比較文學：範疇、方法、精神的初探

一

　　「比較文學」（Comparative Literature）本身尚是一個發展不久的文學研究。「比較文學」一直是以歐洲為本位，研究歐洲各國文學的關係。一直到第二次世界大戰結束，即使在美國的學院裏，比較文學仍然是歐洲本位，連美國文學也被忽略，更遑論東方文學了。[1]漸漸地，著名的學家如韋勒克（René WelleK）、雷文（Harry Levin）、艾登保（Renè Etiembe）、符朗士（Horst Frenz）等開始積極注意東方，但在比較文學的領域裏，東西比較文學研究仍佔不到任何地位。然而，在美國學院裏也有時召開東西比較文學的討論，如在一九五四年，符朗士與安德遜（George Anderson）在印地安納大學召開該校首屆的東西比較文學會議（First Indiana University Conference on

---

1　見 Horst Frenz, "East-West Literary Relations: Outside Looking In," *Tamkang Review*（簡稱為 *TR*）, Vol. VI, No.2 & Vol. VII, No.1（Oct. 1975-April 1976）, pp. 11-12.

Oriental-Western Literary Relations）[2]。至於以中國及西方文學作為研究重心的「中西比較文學」，不妨以一九七一年七月在臺北淡水淡江文理學院召開的第一屆國際比較文學會議作為其升旗禮，而成為「比較文學」下的一環。[3]（當然，在此以前，許多在外國留學的中國學者的許多論文已屬於中西比較文學的範疇）。然而，「比較文學學會」的成立，則有待於一九七四年[4]。一九七五年八月「比較文學學會」召開第二屆國際比較文學大會，中外學者濟濟一堂，極一時之盛。[5]此後，每年舉行國內的比較文學會議，在規劃方面似乎已大事底定。在此時刻，正宜對「中西比較文學」的範疇及方法，作一探討，這樣或有利於其將來的發展。本文即擬對此課題作初步的試探。旨在拋磚引玉，希望能引起學者們深入的探討。

「中西比較文學」既屬於「比較文學」的一環，所謂他山之石，可以攻錯，我們不妨檢討一下一向以西方諸國文學為研究重心的「比較文學」（我們實不妨名之為西方比較文學），取其長而補其短，然後對「中西比較文學」作初步的定位。主要目的既在檢討西方比較文學的範疇與方法，也就不必對其作通盤的細節的歷史考察。最捷當的方法，莫如從所謂法國派與美國派之爭起，作為我們討論的起點。如我們前述，比較文學一向以歐洲文學為中心，更以法國為主，

---

2 見 David Malone, "Cultural Assumptions and Western Literary Criticism." *TR*, Vol. VI, No.2 & Vol. VII, No.1（Oct. 1975-April 1976），p.56.

3 大會論文彙集於 *TR*, Vol. II , No.2 & Vol. III, No.1（Oct. 1971-April 1972）.會後 A. Owen Aldridge 於 *YCGL*（No.21，1972）發表一文，加以讚美。

4 英文章程見 *TR*. Vol. VI, No.1（April 1975），pp.189~201。中文章程見《中外文學》三卷四期，1974。

5 大會主要論文見 *TR*. Vol. VI, No.2 & Vol. VII, No.1（Oct. 1975-April 1976）. 會中之總結 A. Owen Aldridge, "The Second China Conference : A Recapitulation " 同時於 *YCGL*（No.25, 1976）發表。

漸形成以法國為中心而討論其與歐洲諸國的文學關係，有相當強的國家主義傾向。而其研究方法注重影響，尤重事實性文學傳播及接受，僅作文學外環的研究[6]，遂引起美國比較文學者的不滿。一九五八年九月在教堂山（Chapel Hill）舉行的第二屆國際比較文學會議（Second Congress of The International Comparative Literature Association）法國派與美國派的衝突便強烈地展開，尤以韋勒克〈比較文學的危機〉（"The Crisis of Comparative Literature"）一文，引起爭論，被目為美國派的宣言。對於這次法國派與美國派的爭執，任麥（Henry Remark）事後同時寫就互為補充的兩篇文章，有很公允的評論與建議。這兩篇文章就是〈比較文學在十字路口：診斷、治療與指測〉（"Comparative Literature at the Crossroads：Diagosis, Therary and Prognosis", *YCGL*, IX,1960）以及〈比較文學：其定義及功能〉（"Comparative Literature, its Definition and Function", 1961）。我們現在就以這兩篇文章作為討論的基礎，旁及其他相關文章，以探討比較文學的範疇與方法，探討法國派及美國派的得失，探討任麥所提出的折衷與建議，並檢討其他的可能途徑。任麥在〈比較文學：其定義及功能〉一文中，開宗明義地說：

> 比較文學是超越國界的文學研究，是研究文學及其他學科的相互關係，如文學與諸種藝術（如繪畫、雕刻、建築、音樂等）的關係，文學與諸種社會科學（如政治、經濟、社會等等）的關係。簡言之，比較文學是把一國的文學與另一國或多國的文學作比較的研究，以及把文學與其他表現方式作比

---

6 參 René Wellek, "The Crisis of Comparative Literature," *Comparative Literature. Proceedings of the Second Conference*, 1, pp.149-159.

較的研究。[7]

　　如此，照任麥的看法，比較文學有二範疇。其一是諸國文學間的比
較研究，其二是文學與其他學科的比較研究。美國派是承認這二範
疇，但法國派僅承認第一範疇為比較文學。他們對第二範疇雖然感
興趣，然卻反對把第二範疇歸入比較文學。最大理由是，第一範疇
與第二範疇的研究是截然不同的，沒有什麼有力的邏輯把兩者連為
一體而置於一名目下。後者的研究，與其名之為比較文學，倒不如
名之為比較藝術或科際的比較研究。把兩者分開，才能眉目清晰地
見出比較文學的特質，才能使比較文學在大學院中成為一界定清晰
富有尊嚴的學科，而非混雜不清的。就比較文學的二大範疇而言，
筆者是服膺於法國派。

　　法國派與美國派除了對比較文學的大範疇有異見外，兩者在比
較文學的方法及旨趣上，亦有所不同，這裏所謂的法國派，是指梵
第根（Van Tieghem）、迦里（Jean-Marie Carré）、基亞（Marius-Fransosis
Guyard）等比較文學者所提倡的學派。他們愛處理憑客觀事實便可
尋得答案的問題，提倡「影響研究」（influence study），偏重資料
（source）的發掘。因此，他們不甚贊許僅僅指出異同或樂於概括而
簡化的所謂綜合（synthesis）的比較研究。任麥批評這種影響研究
過於偏重資料的發掘，而忽略了真正值得注意的文學問題：對外來
的影響，受影響國的文學保留了什麼而排斥了什麼呢？這些新的外
來東西為什麼以及如何被吸收及溶為一體於影響國的文學中？這影

7　見 Henry Remark, "Comparative Literature, Its Definition and Function," in
　　Comparative Literature: Method and Perspective, edited by Stalknecht &Frenz
　　（Southern Illinois Univ. Press, 1961）, p.3.

響與吸收究竟獲得了什麼成就？[8]筆者完全同意任麥的看法，影響研究應從狹窄的資料發掘進入保留、排斥、吸收、變化、融會、貢獻等一系列的內在的影響過程，憑此以洞察文學的創作過程及文學史的演變。如此，影響研究才是名副其實，有其真正的價值。[9]任麥進而批評法國派對「綜合」（synthesis）之視為畏途過於謹慎。任麥強調「綜合」的重要性，以為是研究的指南。任麥說：「我們必須要有綜合（synthesis），否則，文學研究就得永遠囿於破碎不全與孤離的劣境。」[10]。似乎，任麥有著羅馬大帝國歐洲一統的觀念在其思維的深層。事實上，歐洲諸國雖基本上承繼希臘羅馬基督教的文化傳統，但自羅馬大帝國瓦解而諸國並起以來，各國的差異性仍是頗大的。反映於文學上的也是如此。就以文學上的浪漫主義（Romanticism）為例，歐洲諸國就有著顯著的差異。[11]當然，較之東西文化及其文學，其差異當然少，而獲得「綜合」的可能性較高了。綜合誠重要，關鍵是所獲得的綜合是表面的呢？還是深度的呢？是勉強的呢？還是自然的呢？如果先有了「綜合」作為「指南」，硬要把「綜合」湊出來，那是不僅無益而是有害的，毋寧順其自然，能有「綜合」誠佳，達不到綜合也無所謂。

　　法國派的主張、得失及其潛能已略如上述。現在我們來探討美國派。從美國派學者的文章看來，似乎重在攻擊法國派，指出其流失，以反為立，面對自身理論的建設與提出，似乎沒有大事擂鼓，

8　參同上，p.4.

9　關於影響研究之深入檢討可參 Claudio Guillén, "The Aesthetics of Influence Studies in Comparative Literature," *in Comparative Literature. Proceedings of the Second Congress.* I, pp.175-192.

10　參 Henry Remark, "Comparative Literature, its Definition and Function,"p.5.

11　參 Henry Remark, "West European Romanticism: Definition and Scope," in *Comparative Literature: Method and Perspective*, pp.233-259.

旗幟不甚分明。大致說來，美國派對法國派略成對立，主張：（一）
比較文學的內在研究，注重其「文學性」（literariness），主張文學史
與文學批評不可分家。此點是韋勒克〈比較文學的危機〉一文的重
點。（二）主張擴大比較文學的範疇，沒有「影響」下的兩國文學中
的諸作品，如果有類同性（affinity）的話，亦可作比較，這就是美
國派的類同研究（affinity study）。（三）提倡問題式的平行研究
（parallel study），如對兩國以上的文類、主題、神話、表現技巧等
作平行與對照的研究。誠然，美國派的主張，使比較文學的疆域大
為擴張，然而，在實行上卻是陷阱重重的，很容易流於主觀主義與
印象主義[12]。比較文學上的美國派，是深受「新批評」（New Criticism）
的啟發。比較文學美國派的流弊，也就是新批評的流弊。「新批評」
繼承了俄國形式主義（Russian Formalism）把「形式」從社會、時
代、作者的意識型態相激盪的作品中分割出來而視作一抽象的實體
來分析，是反歷史的。[13]無可諱言，「新批評」易有這種流弊，但如
謹慎處理，加入歷史的意識，則未嘗不可。誠如雷文所辯護：「一些
馬克思文學批評主義者惡意地僅從他們對新批評的過分簡化了的印
象式的認識出發而謂新批評是反歷史的。事實上，如果直接審察我
們文學批評的產品，他們就曾看到在我們的批評裏，歷史主義
（historicalism）仍然是占較大的比重。他們就會看到美國的一些學
者們對社會學、對意識型態、甚至對馬克思主義加以嚴肅的考慮與
注意。我們嘗試把比較置於特定的時空裏。」[14]換言之，新批評是可

12　參 A. Owen Aldridge, Preface to *Comparative Literature: Matter and Method*
　　（Univ. of Illinois Press, Urbana, 1969）, p.5.

13　參 Henry Remark, "Comparative Literature at the Crossroads," *YCGL*, Vol. IX,
　　1960, p.5.

14　見 Harry Levin, "Comparing the Literature," *YCGL*, Vol.17, 1963, p.13.

以與歷史主義合而用之，在歷史的時空裏作文學性的、分析性的研究。是否能運用得宜，那就有賴於批評者對歷史的認識以及對歷史的遵循的程度了。

二

這些法國派、美國派的主張對我們的「中西比較文學」有什麼借鑑呢？我們對「影響研究」、「類同研究」、「平行研究」持什麼態度呢？如何兼容並蓄補其長而去其短呢？在「中西比較文學」的範疇裏，是否可有新的途徑或新的重點，而形成所謂「中國派」？茲一一略作探討如下：

（一）對於所謂「影響研究」，有法國派正統式的，也有修正式的，已如前章所述。兩位不同國家的作家，有直接或間接的影響，那就能提供一穩固的研究基礎，那是最理想的。然而，研究方面，應超越法國派傳統式的事實證據，進入文學內部的研究，研究此影響如何被吸收、改變、融會而貢獻於另一國文學中，也就是一傳統如何吸收另一傳統的某些分子而成為血肉的一部分，或一作家如何吸收另一作家的某些分子而成為其血肉，助長或改變其創造。葉維廉及鄭臻對龐德（Ezra Pound）如何接受中國思想及美學的研究，可堪稱為此方面的模範。有「影響」作為基礎的比較文學，可說是比較文學中最堅強的陣壘。

（二）然而，如果「比較文學」必須要有「影響」作為基礎，則其範圍就過窄，而且會造成對一些不入流的文學作研究（以其有影響作基礎故），造成人力的浪費。更重要的是抹煞了一些有價值的研究（以其無影響作基礎故）。美國派就是有鑑於此，要開拓有價值

的領域，故提倡類同研究（affinity study）。但注意的是，如上節所論，美國派作類同研究，其目的在尋求「綜合」（synthesis），尋求所謂文學的共通性。理想是很好，但事實上，所獲得的「綜合」往往流於表面化或勉強化。尤其是在「中西比較文學」的特定領域裏，由於中西文化及其文學傳統差異性的鉅大，對這目標中的「綜合」，我們得特別小心。其實「類同研究」其目的並不如美國派所堅持的「綜合」，它只是一種方法學，它有其他的潛能。「類同研究」作為一種方法學而言，只是要求在選擇比較題材時，要有其類同性，作為比較研究的基礎，就猶如影響研究之以影響作為基礎，但目的實不必限於綜合，而可從這類同中彰明其差異，就猶如在影響研究中，超出發掘事實的範疇而進入文學內部的研究。這可以說是對美國派類同研究的修正，把重點移於異而不限於綜合。這在「中西比較文學」的特定領域裏，我想是有此修正的必要。因為中西文化及文學傳統的差異，綜合極為難得，要避免外國學者動輒以「綜合」來責難，倒不如先聲明「綜合」並不是唯一的量度標準。套用馬龍的話，西方國家對其他國家往往有著帝國主義的態度，[15]稍作冒險的假設，也許美國派所謂的「綜合」（synthesis），多多少少有點大一統的味道。在世界大同尚渺然之際，綜合是謹慎些好，否則，恐怕有點欲速不達或超時代了。與其膚淺的危險的「同」，倒不如堅壁深壘的「異」。比較文學是諸國文學的比較研究，與國別文學相對立。比較文學中的「同」應置於諸國文學中的「異」上，而「異」是置於文學的「同」（通性）上。這異同的相互對照而缺一不可的關係，是比較文學的特色，使其有別於「一般文學」（general literature）。在「中

---

15 參 David Malone, "Cultural Assumptions and Western Literature Criticism," *TR*, Vol.VI, No.2 & Vol. III, No.1, pp.55-67.

西比較」文學上，這同異應溯源至文化的深層，這樣才有根。又鑑於中西方長久的相當隔絕，中西方文化的迥異，中西比較文學毋寧應著重「異」，而希冀「同」於將來，經由一黑格爾的積極的正反合辯證過程。

（三）對比較文學領域的再進一步的擴充，也就是美國派所提出的對問題的平行研究（parallel study）。對問題的平行研究可說是類同研究的延伸。類同研究是以類同作為基礎，而平行研究則以問題作為基礎。（我們不妨說，同一問題也就相當於類同了）。平行研究的目的，則不再強調綜合，而是強調兩傳統的平行與對照，這在中西比較文學上是一重要的領域。任麥在〈比較文學在十字路口〉一文中，也指出這種平行與對照的研究在東西比較文學上特別有前途。[16]為什麼特別有前途呢？任麥沒有加以發揮。顯然地，這平行研究擴大了東西比較文學的可能性。東西方的正式有廣度深度的交流，始自近代，始自西方列強的侵略東方，因此，如果限於影響研究，近代以前的東西文學皆無法作大幅度的比較。即使擴大為「類同研究」，由如東西方文化及文學的差異，有相當類同基礎的比較題材也不易得。那麼，要打開這大門，就非平行研究不可。平行研究包括文類、主題、神話、技巧、文學史分期、文學批評等，是以問題為核心，把兩傳統對某問題的不同處理作一平行對照的考慮，目的是對這問題有一更廣闊而深入的了解。這廣闊而深入的了解，有點近乎類同研究的「綜合」。正如我們一向所強調的，我們不應排斥「綜合」，問題是不應強求綜合，不應以綜合作為鵠的，而損害了研究的真誠。從「平行研究」這一詞義而論，是毋寧強調對照多於綜合。這樣的研究，這樣的鵠的，才切合「中西比較文學」的實際。

---

16 參 Henry Remark, "Comparative Literature at the Crossroads," pp.31-32.

以上是西方比較文學的諸種方法在特定的「中西比較文學」下的一些調整。現在我們來探討一下「中西比較文學」的一些新可能。利用西方有系統的文學批評來闡發中國文學及中國文學理論，我們可命之為「闡發法」。這「闡發法」一直為中國比較學者所樂用。余國藩在〈中西文學關係的現況與展望〉（"Problems and Prospects in Chinese-Western Literary Relations," *YCGL*, 1974）對此現象加以標出並維護：

> 過去二十年來，運用西方批評觀念與範疇於中國傳統文學的潮流愈來愈有勁。這潮流在比較文學中預期了許多使人興奮的發展。

又：

> 對某些文學批評要求非常周全的程序的人來說，這類的潮流當然會引起許多的懷疑不信任。然而，我們應指出在中國文學的研究上運用某些西方的批評觀念與範疇，其合法的程度，就猶如對古典文學研究的學者運用現代的技巧與方法來研究古代的文學資料。……當然，有許多的問題要考慮，如歷史的、文化的內涵，語言與類屬的個別性，特定的讀者與效果等。然而，一個嚴肅的批評者有權利去問是否有新的方法可以尋求出而應用於個別的研究上，使成為語言藝術的文學作品能更充分地被了解及鑑賞。[17]

---

17 見 Anthony Yu, "Problems and Prospects in Chiness-Western Literary Relations," *YCGL*, Vol.23, 1974, p.50.

　　然而，在一九七五年八月國內第二屆國際比較文學會議上，運用西方理論於中國文學研究的方法似乎一致為在座的外國學者所反對。奧椎基（A. Aldridge）在大會討論的總論中歸結說：

　　至此，我們已看到，對運用西方批評技巧到中國文學的研究上的價值，作為比較文學的一通則而言，學者們有著許多的保留。對這批評通則所產生的錯誤，馬龍教授有最強烈而最清楚的陳述。他指出，一些語言學家及人類學者已肯定語言本身升起了一無法透視的帷幕，使人們無法洞察與認知他種文化，除非透過該國語言。更糟糕的是，西方文化及文學背後的定理本身正為西方批評家所攻擊。根據馬龍教授的看法，西方文學批評所包涵的文化上的假設即反映著一個亟需改革的社會結構，並且，蘊涵於西方文化中的價值現也正為人所懷疑。馬龍教授說，諸如「自我意識」，及「自我辯護」等價值觀，只是自我的崇高化，只是對佛洛伊德心理分析理論的不加分辨的全盤接受，只是將詩人或文學創作者與社會分開。這些東西在他種文化中也許是無關宏旨的。抑且，根據馬龍教授的看法，西方國家就一直以帝國主義的態度來對待其他國家。這種傲慢的帝國主義的思想形式，雷文教授指出，是根源於古代的希臘，希臘人把世界上的其他人都看作是野蠻人。……雷文教授也同時徵引了波普（Alexander Pope）的抗議，波普認為用亞里斯多德的理論來評論莎士比亞的戲劇，猶如以他國的法律來批判本國人，而不用本國之法律。東西方的文學關係是平行的，此屬顯然。指出兩國

> 文學間有許多類同點並非意味著要侵犯任一國的獨特性
> 格；但是，如果以西方批評的標準來批判東方的文學作品，
> 那是必然會使東方文學減少其身份。[18]

奧椎基一席結語真是苦口的良藥，應奉為中西比較文學座右銘之
一，以警惕一些輕易援用西方理論以解釋中國文學而不顧中國傳統
的批評家，尤其是一些以西方標準來量度評估中國文學的批評家。
然而，這並不意味著我們的「闡發說」要及時壽終正寢。仔細分辨，
奧椎基所攻擊的，重點似乎不在「闡發」（illumination or
explication），而在「評估」（evaluation）。就評估而言，奧椎基的忠
告是相當中肯的；中西文化及文學既是平行的，非一面倒的，（也許
全盤西化者不以為然吧！）既然世界目前尚沒有絕對的標準，在「評
估」的範疇裏，當然不能僅以一方的評價標準來量度另一方。當然，
在「闡發」的範疇裏，批評者得注意文化及文學的差異，注意文學
本身的有機性，然而其中尚有容身之處。請讓我闡明如下。首先，
世界文學史有所謂「迴轉重現說」（stadialism）。此說認為：

> 某些文學潮流會在不同的時間、空間裏重現，其條件是相類
> 的歷史文化環境。這是平行迴轉的規律，呈現一以社會條件
> 為根的世界文學底有機的、有規律的發展程序。[19]

簡單地說，就是我國小說家所謂「合久必分、分久必合」的歷史觀。

---

18 見 A. Owen Aldridge, "The Second China Conference: a Recapitulation," *YCGL*,
   Vol.25, 1976, p.47.

19 見 Henry Remark "Comparative Literature at the Crossroads," p.9.

只要社會環境相類，就會有相類的文化潮流。因此，一國的某文學潮流能在他國他時裏出現。「社會環境相類」一語可有很大的伸縮性。如果我們容納相當的伸縮性，那麼，中西文學於某些場合裏可獲得相當的類同性，在這些場合裏，援用西方批評理論，應該是可以的。問題的癥結是：批評家有否注意到這些問題？能否運用得宜？這就有賴於批評家的學養與洞察力了。

其次，文學批評較之文學作品及其他人文思考（如哲學、社會學等等），與社會環境的密切度較低；那就是說，有較高的獨立自主權。請以圖解如下：

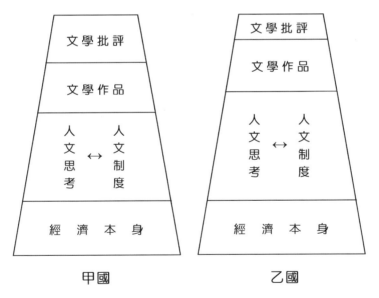

當然，上圖只是簡化了的靜態圖。經濟本身是「人文制度←→人文思考」的基礎，會影響到（並不是決定）其上的「人文制度」。「人文制度←→人文思考」與文學作品等的關係，照此類推。但注意的是，每一梯次都有其獨立性，由下層而及上層，而經一跳躍，如種子之為樹，花之為果（有如黑格爾辯證過程中的積極的跳躍）。所以，用

下一梯次來解釋上一梯次，不能過分的機械，要注意個別梯次的獨立性及其須跳躍才能跨越的障礙。其次，上圖只是靜態的，動態起來，就有千變萬化。所謂動態起來，就是各層次的密切度，隨時代而轉移，隨空間而轉移，隨個別分子（如文學批評上的「雄偉說」即為一分子）而轉移，有時密切度很高，有時密切度很低。而在比較文學上，甲國與乙國諸梯次的距離本身也不一樣（如在西洋文學中，哲學與文學很密切）。如此說來，顯然地，我們從互相連鎖的千變萬化的整體中，從不同的批評裏，可以找出一些獨立性很高的批評觀念或技巧，以「闡發」他國文學及文學批評。同時，也可以找出一些類同性很高的批評觀念或技巧，「闡發」他國文學及文學批評中相對待的部份。照上圖看來，諸國文學批評的互相闡發，會比用一國的文學批評來「闡發」另一國文學作品比較為合法，因為文學批評之獨立於「社會環境＋社會科學」（人文思考）較文學作品為高。

抑且，在我們的「闡發」說裏，所謂援用西方文學批評理論，並非生吞活剝；而是對歷史文化時代空間個別的差異加以考慮，加以調整。職是之故，在比較文學會之後，當筆者與陳慧樺先生合編《比較文學的墾拓在臺灣》（臺北：東大圖書公司，1976 年），序中仍認為「闡發法」在比較文學中能創出新業：

　　在晚近中西間的文學比較中，又顯示出一種新的研究途徑。我國文學，豐富含蓄；但對於研究文學的方法，卻缺乏系統性，缺乏能深探本源又平實可辨的理論，故晚近受西方文學訓練的中國學者，回頭研究中國古典或近代文學時，即援用西方的理論與方法，以闡發中國文學的寶藏。由於這援用西方的理論及方法，即涉及西方文學，而其援用亦往往加以調

整，即對原理論及方法作一考驗，作一修正，故此種文學研
究亦可目之為比較文學。我們不妨大胆宣言說，這援用西方
文學理論與方法並加以考驗調整以用之於中國文學之研
究，是比較文學的中國派。[20]

三

接著上文的「中國派」三字，我們不妨在這裏策劃一下這催生
中的派別。依照上章的分析，「中國派」在方法學、在範疇上，顯然
是兼容並蓄。我們容納了「影響研究」、「類同研究」與「平行研究」，
並提出了「闡發研究」。對於前三者，我們都加以適當的調整，以適
合於「中西比較文學」。對於後者，我們也從理論上維護了其合法性。
我們認為上述四種研究裏，「影響研究」是最為合法，沒有什麼問題，
成績也無可置疑。對於後三者，危險是愈來愈多，挑戰也愈來愈大，
然而，皆不失其合法性。講實話，沒有影響的比較文學研究是相當
難的，需要有很高的學養與洞察力，方有成功的希望。誠然，在「類
同」、「平行」、「闡發」三類上的研究論文很多，也成績斐然。但我
們願意說，如果很仔細、很苛刻、直探文化根源地來加以考察，恐
怕仍然是問題重重的。（難怪袁鶴翔先生在第二屆比較文學會議中私
下說要寫一篇〈東西比較文學的謬論〉！[21]）當然，中西比較文學尚
在墾拓階段，不宜責備求全，但批評家實在應謹慎，把它作為一個

---

20 古添洪、陳慧樺編著：《比較文學的墾拓在臺灣》〈序〉（臺北市：東大圖書
公司，1976 年），頁 1-2。

21 李達三：《比較文學研究之新方向》（臺北市：聯經出版公司，1978 年），
頁 163。

大的挑戰來處理，不可自滿以為成功了。筆者在此擬提出一個最初
步的「試金石」：在西洋批評理論解釋下的中國文學作品或批評是否
仍然是中國式的？是否沒失去其固有的特質固有的精神？

　　範疇與方法已略如上述。中國派之成為中國派，我以為除了對
法國派美國派加以調整運用並創出闡發研究外，主要是在調整背後
的精神，那就是「文化模式」的注重。在歐洲比較文學裏，無論是
法國派或美國派，都沒有特別注重文學背後的文化模式。誠如我們
前述的粗略看法，歐洲有著同一的文化模式，那就是希臘、羅馬、
基督教文化。但當比較文學家接觸到東方時，除了一些歐洲氣太重
自封自固者外，立即會感到文化背後的文化差異。舉例來說，佛克
馬（D.W.Fokkema）專攻東西比較文學方法論，對文化的差異就充
分注意，寫就了有關文化的相對主義及比較文學的專文。請看他的
觀察：

　　潘妮迪（Ruth Benedict）女士在其所著《文化的諸模式》
　　（Patterns of Culture,1934）一書中主張文化的相對主義。給
　　這見解所啟發，我們就有著把比較文學從歐洲中心主義中解
　　放出來的希望。對非西方文學的價值系統作深入的探討，也
　　許能間接地帶來對我們西方的文學價值系統有進一步的了
　　解。如此的研究也許能幫助我們發展一些方法，得以成功地
　　用之於歐洲文學的較早期。當前最重要的是要找出一些方法
　　來，以指述不同文化區的當代文學作品，不但要顯現其相同
　　處而且要顯現這殊異的價值系統的相異處。在這場合裏，我
　　們不妨牽進干零涵（J.V.Gunningham）在其莎士比亞研究所
　　說的話：「我們研究文學的目的，尤其是對作品作歷史的回

到當代的解釋時，不是如一般人所以為的要增加對我們自己
的認識，而是要幫助我們去看如何以其他的角度去思考去感
覺。」……在比較文學的領域裏，經由上述的慎思明辨，經
由文化相對主義，我們便認識到要有一研究方法。此法得以
解釋某一文化區某一時期的「文學—歷史」的現象；並同時
以該文化區該時期的背景及類屬來評價之；再進一步與其他
文化區其他時期的價值系統作比較。把這些繽紛殊異的價值
系統並排抗衡起來，得以幫助我們看到他們的相對性
（relativity），這是要免除歐洲中心主義或亞洲中心主義的先
決條件。……我仿趙百樸（S.C.Pepper）和格涵（A.C.Graham）
及其他學者的樣，我以為這繽紛殊異的文學評價早與世界上
繽紛殊異的諸種生命假設及旨歸相呼應。這諸種生命假設及
旨歸是諸文學評價標準的支柱，是永遠無法說明是否真實或
對。[22]

可喜的是他已不再停留於美國派所津津樂道的「綜合」（synthesis）。
文化的差異、文化的相對性、強調其「異」的價值，實是中西比較
文學的主要精神，也就是我們前面所一直分析，一直要把法國派、
美國派的諸種研究法調整到這個角度來。葉維廉的〈中西比較文學
中模子的應用〉（ "The Use of 'Models' in East-West Comperative
Literature" ）一文，也就是強調中西文學研究必須進入中西文化模式
的階段，才是深度的，才是有根的，才可以真正了解中西文學的異
同。葉維廉在文中指出文學模子的差異源於文化模子的差異，指出

---

22 見 D. Fokkema, "Cultural Relativism and Comparative Literature," *TR*, Vol. III,
No.2,1972, pp.65-67.

誤用模子所產生的不公平的流弊。葉維廉說：

> 「模子」問題的尖銳化，是近百年間，由於兩個三個不同文
> 化的正面衝擊而引起的，如寓言上所顯示，必須有待青蛙跳
> 出了水面，西方人跳出其自己的「模子」，接觸一個相當程
> 度相異的「模子」以後，才變成一個嚴重的問題，他們才會
> 懷疑一個既定的「模子」的可靠性，才不敢亂說放諸四海而
> 皆準。

又說：

> 我們必須要從兩個「模子」同時進行，而且必須尋根探固，
> 必須從本身的文化立場去看，然後加以比較加以對比，始可
> 得到兩者的面貌。[23]

當然，中國派並不排斥西方比較文學原有的精神，那就是法國派所
提倡比較文學史（諸國文學影響史）的精神，美國派所提倡的比較
文學史與文學批評治於一爐以尋求文學進一步了解的精神。我們毋
寧說，這兩種精神要憑藉文化的相對性及多樣模式並用的精神下，
才能有穩固的世界性的基礎。文化永遠是文學的基石。

---

23 Wai-lim Yip, "The Use of "Models" in East-West Comparative Literature," *TR*,
　　Vol. VI, No.2 and Vol.Ⅶ, No.1, pp.109-126.該文之中文稿發表於《中外文學》
　　比較文學專號。該二引文引自葉維廉等：《中國古典文學比較研究》（臺北
　　市：黎明文化事業公司，1976 年），頁 15 及頁 13。

四

　　以上是中西比較文學的範疇、方法及精神的基本輪廓。如果我們發覺這基本輪廓確實能與法國派及美國派顯然不同，那麼，也許我們真的可以宣言比較文學中國派的可能性。在這基本範疇、方法、精神之上，我們還可以做很多的重點努力。李達三在〈比較文學中國派〉（《中外文學》，第六卷第五期，1977 年 10 月）提出了五個目標。茲節錄如下：

（一）在自己本國的文學中，無論是理論方面或實踐方面，找出特具「民族性」的東西，加以發揚光大，以充實世界文學。

（二）推展非西方國家「地區性」的文學運動（如：中─日─韓），同時認為西方文學僅是眾多表達方式其中之一而已。

（三）做一個非西方國家的發言人；同時，和其他許多發言人一樣，並不自詡能代表所有非西方國家。

（四）一旦非西方諸文學的學者，藉比較方法研究文學，而能夠知己知彼時，他們就會逐漸構想一些新的文學觀念，透過發表，公諸於世，以與西方傳統的文學觀念相抗衡。

（五）消除許多人的無知及傲慢心理。[24]

這些都是很遠大的目標，雄心勃勃，也很有戰鬥性。筆者願意就我們前述的中西比較文學底基本的範疇、方法及精神之上，提出兩個

---

24 李達三：《比較文學研究之新方向》，頁 268～270。

與這五大目標互為涵蓋的兩個重點，希望從事中西比較文學研究的學者們加以關心。一是中國文學現代化的問題，一是中西文學輸出入的問題。

「現代化」是鴉片戰爭以來中國知識份子所一直關切的問題，而「現代化」尚一直在進行中。在運動而言，先後有「自強運動」、「立憲運動」及諸種行動和革命；在理論而言先後有「中體西用說」、「全盤西化說」等。當人們冷靜下來的時候，就開始用較為得體的「現代化」一詞了。「現代化」（modernization）不等於西化（westernization），因為西方不是所有國家走向現代化的模型，現代化有很多的含義，可指科學化、工業化、制度化等等，而衡量現代化的標準也很多，如民主自由、個人收入、個體對社會的參與量等等[25]。概言之，現代化是就國別的情形而論，就國別對將來的預期而論，就國別對人生的假設及旨歸而論，是一種兼容並蓄，使能在現代生存下去，適應得更好，生活得更好的各種努力。中國文學如何現代化呢？這個問題到目前似乎尚沒有深入的全面探討。不過，可以肯定的是：發揚中國文學的好精神，吸收西洋文學的好精神。也許有人以為這未免太理想。對於文學現代化的理論不多，我們不妨假助於中國文化現代化的理論：

中國的現代化的問題在基本上是一個從古老過渡到現代文化的問題。這個問題是牽涉廣泛而且曲折又多的困難問題。中國現代化的演變程序並不簡單。在一方面，中國文化必須

---

25 關於現代化之諸種含義及評估標準，請參由 David Sills and Robert Merton 編纂的 *International Encyclopedia of Social Sciences* 中之 "Modernization" 一目，見卷十。（1968 年）

在掙扎痛苦裏拋棄若干障礙現代化的要件；在另一方面，中
國文化必須調整其機能來吸收若干新的文化要件。[26]

「中體西用說」及「全盤西化說」已證明不切實際，我們需要的是
選擇性的取捨：

> 人造的學說[筆者按：指文化]固然不一定是機械也不一定是
> 有機體。依此，我無從同意對人造的學說「要接受就得整個
> 接受，要反對就得整個反對」這種原始而又天真的態度。我
> 們現在所需的是分析的批評和依適合存在的標準所作的取
> 捨。社會文化的發展是有其連續性的，於是抽刀斷水水更
> 流，我們想不出任何實際的方法能將既有傳統一掃而空，讓
> 我們真的從文化沙漠上建立起新的綠洲。我們固然沒有盲目
> 維護傳統的必要；可是，如果傳統裏有許多規範和文化要件
> 繼續發揮他們的積極功能，那麼我們殊無理由因著要反傳統
> 而把他們反對掉。一個無規範的（normless）社會是無法活
> 下去的。[27]

也許，我們只要把「文學」代入這兩節引文中的「文化」，在大前提
之下，我們就可以把這兩節引文提示的理論用於中國文學的現代化
了。筆者在此只能提出這大輪廓，希望苦思一段時光，有機緣寫一
篇細節的初探來討論這個意義重大的問題。中國文學的現代化與中

---

26 殷海光：《中國文化的展望》（臺北市：文星書店，1966 年），頁 437。該書
　　顏有偏頗之處，亦不乏灼見，本文所引之引文，經細加選擇，乃平實之論。
27 同上書，頁 616～617。

西比較文學是有密切關係的，中西比較文學工作者，在理論言，是
既懂中國文學又通西洋文學，當然處於較為清楚的地位，來對中國
文學的現代化作做中肯的提供。也由於此，中西比較文學的工作者
應特別慎重，因這影響著中國文學的未來。

　　與這中國文學現代化相涵蓋的問題，也就是中西文學的輸出入
問題。輸入好的東西，會使我們未來的文學有新血輪，但輸入壞的
東西，積久會成了新的癌。既然談到輸出入，就有點像做生意，口
吻也不妨變化些，這篇初探的文字實在太乏味了。當然，這既然是
無本生意，筆者就比較關心輸入。雖然是不用資本，不會變成資本
主義，但也得不能亂輸入，譬如說，輸入大麻煙，弄得大家神神幻
幻，那有什麼好？輸入化妝品，害得大家整天對鏡梳妝，崇尚浮華，
那有什麼好？所以嘛，是輸入些我們這裏沒有的，但卻要實用的，
有價值的。我想中西文學批評專家是最有資格的買辦了。然而，綜
觀幾十年，買辦們輸入的貨色是否真的又實用又有價值呢？這與我
前面的「現代化」有關，我想還是點到為止，留待日後的初探一起
討論。不過，這篇初探既然是論文，應該有個嚴肅的結尾。那麼，
讓我們提供海耶克（F.A.Hayek）的忠告，作為中西比較文學工作者
對「現代化」及「輸出入」的小小備忘錄吧：

　　　　世界上大部分的人民借用西方文明，並且採用西方的觀念。
　　　　當他們這樣做的時候，正值西方人對自己失去把握而且對構
　　　　成西方文明的傳統大部失去信心的時候。[28]

---

28 引自同上書，頁 406。

翁方綱肌理說與藍森字質結構說之比較

前言

　　翁方綱，字正三，號覃溪，又自號蘇齋，生於清雍正十一年（1733），卒於嘉慶二十三年（1818），是清代一大學者。他對經學、金石之學及詩文皆有很深的造詣。他的文學批評著作，有《石洲詩話》、《杜詩附記》、《小石帆亭著錄》等，然其批評觀點亦散見《復初齋文集》、《復初齋外文》、《蘇齋筆記》、《古詩選注》、《蘇詩補注》等著作中。他自身是詩人，同時也是詩評家，他以肌理之說來論詩，以救漁洋神韻說之虛。雖然他的弟子張維屏及翁方綱本人皆明言以肌理為其評論中心[1]，但翁氏在其著作中，雖暗用肌理之說，但肌理一詞則運用甚少。因此，諸文學批評史，如郭紹虞、青木正兒等的著作中，徵引資料不外三五則，未能窺其全貌。民國六十三年，政大中研所研究生李豐楙先生撰寫碩士論文《翁方綱及其詩論》，始逐

---

[1] 翁方綱的弟子張維屏於《聽松廬文鈔》曾言及翁方綱詩學謂：「生平論詩，謂漁洋拈神韻二字固得超妙，但其弊恐流為空調，故特拈肌理二字，蓋欲以實救虛也」。翁方綱〈仿同學一首為樂生別〉中謂：「昔李何之徒空言格調，至漁洋乃言神韻，格調神韻皆無可著手也，予故不得不進而指之曰肌理」。足見肌理實為翁氏論詩所歸。但其著作中明用此批評述語者不多，而於批評中實際用之。吾人談肌理，實應從其分析諸詩入手。其中明言肌理者，據李豐楙先生碩士論文《翁方綱及其詩論》所收的，共有二十八則。

一披閱翁氏諸著作，把資料一一錄出，吾人對翁氏肌理說才有一較詳實的認識。李豐楙先生最近更寫成〈翁方綱肌理說的理論及其應用〉一文（《文學批評》二期，臺北，書評書目出版社，1975 年），對肌理說作進一步的闡述發揮。

藍森（John Crowe Ransom）生於一八八八年，是美國新批評中最具影響的人物。他本身是詩人，也是批評家，歷任《康輓》（Kenyon Review）的主編。他的批評著作，主要有《世界之軀體》（The World's Body）（1938），《新批評》（The New Criticism）（1941）、《藍森詩文集》（Poems and Essays）（1955）及散見於《康輓評論》與其他刊物中的論文。他的詩學理論，最特出也最為人所稱道的則是他的字質結構說。這論點以最明確的姿態見於其〈文學批評的沉思〉（"Criticism as Pure Speculation"）一文中，其他的著作中皆與此論點相通。藍森雖未指明此字質結構說為其理論基礎，吾人鑑於其說可與他其他批評論點相輔相成，吾人以此為其理論中心，實亦不為過。此觀念影響頗大，布魯克斯（Cleanth Brooks）的著名論文〈意述的謬誤〉（"The Heresy of Paraphrase"）以及華侖（Robert Penn Warren）的著名論文〈純詩與非純詩〉（"Pure and Impure Poetry"）皆受此影響。

現在我們要把翁方綱的肌理說和藍森的字質結構說加以比較，我們首先接觸到的課題是：如何尋求一個共同基礎來把他們加以比較呢？或者說，放在哪一個透視上來比較他們呢？原來，從哲學上的本體論來考察，宇宙或任何一個體皆可有具體及抽象二面。具體的世界就是我們五官所能感到的世界，抽象的世界是把這具體世界抽象化為理念或法則等。舉例來說，西哲柏拉圖把抽象世界稱為理念界，把具體世界稱為現象界，而現象界僅是理念界的虛幻的投影。而中國則稱前者為形而上，後者為形而下。用宋儒的解彙，則前者

為理，後者為氣，而理氣卻不可分。（這不同的哲學觀念，分別支配了翁方綱及藍森，而形成了他們不同的詩論。此後詳。）用這種本體論來考察詩的本體，我們發覺詩亦可含有具體的及抽象的兩面。具體的，藍森稱之為「字質」（texture）；抽象的，藍森稱之為「結構」（structure）。這詩中具體與抽象的分野在藍森〈文學批評的沉思〉一文中說得很清楚。翁方綱雖沒明言詩中具體與抽象的問題，但他討論到理時，則亦接觸到形上與形下（抽象與具體）的問題。他說「理之一字徹上下而言之：就其著於物者，則條理、肌理、文理，皆即此理也」。因此，理是抽象的，但它必「著於物」，因此抽象與具體不可分。由於他認為形上與形下、抽象與具體實不可分，因此在詩中他也不把詩的本體分為抽象與具體兩部分，而合二者為一而稱之為肌理，而不分析之為肌為理。我們有了這個認識以後，我們即找到一個共同的討論基礎；那就是把他們置於詩的本體論、詩的抽象與具體二者的關係上來考察。在這本體論的考察裏，我們對他們二理論可獲得一深探本源的了解。同時，透過他們的異同，對詩可獲得一較周延的了解。

本文分為三部分。在第一部分裏，我嘗試把翁方綱對詩學的片斷討論整理為一頭尾畢具的系統。這部分頗受益於李先生的文章，尤其是資料部分。[2]接著，在第二部分裏，我把藍森的理論作一簡單

2 我與李豐楙先生之論文的淵源頗深。李先生是我大學時的同班同學，他寫成碩士論文《翁方綱及其詩論》後，我曾加以拜讀。其後，於民國六十四年七月我草就一篇關於翁方綱肌理說和藍森字質相比較的英文草稿，作為涂經詒先生「比較批評專題研究」課中的期末報告。稿成後，也曾和李先生討論過我的觀點。現在，我據英文草稿改寫成此篇，又重新涉獵了李先生的碩士論文及其新近寫成的〈翁方綱肌理說的理論及其應用〉。我們的觀點，就翁氏肌理說而言，大致相同，而本文的寫作，因屬比較，重點置於詩底本體論的考察上，視野略有不同而已。李先生可說是第一位從翁方綱諸著作中搜羅有關肌理說諸資料的功

的鳥瞰，主要依據〈文學批評的沉思〉一文，而以其他的著作為論證。從事這兩部分的工作時，我是把二者的理論同時置於腦海裏，相互作為參考，作為闡發。在第三部分，我把肌理說和字質結構說置於本體論的考察裏，給予他們討論以及比較。此外，最後我分析辛棄疾〈摸魚兒〉的前半闋以印證二理論，並同時試驗他們。

一　翁方綱的肌理說

什麼是肌理呢？翁方綱從沒有給予我們明確的界定[3]。因此，某程度的臆猜以及闡發是無法避免的。肌理一詞，實指肌膚的紋理，肌膚給予我們粗糙或細膩、顏色枯槁或肉色潤澤的感覺而言。杜甫詩「肌理細膩骨肉勻」，便是此意。文學批評家則借用這屬於人體的詞彙來用於文學批評上。這種借用情形，是沿於六朝以來人物品藻的風尚，以及把文學作品視作為人般的有機體的傳統文學觀[4]。肌理

臣，本文所引用資料，十之九皆直接來自李先生的論文，我不敢掠美，特此聲明並致謝。

3 在〈言志集序〉裡，翁方綱謂：「理者，民之秉也，物之則也，事境之歸也，聲音律度之矩也。……韓子曰：周詩三百篇，雅麗理訓詁。杜云：熟精文選理也。……杜牧之序李長吉詩亦曰：使加之以理，奴僕命騷可也」。則單言理字以論詩。有時，理字更與神、詩等字相合，以神理、詩理論詩者。

4 中國文學批評始於六朝。六朝時，人物品藻之風甚盛，以人的風神氣貌以論人的道德才學。文學批評家即利用這些品藻人物的詞彙用於文學批評上。曹丕在其〈典論論文〉中所用的批評術語「氣」，即為一例。如批孔融詩「體高氣妙」。這評語用於文學作品用於人物品藻皆無不可，可見其視作品如人般之有機體，並強調作者與作品的關係。這種文學觀及文學批評方法一直發展下來。如司空圖的「味」（原義為滋味，但吾人亦得謂某人有味或乏味，則用之於人物品藻），嚴羽的「氣象」及「興趣」（意興趣味），李何的「格調」（如謂某人格調低下，則用之於人物品藻），王漁洋的「神韻」，皆可視作此一源流的發展，其批評術語皆可用之於人物品藻，而他們卻用之於文學批評。

一詞之用於文學批評，非始於翁方綱，如（明）屠隆即曾謂：「士不務養神而務工詩，刻劃釜藻，肌理粗具，氣骨索然，終不詣化境。」（《白榆集》三〈王茂大修竹亭稿序〉。）但翁方綱卻以肌理為其評論中心，以救漁洋神韻之虛。他曾說：「昔李何之徒空言格調，至漁洋乃言神韻，格調神韻皆無可著手也，予故不得不進而指之曰肌理。」又說：「今人誤執神韻，似涉空言，是以鄙人之見欲以肌理之說實之，其實肌理亦即神韻也。」我們得注意，神韻與肌理皆是沿用人物品藻與視作品如人般有機體的文學批評方法，但神韻則指精神狀態，而肌理則指可看到的外面形態，一為虛，一為實。因為前者是虛，似涉空言，所以用後者的實以救之。翁方綱在此又用了人物品藻的推理方法，以為風神氣貌好則人品學問好，以為神韻好肌理便好，肌理好神韻便好，因此，結論是「其實肌理亦即神韻也」。這是他純思辨的結論，但實際未必完全如此，因這推論法本身有謬誤之處，而他在實際批評裏，也未能緊守此結論。他在實際批評中，曾謂：「格力雖新而肌理粗疎」、「肌理稍遜而秀色清揚」、「實有興會而肌理未密」等，則把「肌理」與「格力」、「秀色」、「興會」等分開，而不用人物品藻的類同推理法。照我們前面闡釋人物品藻推論法及翁氏本人「肌理亦即神韻」的結論，則肌理好神韻及其他相類品質必好。這一存在於其實際批評與純思考的矛盾，是人物品藻推理法的困難。如我們所知，肌膚好的女子未必都是有秀氣的；如西方的真善美境界，實際是分開的，而在理想的哲學架構裏則希望合一；因此翁氏在結論中則持理想的看法，而在實際批評中則不把神韻與肌理認同。也許我們可以這樣說，翁氏所注重的是肌理，是實際可指陳的一面，而這實際可指陳的一面與內在的、虛靈的一面，如神韻、興會等等的關係，則有點左右躊躇。

現在我們來討論翁方綱的理論中，「肌理」一詞需「肌」、「理」

連用，從不拆開而用的哲學基礎。翁氏的哲學，與宋理學淵源甚深。宋儒朱熹的理氣觀，認為理寓於氣中，而氣必含理。因此，翁氏的肌理亦如此，肌中見理，而理寓於肌中。這觀念與藍森的二元論，大相逕庭，在此我們不得不詳述如下。

我們先考察朱熹的理氣觀。朱熹說：

> 有此理後，方有此氣；既有此氣，然後此理有安頓處。(〈答楊志仁〉，《文集》卷五十八，頁 11)
> 惟其理有許多，故物有許多。(《語類》卷九十四，頁 21~22)
> 問：先有理抑先有氣？曰：未嘗離乎氣。然理形而上者，氣形而下者。自形而上下言，豈無先後？(《語類》卷一，頁 2)[5]

朱熹把世界分為形而上與形而下二世界，理屬於前者，氣屬於後者。所指「理未離乎氣」，理氣實為一物之二面，不過就形而上下之思考言，則「理」為先有。故假設上理為先有，可先存在；而氣不可獨存，因一有了氣，理便寓於其中。馮友蘭解釋說：「以現在哲學中的術語言之，則所謂形而上者，超時空而潛存（Subsist），所謂形而下者，在時空而存在（Exist）」[6]。翁方綱深受朱熹的影響，雖然他不明言但卻暗用了朱熹的形上形下的理氣觀。他在《孟子附記》卷下說：

> 理之一字徹上下而言之；就其著於物者，則條理、肌理、文

---

5 三引文分別引自馮友蘭《中國哲學史》頁 900、頁 896、頁 906。臺北翻印，不著出版年月及書局。

6 引文見前書，頁 896。

理，皆即此理也。而溯其所出則天所以賦於人者，本即此理也。

雖然在此他不明言作形上形下的討論，但引文中之「理」實為宋儒的「理」，是理念世界；引文中的「物」實相當於宋儒的「氣」，為具體的實物。在這裏，第一個理字是指涉全體的理，是涵蓋一切的；此「理」著於物則成為個別性的條理、肌理、文理。此即他在他處所說的「理者，治玉也，字從玉從里聲，其在於人肌理也，其在於樂則條理也。」(〈杜詩熟讀文選理字說〉，《文集》卷十) 其義相同。但「皆即此理也」一語，則使此引文的含義變得複雜。這可能有兩種解釋，它可能說，「條理」的「理」、「肌理」的「理」，「文理」的「理」，皆是「理」，皆屬於理念的世界。另一個可能是，翁方綱把諸個別的「理」認同起來。《蘇齋筆記》也是這樣說的：

> 義理之理，即文理之理，即肌理之理，即治玉治骨之理，無二理也。(卷九)

「無二理也」一語，似乎也是把諸個別的「理」認同起來。這一認同，就與朱熹的一物有一理的理學觀 (朱熹謂：「惟其理有許多，故物有許多。」) 相異，而與陸象山的心學相近。我們知道，翁氏不固守漢宋門戶，也不囿於朱陸壁壘，而是並採諸說的。這一認同，略帶有神秘色彩，每一個別義包含全體義，有小世界與大世界相認同的哲學傾向。用西方較通常的詞彙，也就是「小宇宙」(microcosm) 和「大宇宙」(macrocosm) 視作同一。

好了，我們現已清晰知道「肌理」一詞用於文學批評的基礎。然而，文學作品的「肌理」究竟指什麼呢？用我們現代批評術語，

它與什麼相類似呢？肌理就人體言既指居人體較外面的肌膚的形態言，則在文學作品上應指可實際指陳的一面，是可實感的形式（form）。在西方批評述語中，「形式」（form）一詞，我總覺得有點虛，有點抽象，好像與內容分開了似的，因此，我用「可實感的形式」，以指陳其具體性。然而，這「可實感的形式」是指什麼呢？在這場合裏，我們得借用並發揮一下前述的翁氏把諸個別的「理」相認同的觀念。在有關的諸則中，〈志言集序〉（《文集》卷四）的一則是真正談論文學的，其中的「肌理」也真正是文學批評術語，我們就以這則作為討論的基礎：

> 義理之理，即文理之理，即肌理之理也。

我們前面已觀察到翁氏以為理是徹上下，一理以貫萬物，因此，各個別「理」可互相包含。如此，義理、文理、肌理皆融為一體。小宇宙既與大宇宙相認同，則我們論及一小宇宙時，此小宇宙包含了大宇宙，於是也包含了其他諸小宇宙。換言之，當我們以肌理作為討論對象時，肌理便包含了「大宇宙」，包含了義理、文理及其他個別理。然而，這包含了大宇宙的小宇宙——文學的肌理——在某種觀察之下，義理和文理二面特別彰明，其他個別的「理」，雖亦蘊含其中，但卻因不為觀察而隱而不彰。舉例來說，我們以審美觀點來觀察一棵古松，其美感便彰明起來；用實用觀點來觀察它，其實用價值便彰明起來。在此，翁氏既僅提及義理、文理，我們據此推論，即得知翁氏以義理及文理來觀察文學的肌理；換言之，用我們日常的語言來說，就是以義理及文學作為文學底肌理的本體。

　　也許前面整個繁複的推論與闡發過程中，會有些許邏輯上的困

難。但我們得知道，這種「小宇宙」與「大宇宙」認同的哲學觀，本來就非三段論式的邏輯所能束縛的。而且，從翁氏實際的批評中，我們發覺翁氏正以義理及文理來論文學的肌理。

但在翁氏的系統裏，義理和文理並非是孤立、虛空的，而是與具體的世界聯結一起的，這觀察源於宋儒朱熹的理氣觀，我們前已述及。用在文學的考察裏，義理是指作品中的意義方面，文理是指作品中的結構方面，但兩者是相依附的。如果文理雜亂無章，結構不好，意義就無法彰明；同樣的，沒有意義的一面，文理也無可依附，無文理結構之所言。但最重要的，是義理與文理尚得與具體世界相結合，否則無所謂意義與結構。文學作品中假如是空無一物，如何有義理、文理可言？這文學中的具體世界，用我們現代的詞彙也就是意象、事態、動作、內容等，而翁氏則多以「事境」稱之。「事境」是翁氏肌理說的重要詞彙，晚期的《蘇齋筆記》即一再提及此觀點。我們現在引兩條以證明「事境」與「義理」、「文理」的關係：

> 天地間事境與筆力，藻繢交際而文出焉。（卷七）
> 若以本性求情，作忠教孝，亦必緣所賦之事，所即之境以達之。是故千葩萬葉皆可以尋其根，千塗萬轍胥所以適於道也。（卷十一）

第一則說明了事境與文理的關係，由於事境藻繢交際，因此才有文理的構成。第二則說明了事境與義理的關係，作忠教孝等道理，「必緣所賦之事，所即之境」來表達。因此，事境、義理、文理三者在翁氏肌理說的系統裏，是三者互為表裏，不可分割的。事境一詞，專指人間諸事態，境指諸物境；前者頗近於西方的動作（action），

後者頗近於西方的意象（image）。就文學具體一面而言，是事境，
就其所展示之意義而言，是義理；就其所蘊含的結構而言，是文理，
三者實三而一，一而三者也。〈志言集序〉中言義理、文理、肌理而
不引入「事境」者，或由於義理、文理必附於事境，故不必言之；
或由於「肌理」一詞，其「肌」字已暗含「事境」，故不必重複。總
而言之，我們引入此「事境」於其肌理說中，則體系完整了。由於
事境、義理、文理實為一體，義理、文理不得離事境而獨存，故義
理、文理本身雖為抽象，但因其緊附於具體中，即有著具體的色彩。
因此，翁氏用一比喻式的詞彙「肌理」（肌為具體，理為抽象，而肌
理則為具體與抽象的結合）來指陳文學的本質，來指陳事境、義理、
文理合為一體的文學狀態。我們前面謂「肌理」是「具體的形式」，
有別於西方與「內容」或「材質」（matter）相對立的「形式」（form）。
這裏，我們就可確言「具體的形式」，是指合事境、義理、文理三者
為一的狀態。

二　藍森的字質結構說

在藍森〈文學批評的沉思〉（1941）一文中，他對其字質結構說
曾一言以蔽之說：「一首詩是其邏輯結構有著其局部字質（a poem is
a logical structure having a local texture）」。在這篇文章中，他用辭實
在太隨意了。如果我們以邏輯結構（logical structure）和局部字
質（local texture）作為其字質結構說的標準用語，則在該文中我
們可看到許多的同義詞。作為邏輯結構的相類用語，有假實體
（ostensible substance）、邏輯核心（logical score）、意述（para-
phrase）、散文式論說或辯論（prose arguement）、邏輯意述（logical

paraphrase)、論述（discourse）、設計或藍圖（plan）、邏輯實體（logical substance）和結構（structure）等。作為局部字質的相類用語，有增添物（increment），個別相（particularity）、局部實體（local substance）和字質（texture）等。這些相類詞彙有時是為了討論時的方便，有時是為了說明某些特質。譬如說，以「設計」作為邏輯結構的同類詞時，是作比喻用，比喻為房子的結構。以「假實體」來指稱邏輯結構時，是指陳邏輯結構在文學作品的地位，只是一個虛假的實體，並非真的實體，真的實體應屬局部字質。結構（structure）和字質（texture）應是邏輯結構和局部字質的簡稱。

　　大底理論的展開，是源自他對詩的觀察。他發覺詩是一假實體連帶著它底增添物（an ostensible substance and its increment）：

> 詩中的假實體可以是任何能用語言指陳的東西，如一道德境況，一感觸，一串思維，一朵花，一風景甚至一物。如果我們說，這假實體在詩的處理下獲得了微妙和神秘的改變，也許會安全些；但我寧願冒大不韙之險而提出我底粗糙的公式：這假實體增添了一 x，這 x 就是它的增添物。詩確實地繼續保有它底假實體，假實體原有的散文品質從不至於因 x 的出現而減縮。這假實體就是詩中的邏輯核心或意述。詩中的其他成分就是 x，這 x 是我們現在正要找尋的。[7]

根據此引文，所謂詩中的假實體，也就是能用語言指述的部分，也就是邏輯核心或意述。我們通常用意述一詞居多，所謂意述，就是

---

7 John crowe Ransom, "Criticism as Pure Speculation," in *Critical Theory Since Plato*, ed. Hazard Adams （New York: Harcourt Brace Jovanovich, Inc., 1971）.

把詩中的大意用語言重述出來，但所能重述的，往往只是其能符合邏輯思維的部分，也就是能以陳述的命題（statement）來表達的部分。這假實體在詩中接受了詩的處理。在詩的處理中，一般人假設這假實體經過了微妙而神秘的改變，轉化為詩的。但藍森不滿意於這富有浪漫色彩的假設。他把假實體與它的增添物 x 對立起來，分離起來。藍森堅持，這假實體在詩中的散文品質一直沒改變，只是有了這增添物 x，才兩者合起來構成了詩。

　　這增添物 x 是什麼呢？藍森作了幾個比喻來說明。他首先把詩比作一民主政府：

> 民主政府的目的是在於使國家的工作盡其可能地有效地實行。但這有效執行不得破壞一原則，那就是不可破壞構成國家的公民的獨立性格的自由發展。[8]

並且解釋說：

> 在這比喻中，政府的整體運作代表了詩中的邏輯意述或論說。諸公民的個人特質代表了詩中諸部分持有的個別相。這後者就是我們的 x。[9]

在此比喻中，藍森明言增添物 x 就是詩中諸部分持有的特質。就譬喻而論，諸公民既為構成政府的分子，而詩中諸部分也是構成詩的分子，那麼，詩中的邏輯意述亦必由此諸部分構成，最少也得由若

8　同上，p.886.
9　同上，p.886.

干部分構成，雖然它們仍保有其個別相。所以，藍森所謂的增添物
x（也就是後來的字質），應是指不貢獻於詩中邏輯意述的諸部分，
以及雖貢獻於邏輯意述而仍保有其個別相者。而根據比喻，一首詩
應在不得破壞局部意象所有的個別相的原則下，應儘量維持或形成
一邏輯結構。

接著，藍森把詩喻作一房子。在此，他進一步強調了字質的獨
立性與不相同性：

> 一首詩不僅是時間上的片刻，也並非是空間的一點而已。它
> 是龐大的，像一座房子。顯然地，它有其房子的藍圖，或者
> 一邏輯的架構，但它同時有著豐富的細節。這些細節有時候
> 是在功能上符合此藍圖或幫助這藍圖，但有時只是在這房子
> 的架構裏安然地存在而已。[10]
> 壁畫、糊紙、帷幕等都是字質。在邏輯上，它是與結構沒有
> 關聯的。我在這裏只是把建築上可能有的某幾種字質說出來
> 而已。在詩歌裏，其字質更不少哩！[11]

在這比喻中，藍森進一步說明了局部字質與邏輯結構的關係。他認
為邏輯結構好比是房屋的結構，是先有的；局部字質好比是室內裝
潢，是安裝進去的。兩者在邏輯上而言，是沒有關聯的。他設想說：

> 我們不妨假設詩中的邏輯實體一直就在那裏，而且看來並不
> 怎樣顯著；當諸個別相以附加的姿態進入其中，詩篇便部分

10　同上，p.886.
11　同上，p.887.

變為普遍化，部分變為特殊化，視乎諸不同部分而定。[12]

這種局部字質與邏輯結構的關係，仔細觀察，與前面以政府喻詩略有差別。我們據他的比喻，而認為邏輯結構由部分的字質構成，而他在此則強調邏輯結構先存在那裏。這一強調似乎也就是藍森立論上的某些困難。此點，在與翁方綱的肌理說比照下即可看出。

其實，藍森的理論主要是提醒讀詩人不可忽略字質而已。他強調說：

> 職是之故，一個優良批評家的用心是在於從詩中的字質及結構來檢視、來評鑑此詩。如果他對詩中的字質一字不提，他只是把詩看作散文來處理而已。[13]

藍森的字質結構說是源於其宇宙觀與文學觀的。早在一九三八年出版的《世界之軀》一書的〈序〉中，他即謂：

> 世界的軀體和其具體的實體在何方呢？它好像已隱沒在我們的豐盈的記憶裏。然而，從其中，我們組成我們豐盈的詩篇，這豐盈的詩篇也就是這世界底豐盈的寫照。[14]

因為藍森認為詩篇是世界底豐盈的寫照，而這世界是具體的，因此，他特別強調字質在詩篇中的優越地位。在一九五五年出版的《藍森

---

12 同上，p.886.

13 同上，p.886.

14 John crowe Ransom, The preface to *The World's Body*（N.Y.: Kennikat Press, Inc., 1938），P.X.

詩文選》中，有一篇叫做〈具體的宇宙：對詩底了解之觀察〉（"The Concrete Universal: Observations on the Understaning of Poetry"）（原載《康鞅評論》），他提出了「具體的宇宙」以論詩的問題。宇宙（Universal），在黑格爾（Hegel）眼中，是思維中的任一理念，它構成一小宇宙，在這小宇宙中，各部分是共同效力於一目標。這宇宙物質化而成為具體的宇宙。藍森認為在科學的世界裏，具體的宇宙確能使任一部分效力於原有的藍圖，沒有任一必須的部分被遺留，亦沒有任一多餘的部分存在其中。[15]但如果批評家把詩篇親視作一「具體的宇宙」時，則不能這麼樂觀了：

> 居然有許多批評家竟要求一首詩裏同樣獲得像科學世界中嚴密的組織。那真是怪事。他們太過分依賴古代的批評家亞里斯多德了。[譯者按：亞里斯多德持有機論，認為各部分組成一有機體，與藍森之說相反。]他們竟認為宇宙或詩中的邏輯藍圖竟與那藍圖實現的屬於感官範疇的細節會完全地吻合；他們竟相信這「具體」會完全耗盡以服務於宇宙的具體化而殆無餘剩。[16]

藍森是不相信的，他認為當這詩中宇宙具體化時，並不能耗盡所有具體的細節（即諸局部意象），而必有所餘剩。這餘剩的部分與宇宙不相關聯。這觀念與字質結構說是相適的，「宇宙」相當於結構，而「具體」相當於字質；如果詩是一具體的宇宙的話，那「具體」部

---

15 John crowe Ransom , *Poems and Essays* （New York: Alfreb A.Knopf, Inc., 1955），pp.163～164.

16 同上，p.164～165.

分與「宇宙」（抽象）部分並不完全一對一的吻合起來的。

　　藍森的弟子布魯克斯在其與衛姆塞特（William K. Wimsatt, Jr.）合著的《西洋文學批評史》（*Literary Criticism: A Short History*）中，曾對藍森字質結構說有一透澈而扼要的闡明：

> 藍森自己卻建立另一個二分法，那是詩的「字質」（texture）與「結構」（structure）的二分。一首詩的字質，是它的局部的豐富的價值，事物的事物性（thingness）。結構是詩的「辯論」（argument），結構予詩以形態，調整感官資料的匯合，提供秩序與方向。一般的說，科學沒有字質；科學只有內容與純粹的結構，沒有豐富的個別相（particularity）。相反的，一首詩既有字質，也有結構。字質雖與這詩的邏輯無任何關係，但詩質能影響詩篇的形態；它的影響能「阻礙」（impeding）辯論之進行。所以，字質與邏輯缺乏關聯，變得反而十分重要。由於字質的存在，詩裏的辯論，不能單獨的朝前發展，它可被阻礙，可被分開，甚至它的成功也可能受到威脅；於是，這個辯論便形複雜。最後，我們還是獲知了詩篇的邏輯辯論，但我們已覺悟到邏輯無法處理的真實存在（顏元叔先生譯）。[17]

他所指出的邏輯不能與現實完全吻合的事實，是非常重要的。這就

---

17 William K Wimsatt, Jr. & Cleanth Brooks, *Literary Criticism: A Short History*（New York: Alfred A. Knoph, Inc., 1969），p.627.譯文見顏元叔先生中譯本衛姆塞特、布魯克斯合著《西洋文學批評史》（臺北市：志文出版社，1972 年），頁 579。

是詩中的邏輯結構沒法完全吸收了全部的字質的原因。這看法與我們前述的，詩中的宇宙沒法完全吸收詩中的「具體」部分，沒法形成一完全物質化了的具體的宇宙，是不謀而合的。這段引文可作為藍森字質結構說的精簡說明書。

三 相互發明與比較

侯夫（Graham Hough）在〈藍森：一位詩人與詩評家〉（"John Crowe Ransom: the Poet and the Critic"）一文中，曾指出藍森字質結構說的二分法基礎：

> 在藍森的著作中，瀰漫著許多不甚清晰的一對對的二分組。詩的結構與字質與心理學上的理智與品味力是相平行的；而且，很可能如史杜窩（John L. Stewart）所提出的，這二分組與古代靈魂與肉體的對立思想也有淵源。[18]

同樣地，莎頓（Water Sutton）在《現代美國文學批評》（*Modern American Criticism*）一書中，也指出「由於藍森把字質和結構識別開來，他的理論是建基於二元論上，與古代的內容與形式二分的情形相類似」[19]。也從文學的內容與形式來看，翁方綱的肌理說則是一元論的。他們各有其哲學基礎，藍森之說淵源的西方哲學的二分法，

---

18 Graham Hough, "John Crowe Ransom: the Poet and the Critic," in *John Crowe Ransom: Critical Essays and Bibliography*, ed. Thomas Daniel Young（Baton Ronge: Louisiana State Uuiv. Press, 1968），p.199.

19 Walter Sutton, *Modern American Cricism*（rpt; Taipei: Cave Book Company, 1968），p.115.

而翁方綱則淵源於宋理學中理寓於氣的觀點。我們前已有所論述，不贅。

我們有著藍森底字質與結構的觀念以後，我們不妨試把翁方綱的「肌理」拆開來看，雖然在系統上肌和理是不可分的。因為在系統上不可分，我們在「肌」下加一豎「肌-」表示它需要向下聯結；在「理」上加一豎（-理）表示它需要向上聯結；於是，大略的對照，翁氏的「肌-」相當於藍森的字質。我們前面已說過，翁氏的「肌理」合事境、義理、文理三者為一，則「肌-」即是事境，事境與字質是相當的，事境是指事態與物境，與字質的事物性（thinginess）是可以認同的。翁氏的「-理」，也就是連著事境的義理和文理，相當於藍森的邏輯結構。不過，藍森的邏輯結構是指詩中的「辯論」或「論說」（argument），含義太窄，布魯克斯已指出不能完全與活活潑潑的現實相湊合為一；因此，邏輯結構與局部字質有著差距，不能互相完全消納為一。而翁氏的義理與文理，既從事境來，則能曲盡事境之繁富與迂迴，而非抽離的邏輯的命題。這是二理論的緊要處。

同樣地，翁氏的肌理說也帶來藍森字質結構說一些澄清。我們分析藍森底字質結構分離說時，即指出此分離有些困難；最少，在語義上有些含混。我們分析了藍森的理論及接受了布魯克斯的闡發後，似乎對字質及結構的含義尚未能完全掌握。如果我們把它與翁氏的肌理相對照，就會清晰了。我們先從「事境」作考慮，「事境」一方面貢獻於「邏輯結構」（邏輯結構無論如何不能完全憑空而來），一方面維持其個別相所持有的事物性而帶來詩感。如果藍森的「局部字質」是就後者的而言，確是與「邏輯結構」無關；就前者而言，那就不能說無關了。當然，有若干的「事境」是可與「邏輯結構」無關的，如藍森所舉的室內裝潢；然而藍森的「局部字質」是否僅指這些呢？我們不太能確定。就其系統來說，如果要

周延合理的話，與「邏輯結構」不相關涉的字質，應是指某些與邏輯結構有關，但我們只從其個別相的事物性而看的事境以及某些完全與邏輯無關的事境。至於「邏輯結構」一詞的含義，由於翁氏「一理」可細分為「義理」和「文理」的啟發，恰當的詮釋或許是「論說」（argument）或「陳述」（statement），連同與這論說或陳述相符的結構。前者相當於義理，後者相當於文理。為什麼這樣解釋較周延呢？因為藍森的「邏輯結構」一方面是一個論說或陳述，而這論說與陳述同時是該詩的架構，它朝向一較固定的方向。在這樣闡釋之下，作為二元論的詩論，就其本身而言，是相當地完備的了。

但我們得注意，即使我們指出「邏輯結構」實合「論說」或「陳述」，以及「結構」，此邏輯結構仍不相等於翁氏的「義理」加「文理」。因前者一定要成為合乎邏輯，能用命題句式表達的，而後者則附於事境本身，從不分離開來。這是二理論歧異的要緊處。為了明晰起見，我試作圖解比較如下：

肌　　理

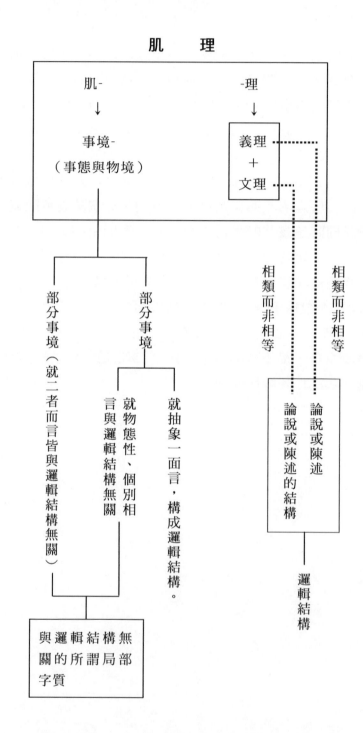

我們現在以辛棄疾〈摸魚兒〉的前半闋為例，以探討一下二理論的
運作情形及其得失。

> 更能消幾番風雨，匆匆春又歸去，惜春長怕花開早，何況落
> 紅無數。　　春且住，見說道天涯芳草無歸路，怨春不語。
> 算只有殷勤，畫簷蛛網，盡日惹飛絮。[20]

照藍森的看法，這半闋詞的「邏輯結構」也許就是下面一個陳述句：
我們希望春天長久些，所以我們寧願花兒開得晚些，但現在已是落
花遍地，啊，春天又匆匆消逝了。這也就是這半闋詞的「意述」
（Paraphrase）。這樣看來，最後的一個意象，「算只有殷勤，畫簷蛛
網，盡日惹飛絮」，對這邏輯結構實在無其貢獻，甚至是毫無關聯的。
蜘蛛整日在畫簷殷勤織網，惹來許多飛絮，與春天的迅速消逝這一
邏輯結構有何關聯呢？這意象應是詩中的「局部字質」，與詩中的「邏
輯結構」不相連。這詞是證明藍森理論的一個好例子。
　　然而，這證明藍森理論的好例子，是否會構成對翁氏肌理說的
威脅呢？答案是不。這意象雖然與邏輯結構無關，除掉這意象，邏
輯結構絲毫無損；但這意象，我們仔細品味之下，卻發覺它與全意
象有著一微妙的、韻致的關聯。這關聯微妙得無法明晰確定，但要
勉強說說，也未嘗不可。這意象——飛絮落在畫簷的蛛網上——點出
正春暮的時刻。它寫出了在春暮中，作者感到的特殊韻致，蜘蛛殷
勤織網，而飛絮卻一一落入網中。但這意象對於「邏輯結構」言並
無多大貢獻，所以藍森之說並不誤。而翁氏肌理說亦不誤，因翁氏
並不以邏輯結構來規範意象，他的義理、文理是緊連事境，不能「意

---

20 鄧廣銘：《稼軒詞編年箋註》（臺北市：臺灣中華書局，1968 年），頁 55。

述」（Paraphrase）出來的。在藍森的系統裏，詩可以簡化為一「意述」，並據此「意述」以測量各字質，謂某些字質與此意述無關。在翁氏的系統裏，詩本身不可「意述」，換言之，就是不能以其他的陳述句來重述此詩。近人常說，詩是不能迻譯的。在翁氏的系統裏，對這句話應是支持的。即使退一步言，即使翁方綱承認「意述」的可能與價值，一個夠水準的對此闋詞的「意述」應把這末後的意象也包進去才對。我們前面曾說到翁氏的「-理」與藍森的「邏輯結構」含義有異，是二說的基本差異處；在這例子中，我們便得到具體的說明了。

我想我不必重述我們前面的分析以作結論了。但我似乎得強調一下比較文學的功能。如果我們在此對翁氏的肌理說與藍森的字質結構說能夠獲得一較具體清晰的了解的話，是有賴於把它們置於適當的考察下而比較，讓他們兩種理論互相發明才成功的。最後，我想提供一個翁氏「肌理」的英文譯名，那就是把「肌理」譯作「textural structure」，表示字質與結構的不可分，作為本文的結束。

唐傳奇的結構分析
——以契約為定位的結構主義的應用

一 楔子

　　當代文學研究諸方法中，有著眼於文學作品結構本身的結構主義（structuralism）。本文即試圖以結構主義所提供的理論與方法對唐傳奇的結構作一分析。結構主義之興起，為期尚短；所提供之理論、方法、模式雖多，但正如《結構主義在文學》（*Structuralism in Literature: An Introduction*）一書的作者 Robert Scholes 所屢說，是引起我們興趣多而使我們滿意者少。筆者閱讀完《結構主義在文學》一說以後，認為 Greimas 所提供的理論，較有普遍性，較適於作為分析傳奇結構的工具。據筆者的觀察，他所提供的三結構型（types of syntagms），即「實踐的」（pcrformative）、「契約的」（contractual）和「離合的」（disjunctional），實可合併為契約型，於是以此為出發點加以合併，加以擴充使之更完備，而成為一以契約為定位的結構主義式的研究方法。在此，筆者不得不預先聲明，以契約為定位的結構主義來研究傳奇，所得的是契約定位下的傳奇結構，如以其他為定位的結構主義來研究傳奇，所得的是傳奇結構中的其他諸面。不同的定位，所得的即是不同定位下的結構。就猶如我們以歷史的、社會上的、哲學的、心理的定位來研究一篇作品的內容，所得自屬

不同，雖然是相輔相成，甚或在許多地方重疊複合。本文先對結構
主義作一綜述，然後是筆者以 Greimas 底理論為出發點的契約定位，
最後是傳奇的結構分析。唐傳奇就內容而分，可分為五類：即俠義
的、歷史的、諷刺的、愛情的、古怪的。筆者於每類各選一篇，以
考察此以契約為定位的結構主義的應用廣度。所選的五篇，皆是唐
傳奇晚期成熟之作，依次為：杜光庭〈虬髯客傳〉，陳鴻〈東城老父
傳〉，李公佐〈南柯太守傳〉、元稹〈鶯鶯傳〉及李朝威〈柳毅〉。所
據版本是臺灣世界書局出版之《唐人傳奇小說》。

二 Greimas 底三結構型的批評

結構主義的精神在哪裏呢？Robert Scholes 在《結構主義在文
學》一書中的話可作為簡短的答覆。他說：「結構主義的精神在於它
對系統的理念。它承認文學有其完整的、自我規範的本體，雖因適
應新狀況而改變了形態，但仍保留著它底有著系統的結搆」。[1]他指
出了結構主義所易犯的兩種危險性，「一是去假設一完全的系統，而
事實上這完全的系統是不存在的」，[2]一是形式的謬誤（formalistic
fallacy），「這謬誤並非由於把研究對象的某些面孤立起來作為研
究，這種孤立是必需的，而是由於不肯承認除了他所孤立的諸面外
尚有其他面，或者由於堅持他所孤立的諸面是一封閉的系統，沒有
文學以外的因素影響」。[3]

在實際的批評工作中，結構主義有著它底局限。譬如說，「Poulet

---

1 Robert Scholes, *Structurlism In Literature : An Intrduction* （N .Y.: Vail-Ballou
  Press, Inc., 1974），p.10.
2 同上，p.10.
3 同上，p.11.

也許就會指控結構主義簡化了文學作品，為了尋求骨格子一樣的結構而像在 X 光照射下一樣泯滅了它真正的本質。」[4]這種指控在某一意義而言是對的。為避免這種毛病，因此 Robert Scholes 建議結構主義和詮釋學（hermeneutics）應攜手合作。各就其本位把被研究的文學作品中的重要成分找出來，互為補充地成為一整體。詮釋學的工作在於發掘文學作品的意義，而結構主義則是建立一有系統的文學模式作為個別文學作品的外在參證。兩種的研究方法並非是敵對的而是互惠的。

正如同 Robert Scholes 屢次所指出的，到目前為止，結構主義者所提供的理論與模式是引起興趣多於使人滿意；因此，我們不能把現成的理論或現成的模式用於實際的批評工作，而沒有困難沒有缺失。因此，改變與修正是必須而無可避免的。當我們對唐傳奇作結構主義式的研究時，這問題就更顯明了。在該書第四章「朝向一個結構主義式的小說美學」中，Scholes 談及 Propp 所歸納的卅一功能點（functions）和 Raglan 所歸納的廿二結構點（points），作為故事的一般模式。Scholes 認為 Propp 所歸納的三十一功能點，當我們讀小說或故事時都會碰到。我不盡同意 Scholes 的樂觀看法。我們要知道，Propp 的三十二功能點是從神仙故事抽離出來的，而不是從一般小說歸納出來的。每一文體自成其模式。這就解釋了為何 Raglan 從英雄神話歸納出來的結構點共廿二，而不是卅一。如果我們不是溺於盲從的話，我們將會有理由相信，無論 Propp 的卅一或 Raglan 的廿一，都不是法定不移的固定數目。顯然的，他們的卅一與廿一，並不是邏輯上必然的。Raglan 歸納了英雄神話為廿一點後，即據此來衡量著名的英雄故事，看這些故事的結構用了若干點。我實在懷

---

4 同上，p.9.

疑這方法是否能真正表現出這些故事的結構及其品質。既然，Propp
與 Raglan 所提供的二模式是如此的機械性，如此的僅具數量而不及
品質，而且僅是從神話故事或英雄神話歸納而成，顯然地，我們無
法利用這二模式來衡量唐傳奇的結構及其品質。

雖然沒有現成的理論與模式可直接用之於傳奇的分折，但結構
主義式的分析傳奇當有可能與有成果是可確信的，事實上，我們不
需要模式，因模式總是無可避免地是機械性的、排斥性的，不能使
人絕對滿意的。因此，在此的工作是在結構主義的基礎上建立一套
可用之於傳奇的理論與方法，以分析傳奇的結構，及連接於其結構
的表達意涵（message）；這樣就不再是徒具骨骼的骷髏，而是連著
血肉的整個身軀，也就是結構主義適度地與詮釋學的結合。

細察了 Scholes 在該書所述及的諸神結構主義的理論、方法後，
筆者認為 Greimas 在研究民俗故事（folk narratives）時所歸納的三
結構型較適合於傳奇的結構分析。民俗故事比英雄神話及神仙故事
更為小說化，也更接近傳奇。他先以結構點（Syntagms）作為單位，
而歸納這些結構點的組合為三組，即：

（1）performative （tests, struggles）
（2）contractual （establishing and breaking of contracts）
（3）disjunctional （departures and returns）[5]
　一、實踐的（考驗、掙扎）
　二、契約的（契約底建立與破壞）
　三、離合的（分離、回歸）

---

5 同上，p.108.

　　每一組由兩個結構點組成。據筆者的考察，契約一組實可統攝實踐組與離合組。契約組以契約為著眼點，但無論契約的建立與破壞，都包含著人物的活動，這人物的活動也就是實踐組所指陳的活動。實踐組以人物的活動為中心，人物如何受試驗，如何掙扎，以建立或破壞契約或從事其他與契約有關的諸行為。離合組所包括的分離與回歸，也是指涉人物的活動，Scholes 即指出這二結構點與其說是根源性的，倒不如說是引申性的（derivative）。筆者也以為分離與回歸只是與契約的建立、破壞及其他關係所帶來的牽連活動，如有時因契約的破壞而分離、因契約的建立而回歸等。這分離與回歸並非每一故事所必具，而只是為某些神話故事所具有，如 Ulysses 的離家與回歸，Persephone 的下冥府回陽間等。以人物的活動為定位，結構必紛離而無法有簡明的模式，也沒法制定此模式以分析任何故事；以契約為定位，則易於建立涵蓋一切的模式，以作為分析的原型。在契約組中，在 Greimas 的系統中，僅有建立與破壞二結構點，是不足的。Scholes 已指出應加入一項，即完成（fulfilment）。據筆者的考察，尚可加入一項，也就是發現（discovery）。譬如說，上帝對人的契約是神妙不可測的，需要人們努力的去發現。又如社會的道德律，也非是人人可知，而是在生活中慢慢發現的。契約的發現，可充分解釋了追尋神話（quest myth）的基本結構。因此，以契約作定位的結構，包含了四個結構點，那就是建立、完成、破壞與發現。至於確定契約底品質的優劣，也可列入發現一項中。

三　筆者底契約定位的結構分析

　　以契約為定位的結構分析其所據何在？其價值為何？其應用廣

度為何？簡言之，契約是諸種人文現象的基本型態，每一人文現象
幾乎都可歸結到契約論上。人神之間是一種契約，父子夫婦朋友之
間的倫理關係是一種契約，公民與社會及國家之間也是一種契約；
換言之，宗教、倫理、社會、政治等人文現象都得歸結於契約為其
基礎。在神話上，我們也不斷發現到契約這一原型。舉例說來 Frazer
的民俗神話學名著《金枝》(Golden Bough)，在討論「聖王」(Sacred
King) 時，聖王的競奪即基於一契約。該書謂：在 Aricia 地方，每
一位要角逐森林聖王的角逐者，首先要從聖樹上摘下一枝黃金的樹
枝。這黃金的小枝也許即通常於聖誕節用作裝飾的櫪寄生，長著黃
花與簇簇的白漿果。它底黃金的顏色象徵著太陽，吸取並保存太陽
底神力。[6]聖王在聖林中，拿著刀提防著角逐者，他以前也是把前任
聖王謀殺而獲得此聖王地位。[7]其中角逐的儀式，預期的被殺等，都
可看作是契約，每一角逐者，也就是契約的簽署者。再如《舊約》
裏一再出現的上帝與人民的契約，更是明顯的例子了。以〈出谷記〉
（又名〈出埃及記〉）的梅瑟（又名摩西）為例吧。梅瑟有一回去放
羊，突然見到荊棘叢中火災熊熊，而荊棘卻沒有絲毫受損，走近前
看，原來是上帝顯現。《舊約》裏是這樣記述的：

> 上主說：「我看見我的百姓在埃及國的苦楚；我已聽見他們
> 因監督工人的壓迫所發的哀號，我原曉得他們的痛苦。因此
> 我降臨，要救他們脫離埃及人的手，領他們離開那地，往一
> 個美麗寬闊的地方，流乳和蜜的地方，就是容納罕人、赫特

---

6 Theodov H. Gaster, ed., *The New Golden Bough: A New Abridgment of the Classic Work by Siv James George Frazer* (New York: The New American Library, Inc., 1959), p. xxiii.

7 同上，p.31.

人、阿摩黎人、培黎齊人、希威人和耶步息人的地方。現在
伊撒爾人民的哀號迫近了我，我已看見埃及人對他們所施行
的壓迫。所以你現在起身去，我打發你到法郎那裏，你從埃
及將我的百姓伊撒爾人領出來。」梅瑟對天主說：「我是什
麼人？我竟敢去法郎那裏，將伊撒爾子民從埃及領出來
呢？」天主向他說：「我與你同在，你要以此為我打發你的
證明，就是幾時你將我的百姓從埃及領出來，他們要在這山
上崇拜天主。」[8]

這就是天主與梅瑟的契約。天主與梅瑟簽約，天主要梅瑟到埃及去
把伊撒爾人領出來，而自己答應與梅瑟同在以幫助梅瑟。梅瑟為了
要證明自己是天主的使者，要求天主給他某些權信。天主答應他某
些聖蹟能力，梅瑟把竹杖畫成蛇，使水變為血等，這些都是契約訂
立的過程及內容。當伊撒爾人民離開了埃及到達此座山峯祭獻時，
上帝顯現，頒布他的法令，也更是顯然的上帝與人民的契約了。《舊
約》裏是這樣說的：

> 我上主是你的天主，我曾將你從埃及地，從為奴之家領出
> 來。除此之外，你不可有別的神。……惱恨我的，我要追討
> 他的罪，從父親直到他三四代子孫。愛慕我的，遵守我誡命
> 的，我要向他施以慈愛，直到千世。……
> 孝敬你的父親和母親，為使你的年齡在上主你的天主賜給你
> 的地方，得以久長。不可殺人。不可行邪淫。不可偷盜。不

---

8 〈梅瑟五書〉（《舊約全書》之一），（臺北市：思高聖經學會譯，1984年），
頁271。

要作假見證相反別人。不可貪戀別人的房屋。不可貪戀別人的女人、僕、婢、羊、驢和一切屬於別人的東西。[9]

上帝在這一段言辭中，說明了他的身分、他的法令，以及法令破壞與完成所將帶來的懲罰與償酬。這些上帝的法令使我們很容易想到《新約》中耶穌的十誡。該二書以《舊約》、《新約》為名，可見契約在宗教上、道德上的根源性。為了證明契約深入於某一人文現象的基層，在此我們再徵引盧梭在其名著《民約論》（*The Social Contract*）中的契約說。盧梭（Jean-Jacques Rousseau）認為當人類度過了最原始的社會階段，當面臨生存上的巨大阻力，個人無法單獨克服它，需要新的綜合的力量來維持各自的生存時，於是雖未必成文而實際存在的契約便產生。盧梭猜疑其時當急的問題是：

> 去尋求一種合作的方式，以用全體的力量，來防衛、保護每一個人，確保每一份子的獲益。當每一份子聯結於總體時，每一份子仍保有其自身的自由及只聽命於自己。

而唯一的有效方案就是社會契約。社會契約是大家所訂所願意遵守的，在此一意義上，也就是保有自身的自由及只聽命於自己。這實際的契約盧梭猜疑為：

> 我們簽約者把自己及自己全部的力量歸結於全體意志的最高指揮下；同時，在我們互惠的天性裏，我們尊重每一份子

---

9 同上，頁 343～344.

為全體底不可分離的部分。[10]

這契約的法人就是政府，每一簽約者就是公民。當然，這契約幾乎一直沒有明文列出，而公民也沒有正式的簽約手續，但這契約是實質地存在的。現代國家的憲法，就相當於這社會契約。總之，從 Frazer 的「聖王」神話，從《舊約》的約瑟傳說，從盧梭的《民約論》，我們確認契約是人文現象的基本型態，抓住了人文現象的骨髓。用此作為分析文學結構的定位，應是有其依據，有其價值，有其普遍性的。

以契約作為定位的結構主義分析既屬可行，我們現在把它的要素及可能有的諸面作一探討。前面我們已引述了 Scholes 所提出的結構主義所易犯的毛病──追求絕對形式的謬誤，排除其他外來因素的謬誤──我們在建立此一契約定位的結構主義時，我們力圖避免這兩種謬誤，並追求結構與表達意涵（message）的結合。於是，第一個重要因素我們考慮的，就是契約本身的品質問題。契約本身要求簽約者遵守，因此，也就是法律。於是，面對契約本身，我們會發問：它是最高法還是權宜法呢？它是自然法還是人為法呢？它是公正的還是邪惡的？它是全體人類所共制的，還是某些強力者私訂的？這一契約本身的追尋，就使得我們的契約定位的結構主義得以脫離純粹的結構形式。第二個問題必然引起的，就是契約的實踐性，那就是建立、完成、破壞與發現。前三者與契約的本質尤其息息相關。契約的實踐帶來實踐後的結果──償酬與懲罰。償酬與懲罰與契約的品質是不可分的。如果契約是最高的、自然的、公正的，其

---

10 Rousseau, *The Social Contract*, In Robert Maynard Hutchins's *Great Books of The Western World*, vols. 38, Translated by G.P.H.Coll（Chicago: Encyclopedia Britannia, Inc., 1952），pp.391-392.

建立與完成，自然是得償酬。如果契約是權宜的、邪惡的、那契約
的建立與完成，雖或暫時地帶來償酬，而最後卻帶來懲罰。相反地，
一個權宜性的邪惡性的契約的破壞，並不帶來懲罰，而常是帶來償
酬。簡言之，償酬並非如一般人所以為的，必然與契約的完成相表
裏，須視契約的品質而定。一般而論，最高法、自然法的完成，應
帶來償酬；但如果帶來的竟是懲罰，那作者是帶著悲觀的、譏世的
態度來看世界。簡言之，償酬與懲罰和建立、完成與破壞的諸種結
合，洩露了作者的表達意涵。至於契約的發現，被發現的法往往是
最高的自然法，源自於人性的法。我們已前面提及，契約的發現過
程與追尋神話的結構相符合，也就是一種啟導神話（initiation myth）
或過渡祭禮（rite of passage）。在追尋神話裏，主角終於發現了真理，
這真理的發現，推進一步，就獲得了智慧而影響了主角的人生態度，
從某一境界到達另一人生世界，那就是過渡祭禮的結構。而這智慧
的本質，也就反映著作者的表現內涵。第三個問題相隨契約而來的，
那是角色（characterization）的問題。一個契約的成立，必須包含兩
類的角色，那就是立約者（cortractors）和簽約者（contractees）。當
然，在某些場合裏，某一角色可同時兼有兩種身分。譬如說，老李
和自己立下一契約要獨自攀登玉山。這時，老李同時是立約者也是
簽約者。其他，值得我們注意的，就是立約者與簽約者的關係可明
可暗。簽約者知道自己簽了約，那是明的。相反的就是暗的了。譬
如說，老王為了報答老張救護他女兒的恩惠，決心要終身暗自幫助
老張。這契約對老王而言，老王是立約者也是簽約者；對老張而言，
老張是不自知的簽約者，在老王的暗自保護之下。所以，一個簽約
者對契約本身可以是毫無所知的，甚至是非自願的。這種情形是常
有的，尤其是人類與宇宙的最高法——天命——而言。宇宙的最高法
有時是不為人所曉，如命運，如神的意旨或自然的意旨，而人卻事

實上牢牢地被束縛於此法中。把立約者、簽約者與報償、懲罰聯起來，我們發覺報償、懲罰的執行者也是多變的，這也與契約的本質與及立約者、簽約者的勝負問題有關。執行的權利通常落在立約者手上，尤其當契約是完成的。假如契約本身的邪惡，又被簽約者完全的破壞，則懲罰往往落在立約者身上而由簽約者執行。此外，我們也得注意立約者的把契約收回或補贖罪過以及簽約者破壞了公正的法律而補贖罪過，也影響著獎罰而影響著故事的結構。最後，也幾乎可說是最重要的，就是一契約的破壞往往指向另一新契約的建立。如果契約的破壞僅止於破壞，那故事結構的本身即缺乏完整性，就猶如一個不成功的啟導神話或過渡祭禮，參與祭禮的人未能過渡至新的階段。新舊契約的衝突及鬥爭也就是故事中人物的衝突與鬥爭。新契約的建立，往往是作者底表現意涵的所在。以上便是筆者以 Greimas 底三結構型為出發點而擴充、修正的契約定位的結構主義。

四　傳奇底文體特色所造成的特殊結構

在對唐傳奇作單篇式的分析以前，我們在此對傳奇這一文體的特色作一綜述，這特色形成了唐傳奇特具的結構，而這結構也可說是傳奇作者與傳奇讀者所默許的契約下所產生的。這文體的特色前人已說過了，就是符合溫卷而形成的史才、詩筆和議論。趙彥衛《雲麓漫鈔八》謂：

> 唐世舉人，尤藉當時顯人，以姓名達主司，然後投獻所業，踰數日又投，謂之溫卷。如幽怪錄，俾奇比異。蓋此等文備

眾體，可見史才、詩筆、議論。[11]

傳奇之作，初為溫卷而寫。溫卷之作，是考生於參加科舉考試之餘，
投獻主考官，以表現其史才、詩筆、議論三者皆臻上乘，足以為官。
史才、詩筆、議論三者為古文家所喜好，也是官吏所應具的才能。
史才是判別史實是非的能力，洞察古今，足以修國史；詩才是寫詩
之才華，得見其性情；唐人重詩，重詩才自不在話下；議論則見其
洞察社會上、政治上沿革得失之能力，更是官吏不可或缺的。白居
易〈與元九書〉謂：「又聞親友間說，吏部選舉人，多以僕試賦、判、
傳為準的」。[12]賦即前所謂詩才，判即前所謂議論，傳即前所謂史才，
足見此三者為溫卷用之傳奇所必具。溫卷之作，作者為考生，讀者
為主考官，其目的為考生向主考官自薦其史才、詩筆、議論。就契
約觀點言，此即為作者與讀者的默認契約。

　由於傳奇為溫卷之作，必得炫耀作者之史才、詩筆、議論，故
影響傳奇這一獨特文體的結構而自成一格。「傳奇」一詞，傳字即含
有「傳記」之義，傳記則符合史才一要求。史之第一要務為「真」，
有憑有據，故傳奇中往往插入一些陳述，一些證人證物，以證實其
事。如〈南柯太守傳〉末段：「公佐貞元十八年秋八月，自吳之洛，
暫泊淮浦，偶覯淳于生棼，詢訪遺跡，反覆再三，事皆摭實，輒編
錄成傳，以資好事」，此節時、地、證人皆存，但卻與故事結構無關，
可說是為了史才而存。因詩筆之故，傳奇中往往插入許多詩詞，以
炫耀作者才華，如〈鶯鶯傳〉中所錄「河南元稹亦續生會真詩三十
韻」，實與該傳奇故事之結構無關，是為了符合詩筆一要求而存，兼

---

11 劉開榮：《唐代小說研究》（臺北市：臺灣商務印書館，1966 年），頁 14。
12 引自上書，頁 14。

之以此作為證物以符合史才之真。由於議論為傳奇所必需，傳奇中往往於結尾處加入議論，如〈虯髯客傳〉結尾謂：「乃知真人之興也，由英雄所冀，況非英雄者乎？人臣之謬思亂者，乃螳臂之拒走輪耳。我唐家垂福萬葉，豈虛然哉！」更有甚者，不惜割裂篇幅以插入議論，如〈鶯鶯傳〉中突插入：「時人多許張為善補過者。予嘗於朋會之中，往往及此意者，夫使知者不為，為之者不惑」。這種議論的插入，往往阻礙著故事的進行。更有因議論之故，作者借故事中人物以道出其個人對社會的議論，而這議論與故事中人物的個性、處境相違背。如〈東城老父傳〉賈昌經過許多生活的挫折，由富貴而貧窮而悟道，悟道以後孩子來看他亦不予接待，已是六親不認。而當陳鴻祖問及開元之理亂時，賈昌竟說了一大堆今非昔比的話，對當時社會及政治大力批評。試想，一個已悟道而六親不認的老人賈昌，他還有俗念對政治、社會作如此入世的批評嗎？傳奇中的道德性的尾巴，可認為是該傳奇故事的散文性的結論，而使藝術歸入道德，尚略有其價值。至於半途割裂的插入及假故事中人物以道出與人物處境齟齬的批評，則對故事的結構有所妨礙了。簡言之，傳奇中史才、詩筆、議論三者，對故事結構的發展幾乎是毫無貢獻；有時，更妨礙了故事的發展而使結構斷裂。當然，不是現存的一切傳奇之作皆為溫卷而寫，但傳奇始自溫卷，史才、詩筆、議論三者已成為傳奇一文體的特具內容，則稍後非為溫卷而寫的傳奇，也不自覺地沿其體製。就像明清小說源自話本，變成了書寫性的小說後，仍保留著話本的痕跡：欲知後事如何，且聽下回分解。

五　單篇分析

　　在下列實際的分析工作中，為了眉目清晰，我們先把原故事順序分作若干情節單元。每一情節用句子來表出；以甲乙丙丁作記號於上方，而該若干情節的時間順序以子丑寅卯作記號於下方。情節單元的多寡沒有多大關係，這工作與散文或小說的分段分章無甚差別。由於傳奇小說中有些搆不上情節的獨立片斷文字，他們僅僅是為了史才、詩筆、議論而存在，與情節發展沒大關聯，我們加△號於上方以作識別；如這些因文體之需而出現的敘述文字超越了故事情節本身所構成的時空性，我們則於右排的時間順序處留空白。在這以情節、時間及文體需求三者而構成的藍圖下，我們即進一步展開我們的以契約為定位的結構主義分析。以契約為定位，尋出這些情節重心所在的契約，指出誰是立約者、誰是簽約者，討論這契約的本質，討論這契約之建立、完成、破壞或發現，以及隨之而來的償酬與懲罰。當然，每一傳奇故事的結構發展並非僅置於一契約上，而是置於若干契約上；於是整個故事被分為若干契約單元。各契約單元之間的相互關係，或重疊、或映襯、或因果或涵蓋等。當我們把這些關係分析清楚以後，整個故事的結構便在契約的定位下顯露出來而成為一整體。從這一整體上，我們將進而探討原作者所要傳遞的意涵（message），使骨肉相連。

一　杜光庭〈虬髯客傳〉

　　依照情節、時間順序及文體需求，我們把全故事的一般結構簡化如左：

甲　楊素與李靖的會晤「從隋煬帝之幸江都也至收其策而退」（子）。

乙　紅拂女的私奔「從當公之騁辨也至排闥而去」（丑）。

丙　李靖、紅拂女與虬髯客的衝突與認識「從將歸太原至促鞭而行」（寅）。

丁　虬髯客與李世民的首次會晤「從及朝入太原至公與張氏復應之」（卯）。

戊　虬髯客與李世民的再度會晤「及期訪焉至吁嗟而去」（辰）。

己　虬髯客貽贈家產給李靖「從公策馬而歸至遂匡天下」（巳）。

庚　扶餘國被海盜篡位為虬髯客的成就大業「貞觀十年至瀝酒東南祝拜之」（午）。

△辛　作者的散文性議論總結「從乃知真人之興至豈虛然哉」

△壬　補述「或曰衛公之兵法，半乃虬髯所傳耳」（介於寅巳之間。）

在這故事結構中，除了壬條為補述外，情節順序與時間順序是平行的。補述一則，也可看作是符合史才，「或曰」是傳說性的資料。在情節甲中，我們碰到一契約或法作為此情節的中心。「踞床而見，令美人捧出」是楊素自立的契約或法，於是每一要會見楊素的賓客便變成了簽約者，雖然這簽約或法不為簽約者所知。在這場合裏，李靖便是這麼一個簽約者。但李靖迅即把這武斷的契約或法破壞：「公前揮曰：天下方亂，英雄競起。公為帝室重臣，須以收羅豪傑為心，不宜踞自賓客。素歛容而起，謝公」。楊素把這武斷的契約或法收回，避免了可能招致的懲罰，而李靖底對此武斷的契約或法的破壞，並沒有帶來自身的懲罰。有否償報呢？紅拂女的私奔於他或許可看作是報償吧！

在乙條中，我們也碰到一契約或法作為此情節的中心。這契約或法就是社會上的道德倫理。立約者可假定是全社會人羣。紅拂女是楊素的歌妓，照社會上的道德要求，她不應私奔。但她私奔了，也就是此契約或法的破壞者，在這場合裏，李靖可以說是一個引誘者，以他的不畏強權違反了楊素自訂的法而吸引了紅拂女。當李靖接受了紅拂女時，李靖同時也是這道德倫理的破壞者。對李靖而言，紅拂女也是一個引誘者，以她的美麗、智慧與勇氣。但在此我們得留意，他們並非為破壞而破壞，也不是為了邪惡的目的而破壞。他們了解、發現、自訂新的法。楊素「屍居餘氣」，不能有成，而這時又是英雄競起的時代，他們要有所作為。

在情節丙中，我們也可發現作為此情節中心的契約。在此情節的前半中，禮貌就是此契約或法。立約者可說是最高的主宰或全體民眾，而每一民眾都是簽約者。當李靖與紅拂女客次旅舍，紅拂女以髮長委地，立梳床前時，虬髯客卻「投革囊於爐前，取枕欹臥，看張梳頭」。虬髯客這種唐突與視若無人，可說是禮貌的破壞者。李靖對此禮貌的破壞不能容忍，怒甚。但紅拂女接受了虬髯客對禮貌的破壞，趨前問好，終結拜為兄妹。此情節的後半，作為中心的是另一人性上的自然法。虬髯客從革囊中取出一人頭及心肝，以匕首切心肝下酒。沒有源於人性的法會容許這種行為的。但對虬髯客而言，他認為一點也沒錯，因為這心肝是屬於天下最負心者。他自訂自己的法，天下最負心者的心肝是可以吃的。

在以上三情節中，舊法是被重新的考慮與評估。對舊社會反叛的心靈充分地表現出來。這反叛的心靈是這三位英雄所共有的。如以此作一比較，我們發覺反叛的心靈，虬髯客強於紅拂女，而紅拂女又強於李靖。從歷史的眼光來看，我們不難發覺，這反叛的心靈正是此故事發生的時代「隋末的時代精神的反應，也是這故事寫作

的時代」晚唐的時代精神的反應。然而,有一契約或法是不能違反破壞的,那就是天命。虬髯客正追尋著這天命:看誰是真正的統治中國的未來君主?

情節丁及戊就是追尋這天命的過程。就此一意義而言,從情節丙中的「亦聞太原有異人乎」開始,與這情節丁及戊合成一契約單元。這契約是追尋天命。「望氣者言太原有奇氣」,是此天命的追尋線索;而李靖稱李世民為異人,是一肯定。而虬髯客之兩度會見是對此契約的懷疑、考驗與證實。李世民的風采迥乎常人,「不衫不屨,裼裘而來,神氣揚揚,貌與常異」,一副異人氣象,虬髯只好見之心死。虬髯客約同他的道友再觀察,而李世民來時,「精采驚人,長揖而坐。神氣清朗,滿坐風生,顧盼煒如」。道士見到李世民底非凡的風采,只好安慰虬髯客說:「此世界非公世界,他方可也」。最後,虬髯客尋到了這契約,這天命,中國的未來君主不是他自己而是李世民。

情節己是這契約的發現後的結果之一。虬髯客知大事已無可圖,便把所有的家產贈送李靖,以便他能幫助李世民。如此說來,情節丙自「亦聞太原有異人乎」始,各情節丙丁己為一契約單元。此契約為天命,是契約的發現。

情節庚是另一契約的完成。虬髯客不是中國的真天子,但他可成為他國的真天子。當他追尋前述的天命時,我們不難想像最初他以為自己可能是中國的真天子,後「望氣者言太原有奇氣」,引起懷疑,而最終發覺李世民才是中國的真天子。而他自己也是天子的材料,因此他至他方來實現天命安排給他的契約,作他方的天子。於是他篡奪了扶餘國而自立為王。這是另一天命的完成。天命安排虬髯客為他方君主,也可認為是前一天命「李世民為中國真天子」的發現的後果。

　　在上述情節中，角色的安排很值得一提。由楊素而帶出李靖，由李靖而帶出紅拂女，由紅拂女而帶出虬髯客，由虬髯客而帶出李世民，由李世民而帶出道兄；而且除了道兄為陪角，相當於巫師的地位外，後一角色的出現，前一角色往往即失去了光彩。這樣出場的安排應是相當不錯的。

　　情節辛及壬是符合傳奇的文體需求而存在的，對主情節的關聯不密切。情節辛是全故事的散文性結語，是對全故事的總評：「乃知真人之興也，由英雄所冀，況非英雄者乎？人臣之謬思亂者，乃螳臂之拒走輪耳。我皇家垂福萬葉，豈虛然哉」。這是作者要傳遞的意涵。作者杜光庭（850～933）處於唐末五代之時，他寫這篇傳奇的心態，當然是對即將來臨或已來臨的羣雄割據有所指責。一方面指出真天子是天命所歸，非草莽羣雄所能存，一方面也希冀真天子之出現，早日太平，以免生靈塗炭，用心亦良苦矣。

二　陳鴻〈東城老父傳〉

　　此故事的一般結構如下：

甲　開場白式的總述——從老父姓賈名昌至語太平事歷歷可數（申）。

乙　賈昌父忠為大力士之故事——從父忠至詔徙家東雲龍門（子）。

丙　賈忠幼年及其成為神雞童——從昌生七歲至當時天下號為神雞童（丑）。

△丁　時人對賈昌發迹之感嘆——從時人為之語曰至差夫持道輓喪車（壬）。

　　戊　　賈昌中年的繼續發達——從昭成皇后之在相王府至謹於心
　　　　乎（卯）。

△己　　對鬥雞一事之議論——從上生於乙酉雞辰至上心不悟
　　　　（辰）。

　　庚　　政府的動盪與賈昌家道之衰落——從十四載胡羯陷落至訣
　　　　於道（巳）。

　　辛　　賈昌歸依佛教及悟道後之生活——從遂長遊息長安佛寺至
　　　　不復來（午）。

△壬　　陳鴻祖問政於賈昌事——從元和中至鴻祖默不敢應而去
　　　　（未）。

在這故事中，開場白是對賈昌一生作一簡短的綜述，應是作者會晤
賈昌之後，其餘部分，情節順序與時間順序相符。丁條時人之語兼
顧史才、詩筆、議論三事，它一方面可作為此故事的證詞，一方面
也是詩，內容亦議及鬥雞所形成的政治風潮。時人之語當在賈昌成
為神雞童之後，故其時間性得以確定。在故事結構而言，可視作是
丙條的議論性總結。己條是對鬥雞一事之議論，或可超越時空，但
由於在結構上言，它是戊條的總結，也是庚條的伏筆，故其時間性
亦因此確定。簡言之，這兩條文體上，對故事的進行不構成多大妨
礙。

　　在情節乙及丙中，我們期待著某些關聯。但可惜並沒有因果或
其他密切的關聯存在。賈忠是「力能推曳牛」的大力士，而賈昌卻
是「善應對，解鳥語音」；父子之間的天稟實在相差太遠，使人讀來
納罕。在情節丙中，我們終於碰到了作為故事重心的契約或法。玄
宗好鬥雞，治雞坊，選六軍小兒五百人來教飼雞羣。從此我們可推
論出一契約：凡是深懂鬥雞的人當為君主賞識而飛黃騰達。賈昌有

著解鳥語音的天賦，當然得被選為養雞小兒；並因其獨特天賦，而
成為神雞童。他教雞非常出色：「舉二雞，雞畏而馴，使令如人」。
他能指揮雞像指揮人一樣。因此，賈昌對玄宗所訂的契約或法是完
滿地完成。結果，他是飛黃騰達了。

　　情節戊是這契約的繼續完成，因此償酬也是繼續而來，以至賈
昌夫婦獲寵四十年，恩澤不渝。在這一意義上，情節丙與戊是不可
分割的。

　　在情節庚中，這契約或法因國家的顛沛而消失了。於是，以前
因完成這契約而得到的酬償也消失了。結果，賈昌從興旺的處境而
陷於貧窮。在這意義上，我們認為情節丙、戊、庚形成一契約單元，
中插入因文體需要的丁及己。

　　在情節辛中，新的契約出現了。賈昌以前的繁榮生活是建立於
鬥雞的契約或法上，現在此契約或法已消失，賈昌需尋求新的契約
或法來支持他。這新的契約或法就是佛教。信仰佛教在假設上能得
到內心平靜甚至成佛。在這一意義上，它是一契約或法。當賈昌悟
道以後，他甚至否定了父子間的一般契約或法。他不顧念父子之恩
情，他不見他的孩子。在這一意義上，對世俗的道德契約或法而言，
他是一破壞者，對佛教的契約或法而言，他是一完成者。

　　從完成世俗的契約過渡到完成宗教的契約的過程是值得我們考
慮的。完成世俗的契約，成為神雞童，他獲得的是世俗的快樂。完
成宗教的契約，他歸依佛教並悟道，所獲得的是宗教的快樂。這一
歸依與悟道，我們可認為是新契約的發現與完成。如果我們把宗教
的快樂看作是作者要表達的人生最終目的，那麼前面的世俗契約的
完成以及世俗的快樂以及這世俗契約與快樂的消失，可視作是這宗
教契約底發現與完成的必經過程。從某一境界過渡到另一境。兩境
界之間，有一隔絕地帶，那就是賈昌底顛沛流離的生活。這結構完

全符合過渡祭禮的模式。如此說來，整個故事的結構是由兩個契約單元所構成的一整體，是一典型的過渡祭禮模式。

　　情節壬只是一文體所需的尾巴，對情節不但毫無貢獻，而且齟齬不合。陳鴻祖來找賈昌，聆聽他對社會政治的批評。試想，一個已悟道而六親不認的人，他會這樣關心人間並像一個有心人那樣地感慨說：「長安中少年，有胡心矣。吾子視首飾華服之制，不與向同，得非物妖乎？」與其說這段話出自賈昌之口，我們無寧說是作者假賈昌之口道出作者自己對社會政治的批評。在結構而言，我們只能說這是敗筆。

三　李公佐〈南柯太守傳〉

　　該故事的一般結構如下：

甲　淳于棼之落魄與醉酒──從南平淳于棼至髮髻若夢（子）

乙　夢中於大槐安蟻國的政治生涯──從見二紫衣使至共度一世矣（丑）

丙　槐樹之發掘以證大槐安國為蟻國──從生感念嗟嘆至田子華亦寢疾於牀（寅）

丁　淳于棼因此夢而悟道及其死──從生感南柯之浮虛至將符宿契之限矣（卯）

△戊　作者李公佐親晤淳于棼得編錄此事成傳（包含於卯中）

△己　篇末之議論──從雖稽神語怪至蟻聚何殊

就基本結構而言，情節順序幾與時間順序平行。戊條的時間應介於丁條所包括的時間之中，李公佐晤淳于棼當在淳于棼未死之前。就

契約單元而言，全故事只有一契約單元。這契約或法就是道，結構是發現此契約或法「悟道」的過程，與過渡祭禮相符。情節甲是悟道的預先準備，是落魄與醉酒。淳于棼曾是裨將，由於使酒忤帥，斥逐落魄。這一落魄，使他對世俗的契約與法潛意識裏有著懷疑。此情節中，酒字出現三次，即：嗜酒使氣、使酒忤帥與縱蕩飲酒有事。酒在此情節中佔著一重要地位。在過渡祭禮的過程中，隔離為其中必然儀式，酒似乎就有著這地位，在沈醉中與塵世隔離。淳于棼就在沈醉中夢入大槐安國。

在情節乙中，所述大槐安國生涯是悟道的過程，是過渡祭禮中使過渡者進入新團體的儀式。藉此一夢，讓過渡者明瞭一生真諦。在槐安國中，淳于棼被招為駙馬，出任南柯太守，後妻死而為國人所疑，被遣返人間，遂一覺而醒。以藝術觀點言，值得注意的是，槐安國中某些人物，如周弁、田子華等，皆為淳于棼在人間的朋友。這種安排，是強調或暗示所謂槐安國實即人間的寓言或縮影。正如傳中所謂：「夢中倏忽，若度一世」。讓淳于棼在夢中預演一生，以使其明瞭人生的真諦，使其悟此人生的契約。

情節丁便是敘述淳于棼因此夢而發現了此人生的真契約，因此發現而過渡至新的人生境界：「棲心道門，絕棄酒色」。當然，我們會覺得這悟道後的境界，傳中描述得太簡陋了。綜言之，情節甲、乙、丁合為一完整的契約單元。此契約為人生契約，為人生的真義。此契約為主角所發現、完成。全故事結構與過渡祭禮相符。

至於情節丙，雖或對淳于棼的悟道略有貢獻，但即使沒有此情節，整個過渡祭禮的模式還是完整的。情節丙的貢獻，與其說是結構上的，不如說是藝術上的。夢中大國與蟻國小丘，兩兩對比，一一認證，產生很高的藝術效果。如：「中有小台，其色若丹。二大蟻處之，素翼朱首，長可三寸。左右大蟻數十輔之，諸蟻不敢近。此

其王矣。即槐安國都也。」不啻予人當頭一擊，棒喝之下，便幡然醒悟了。當然，此情節也頗與「史才」有關，夢中無憑，而蟻丘則歷歷可指陳了。

　　情節戊是史筆的要求。證明此故事非道聽塗說，而是作者親與故事的主角相晤，並一一印證，以確保此故事的真實性：「偶覯淳于生棼，詢訪遺跡，反覆再三，事皆摭實」。情節丁是道德性的尾巴，是符合文體上的議論：「後之君子，幸以南柯為偶然，無以名位驕於天壤間云。」最後附錄李肇之詩，既詩筆亦史筆。然而，二者皆與故事之結構無關。

四　元稹〈鶯鶯傳〉

　　該故事的一般結構如下：

甲　普救寺之圍與張生鶯鶯之認識——從貞元中有張生者至願致其情無由得也（子）

乙　張生以情詩亂鶯鶯及其為鶯鶯所斥——從崔之婢曰紅娘至於是絕望（丑）

丙　數夕後鶯鶯突自願許身於張生——從數夕至欲成就之（寅）

丁　張生兩度西下長安及鶯鶯的才華與心態——從無何張生將之長安至明旦而張行（卯）

戊　張生科場失利滯留長安及鶯鶯來信、楊巨源詩、元稹續會真詩等——從明年文戰不勝至張志亦絕矣（辰）

己　張生之絕鶯鶯及其辯解——從元稹情與張厚至坐者皆為深嘆（己）

庚　張生、鶯鶯各另婚嫁——從後歲餘至絕不復知矣（午）

△辛　時人及作者對此事之批評——從時人多許張生為善補過者
　　　至為之者不惑（未）

△壬　作者自述故事之來源及其命篇經過——從貞元歲九月至公
　　　垂以命篇（申）

在此故事中，情節順序與時間順序是平行的。此篇中，文體上的史
才、詩筆、議論的需求佔篇幅甚多。情節辛是時人的批評及作者的
批評，是議論。因是時人批評，則其事必為真，故亦可視為史筆。
情節壬是純粹的史筆，作者言明其自李公垂處獲悉此故事，而非杜
撰者。在其他諸情節中，插入史才、詩筆、議論之處非常多，但這
些插入與情節之發展略有關聯。如情節乙中的明月三五夜，一方面
是詩筆，一方面也是情節發展上不可缺少的一部分。情節丁中鶯鶯
對其獻身的議論，至為感人。其詞謂：「始亂之，終棄之，固其宜矣。
愚不敢恨。必也君亂之，君終之，君之惠也。」這一方面是議論，
一方面也洩露了鶯鶯的心懷，一方面也暗示了情節上的發展。至於
情節戊中鶯鶯的來信，楊巨源傳，及元稹續會其詩，與其謂情節上
有關，不如說是作者在炫耀他的詩筆。雖是詩筆，但對全故事而言，
毫無藝術效果的貢獻。己條中張生對其棄絕鶯鶯的辯解，實使人齒
冷。其謂：「大凡天之所命尤物也，不妖其身，必妖其人。」這使人
信服嗎？既如此，又何必始亂之？如張生之棄絕鶯鶯可稱為善補
過，女子的命運實在太令人可憐了。讀罷〈鶯鶯傳〉，讀者寧同情鶯
鶯而齒冷於張生吧！

　　要充分了解〈鶯鶯傳〉，我們不得不提出此篇寫作上的轉位。原
來此篇所寫，實是進士與娼妓的戀情小說，而作者卻要寫成一個仕
場失意者與名門閨秀的戀愛。但這一轉位並不完成成功，留下許多
窒礙不通的地方。故事的開頭把鶯鶯寫成一個名門閨秀，到後來又

竟把她看作是妖人的尤物；張生在故事中是一個始亂終棄的風流壞蛋，但在議論中卻又被譽為善補過，戰勝人妖。如果我們點出了鶯鶯本身只是一名娼妓，那一些矛盾都迎刃而解了。在故事中張生不肯行媒而正娶鶯鶯，而辯稱納采問名須三數月，恐怕已先為情死。這辯解是不通的。鶯鶯突然於夜間由紅娘斂衾攜枕而捧至，獻身於張生，於情理上也是不通的。張生棄絕鶯鶯所假借的「大凡天之所命尤物也，不妖其身，必妖於人」，也是不能使人首肯的。說通了就是鶯鶯原為娼妓，張生不願行媒娶她，而鶯鶯以娼妓的身分與張生夜宿。另外，故事中謂張生文戰不勝，我們亦不妨置疑。我們不妨假設，張生高中了，要娶名家女，因此就把鶯鶯棄絕了。故事中的含糊不通，往往由於這轉位的不成功，以及作者不敢自洩實情之故。此外，書中人物的性格前後不一致，在最初的介紹中，張生是「內秉堅孤，非禮不可入」；但他一見到鶯鶯，即「稍以詞導之」，然後向紅娘提出他的陰謀。這陰謀一定很可恥，以致紅娘「驚沮，腆然而奔」。其後張生竟假天命尤物不妖其身必妖於人之辯詞棄絕鶯鶯，並得譽為善補過者，充分揭露出這些風流文人的忝不知恥。鶯鶯是一娼妓，如果呼之即來，總覺於名士之自尊有損；故把鶯鶯寫成堅貞慎自保的女子，愈覺其可貴，以滿足其幻想的虛榮心。真是可笑。

如果我們把這些煙霧掃去，回復鶯鶯的娼妓身分，那麼，作為此故事骨髓的道德契約，是名士與娼妓的關係。如此，故事中一切窒礙不通的地方都可迎刃而解了。在當時的道德契約裏，娼妓是供玩弄的，張生幡然醒悟，棄絕鶯鶯，當然是被目為善補過者了。但此傳奇既把鶯鶯寫成名家女子，本文就以此論述。

情節甲是安排故事中兩主角碰頭的機會。他們是契約中的人物，他們碰頭才使契約得以成立。但我們得注意，這情節在故事結構上的貢獻，是寫出了二主角的假想性格：張生是非禮不入的人而

鶯鶯是貞慎自保的人。照理他們不應做出違反禮教的事，但他們竟做出了，可見雙方的吸引力都極強以至不能自守。這契約是什麼呢，就是禮教，就是不可逾越的男女闌防。情節乙中，張生是這道德契約的破壞者，他試圖用情詩挑逗她，而紅娘也是一個助虐者。鶯鶯嚴正面斥他，是道德契約的維護者。在情節丙中，鶯鶯突然自願獻身給張生，前面我們已指出不通，現在只好假設張生的情詩在某一程度上確實打動了她，愈有才情的人愈重感情。對方既有情於己，不惜獻身於他。前面的嚴拒是理智地維護道德契約，這回的獻身是有感於其情，感情地破壞了道德契約。至此，二人都成為道德契約的破壞者。但這道德契約的破壞有程度之別，也可有某程度的補救。在情節丁中，鶯鶯說：「始亂之，終棄之，固其宜矣。愚不敢恨。必也君亂之，君終之，君之惠也。則沒身之誓，其有終矣。」這道德契約的破壞，據鶯鶯的估計，通常是帶來男子拋棄女子的悲劇命運。如果男子願意負此責任，雖始亂之，而終相結合，也未嘗不是前面道德契約破壞的補救。另一方面，原道德契約的堅持與完成亦有其困難的一面，鶯鶯在情節戊中的信箋說：「兒女之心，不能自固。君子有援琴之挑，鄙人無投梭之拒。」男女闌防的道德契約，是為維持社會倫理而立，有其合理的一面，理智上應遵守；但在人性上卻未必人人能緊守。鶯鶯指出了這男女闌防在人性上的困難，眼光是銳利的，恐怕只有充滿才情與人生經驗的女子才能體會及此吧！所以鶯鶯所提出的「必也君亂之，君終之」的見解，實是這缺乏人性基礎的男女闌防的一種人性的補救。但張生如何呢？張生竟假尤物不妖其身則必妖於人的美名把鶯鶯拋棄了。於是這道德契約完全破壞，毫無補救的機會了。張生之被譽為善補過，我們已指出是因為鶯鶯原是娼妓身分之故。如果尤物不妖其身則必妖於人的看法真被視為善補過，則是政治上的考慮勝於男女戀愛甚至名節的考慮。「尤

物不妖其身則必妖於人」可看作是一基於政治立場的社會契約或法。這政治契約與鶯鶯提出的道德契約的補救法相衝突，而政治契約終於被優先考慮而完成。情節庚是這些契約破壞與完成的後果，張生與鶯鶯各自嫁娶了。問題是他們幸福嗎？從鶯鶯詩中「自從消瘦減容光」一語，我們或可猜出她的憔悴。如此說來，男女闌防被破壞後的女性簽約者命運是悲劇的，如果男方不擬作始亂而終婚的補救。就張生而言，他破壞了男女闌防的契約，又不肯接受補救的契約，照理也應接受懲罰；但他卻在另一契約——基於政治考慮的契約——的掩護而自保，而被目為善補過者。從這種償酬與懲罰的差異，我們不難窺見唐代男女的不平等。鶯鶯的悲劇下場只獲得「於時坐者皆為深嘆」，只獲得「稱異」，真使我們深嘆稱異。當鶯鶯嫁後，張生尚欲見她。其用意何在，固不得而知。最少，張生仍可能有破壞另一道德契約的企圖，而鶯鶯經此教訓以後，不敢輕易再破壞道德契約，以免張生再善補過了。

簡言之，本故事以男女闌防的道德契約為骨髓。此道德契約源於傳統而與人性略有衝突。契約因人性之故，因「男女之心不能自固」之故，往往會被破壞。但可有補贖之法，那就是始亂而終婚。此男女闌防的道德契約的破壞而男方又不作補贖時，女方是註定悲劇的；換句話說，道德契約的破壞帶來懲罰。在男方而言，照理也應如此。但由於社會契約很多，這道德契約如果與其他較優勢較受重視的契約相衝突，道德契約的懲罰變得無法施行。如張生以尤物不妖其身必妖於人為由，以政治禍害作首要考慮而不肯履行道德契約破壞的補贖，而居然被目為善補過者。本傳奇中，史才、詩筆、議論的插入特多，但其中某些插入對故事結構的發展有所貢獻。傳奇中某些情節來得晦澀，使結構不彰，是由於鶯鶯的身分或原為娼妓，今轉位為名家女，作者不肯真實描述，而轉位又不成功之故。

五 李朝威〈柳毅〉

該故事的一般結構如下：

甲　柳毅遇龍女於涇渭途中，得悉龍女為其丈失所棄，答應龍
　　女報信於洞庭龍君──從儀鳳中至至邑而別其友（子）

乙　柳毅入洞庭湖見洞庭君及錢塘君救出龍女並欲柳毅與龍女
　　結褵──從月餘到鄉還家至其家而辭去（丑）

丙　柳毅先後娶張氏、韓氏皆亡，後又娶盧氏女。此盧氏原來
　　即是龍女──從毅因適廣陵寶肆至妻因深感嬌泣良久不已
　　（寅）

丁　柳毅因龍女之故而成仙──從有頃謂毅曰至莫知其跡（卯）

△戊　薛嘏遇其表兄柳毅於洞庭──從至開元末至嘏亦不知所在
　　（辰）

△己　作者李朝威之批評──從隴西李朝威敘而歎曰至為斯文
　　（巳）

在這故事中，情節順序與時間順序是平行的。文體上所需求的史才、
詩筆及議論多附入故事中，並不能獨立起來。如情節乙中所載水神
之論火經，情節丙中龍女之論報恩及婚姻，如情節戊中柳毅戒薛嘏
無久居人世以自苦諸語，皆可視作文體上所需之議論之筆。情節乙
中洞庭君、錢塘君、柳毅之賦詩，可視作文體上所需之詩筆。這些
議論之筆是故事中一部分，但必非全屬必需。情節己則純是議論，
是道德性的尾巴，是作者對全故事意義的分析。

　　從契約定位來論其結搆，則此故事的總結構建立於龍女與柳毅
的契約上。此契約於情節一中即明白道出，龍女要求柳毅向洞庭君

報告她今日的被棄處境，而柳毅答應了。如此，此契約為報信，立約者是龍女，簽約者是柳毅。在情節乙中，柳毅把這契約完成了。接著來的就是契約完成後的償酬，洞庭君贈柳毅許多珍寶。但這償酬尚不止此，延伸至情節丙：龍女化作人形，在人間為盧家女嫁予柳毅並為他生一子。更延至情節丁，柳毅因龍女之故，得長生不死而永住洞庭。情節戊對全故事的結構而言，是證實柳毅之成仙，是富有史筆成分的。因此，所有的情節歸結於此一契約中而成為一總體。

但在這一總體中，尚包含著幾則其他的契約，支持著此總體中某些獨立的細節。在情節甲中，我們碰到的是婚姻契約：龍女與涇川次子的婚姻。但涇川次子破壞了這契約，把龍女遺棄。這破壞契約的結果是懲罰，在情節乙中實施，錢塘君把涇川次子一口氣吞了。這懲罰是最嚴重不過了。在情節乙中，我們又碰到一單方提出而又收回的契約，那就是錢塘君提議把龍女嫁給柳毅以作答，「使受恩者知其所歸」。這契約的提出是具有若干道理的，但可惜錢塘君提出的此契約的方式帶有威脅性：「如可，則俱在雲霄；如不可，則皆夷糞壤。」因此，柳毅嚴然拒絕說：「不顧其道，以威加人，豈僕之素望哉。」柳毅是不為威勢所迫的。錢塘君自知其失，便把此契約收回，而毅與錢塘，遂為知心友。雖然錢塘君把這契約收回，避免衝突，但事實上卻錯過了一個姻緣的良機了。而柳毅對此契約之收回，亦有歎恨之色。因提出方式的不宜，使得好的契約收回與被拒絕造成兩方的損失，是可惜的。幸而，後來龍女化作盧家女，得完成柳毅結婚之願。此一方面是柳毅與龍女所訂契約完成的償酬之一，一方面也是錢塘君底婚姻契約提出方式不宜，以致不能建立的補救方法。簡言之，報信契約為全故事的總結構，龍女與涇川次子之婚姻契約及錢塘君提議的柳毅與龍女間的婚姻契約統攝於其中。

六 餘話

在上述單篇的分析中，我們得以窺見契約定位的結構分析用於傳奇的實際情形，應用的廣度是無可置疑的。經過此分析後，傳奇的結構在契約的定位下顯得較為清楚，幾乎是脈絡分明。本文的目的即在此。但這以契約為定位的結構主義是否可應用於較繁複的長篇鉅著？這樣研究方法與其他研究方法有何不同或關聯？傳奇這一文體除受溫卷影響外，尚有無其他決定性的繼承？這些都是很有意義的問題。本文既論傳奇，就借便在此作一簡單的論述。

我們前面已證明契約是人文現象的骨髓，那麼，所有人文現象幾可歸結到契約的型態上。長篇小說所處理的既也是人文現象，一如傳奇，當然也可歸結到契約上。當然，我們分析長篇鉅著時，我們無法像分析短篇幅的傳奇那麼絲縷細分，把所有契約都抽出。我們可把重要地支持整部長篇鉅著的契約尋出，然後分析其相互關係所組成的總結構。事實上，在我們前述五篇的分析中，對〈虬髯客傳〉裏的契約我們幾乎都一一尋出及分析了，但在〈南柯太守傳〉及〈柳毅〉中，我們只分析了作為全故事骨幹的重要契約，而把其他毫不足道的契約置之不理了。我們實在不宜抱著有機體論的樂觀而理想的看法，以為每一小說必為一不可分割的有機體，必須每一契約都尋出分析才算完成。事實上，以人為論，有些器官失去了能力，人未必即必然死去。對長篇鉅著的結構而言，我們亦應作如是觀。

也許有人會埋怨說這種所謂以契約定位的結構分析與主題分析（thematic study）沒多大分別。我們會這樣回答：主題比較抽象，難以捉摸，而契約則歷歷可尋。我們可以說，契約定位的結構分析提供了穩固、細節、可一一指陳證實的基礎，有利於主題分析。事

實上，我們前面的單篇分析中，我們已把結構分析與主題分析合併，我們一再強調作者要傳遞的意涵。其理即在此。結構分析事實上沒法完全抽離於其他意義性的分析。所謂結構分析，不過是聲明重點置於此而言。沒有骨如何講骨架？沒有意義，沒有母題如何講結構？

對於傳奇所受的決定性的影響，除溫卷外，也許是《史記》中的紀傳體。陳寅恪於《元白詩箋證稿》一書中，即窺破其中秘密。他指出韓昌黎的〈毛穎傳〉及元微之的〈鶯鶯傳〉等小說傳奇，即是以《太史公書》及《左氏春秋》的文體來寫。唐傳奇受到歷史文體的影響殆無疑義，這正符合溫卷中的「史才」，並且，我們前已指出「傳奇」之傳字即有「傳記」之義，而且傳奇中小說多以「傳」字命名。傳奇受《左氏春秋》的影響或有，但非直接的；我們寧願說傳奇受到《史記》的紀傳體影響，尤其是列傳部分。紀傳體以人為骨幹，傳奇小說亦如是。就文體而言，列傳中的諸篇皆幾可視作傳奇，而傳奇中的諸篇亦幾可視作列傳；只是主角一為真實，一為虛構；一為顯赫人物，一為泛泛眾生；而所傳之事，一為嚴正，一為婉奇而已。在此，筆者願以史記中列傳的首篇〈伯夷列傳〉為例。

當未進入〈伯夷列傳〉以前，太史公即發表一議論，講述古史之難窺。在其中，論及許由軼事的真實性時，太史公以其親歷所見作證：「余登箕山，其上蓋有許由冢云」。這可視作傳奇中「史才」的濫觴。在未進入伯夷叔齊的生平時，太史公引述孔子「伯夷叔齊，不念舊惡，怨是用希，求仁得仁，又何怨乎」的話，這一方面可證伯夷叔齊的真實性，一方面也是對伯夷叔齊生平的一種評估。在伯夷叔齊生平的敘述中，二人及餓且死時，作有采薇之歌：「登彼西山兮，采其薇矣。以暴易暴兮，不知其非矣。神農虞夏忽焉沒兮，我安適歸矣。于嗟徂兮，命之衰矣」。此采薇之歌可視作是唐傳奇中「詩才」之先河。由於孔子「求仁得仁又何怨」的評估與此逸詩中「命

之喪矣」的怨恨，引起了太史公緊接著伯夷叔齊後即發表其議論，議論伯夷叔齊二人是否有所怨恨以及隨之而來的人生問題。這議論可視作傳奇中以議論作總結性道德結尾的典範。就文體而言，《史記》中的列傳體與唐傳奇實息息相通。

在此，順便提提古文大家所寫的傳記文學。我們翻開唐代古文大家的文集，我們發覺有許多以「傳」以「說」名篇而以個人為骨幹的故事，如韓愈的〈毛穎傳〉、〈圬者王承福傳〉，柳宗元〈種樹郭橐駝傳〉、〈捕蛇者說〉等。稱為「傳」是因為傳記之故，稱為「說」是因為主角往往說一番道理。這「說」實可與〈東城老父傳〉賈昌的批評時政相提並論。當然，這種寫作方法我們可追源至莊子的寓言體，最顯著的例子莫過於養生主庖丁釋刀對曰的一番道理。筆者把唐古文大家這種「傳」與「說」兩合的文體稱之為「傳（ㄓㄨㄢ，四聲）說」體小說。在傳說體中，作者與其說所在重「傳」，無寧說所重在「說」。（宋）洪邁說：「唐人小說不可不熟，言事悽婉欲絕，間有神遇而不自知者，與詩律可稱一代之奇」。[13]胡應麟說：「變異之談，盛於六朝，然多是傳錄舛訛，未必盡幻設語，至唐人乃作意好奇，假小說以寄筆端」。[14]綜合而言，悽婉欲絕作意好奇指其藝術言，寄筆端指作者要傳遞之意涵言。二者為傳奇二而一的骨幹。「傳說」體小說偏重於筆端，忽略小說藝術，故事既不悽絕亦復不奇特。這就是傳奇與「傳說」體小說的分野。筆者在此提出一疑問以作結：我們討論唐代小說時，不及古文家所特重寄筆端的「傳說」體小說，是否有所缺失呢？

---

13 引自上書，頁 1
14 引自孟瑤《中國小說史》（臺北市：傳記文學出版社，1960 年），頁 67。

《集異記》考證與母題分析

一　前言

　　（明）胡應麟謂：「變異之談，盛於六朝，然多是傳錄舛訛，未必盡幻設語」[1]。志怪述異的傳錄舛訛，自六朝以來，歷久不衰，清之《聊齋誌異》，亦可謂此志異傳統之發揮也。由於素材乃志怪述異的傳錄舛訛，故書名用「集異記」者，不一而足。如以《太平廣記》為下限，見於著錄者，至少有薛用弱《集異記》（著錄見《新唐書》〈藝文志〉，《宋志》及（宋）晁公武《郡齋讀書志》），陸勳《集異記》（《宋志》稱《集異志》，（宋）晁公武《郡齋讀書志》稱《集異記》），郭季產《集異記》（著錄見《太平御覽》書目及書內）。至於今可見之諸集異記，是否即為其著錄之作者所為之真品，抑為後人所增編與附會，則為考據上的一大問題。

　　薛用弱《集異記》，今存多為十六則本，而又可以明陽山顧氏十友齋宋本重刻《集異記》二卷為代表。顧本之真實性，大致上不應有問題。然涵芬樓所刻之薛用弱《集異記》則共有四六則，內含顧本中之十一則。那麼，涵芬樓薛用弱《集異記》是否可靠？《太平廣記》書目有《集異記》一名，而據《太平廣記》引得（此引得以

---

1 引自孟瑤：《中國小說史》（臺北市：傳記文學出版社，1960 年），頁 67。由於為考據之作，沿用舊式，單篇名號等不標出，以免繁雜。本文考證部份之初稿，為授業於葉慶炳老師時之粗作，謹以此文紀念葉師。

黃刻為主，而參以許談等刻）錄有《集異記》八十則[2]。然而，無論書目及書內皆未明言《集異記》為薛用弱所著。我們是否可視《太平廣記》內所錄之《集異記》即為薛用弱《集異記》？《太平廣記引得》是以薛用弱《集異記》視之的。顧本薛用弱十六則中五則不見於涵芬樓（即：平等閣、韋宥、蔡少霞、邢曹進、寧王），五則不見於《太平廣記》（即：韋宥、王渙之、韋知微、狄梁公、寧王），可見二書對十六則取捨不同。同時，顧本及涵芬樓本皆有最無疑問（後詳）的「徐佐卿」條，而《太平廣記》卷三六竟謂此條出自《廣德神異錄》。同時，顧本中之「平等閣」（不見於涵芬樓）而在《太平廣記》易名為「僧澄空」（卷一一四）。要緊的是，涵芬樓所錄顧本以外的三十五則，皆見於《太平廣記》之《集異記》。究竟顧本、涵芬樓、《太平廣記》所載之《集異記》，其關係為何？

　　《太平御覽》書目及書內皆分別著錄有《集異記》及《郭季產

---

2 《太平廣記》原刻已不可見，而宋刻亦不易得。現存比較可靠而流行之版本，則有談刻（明談愷獲得廣記鈔本校讎而成，先後發版三次。民國二十三年北平文友堂據談刻初印本影印出版，並以清黃晟刻本補足闕卷。現臺灣藝文之廣記即據此文友堂本影印）、許刻（明許自昌據談刻第三次印本校刊發行）、明鈔本（明沈與文藏書鈔本，今存北平圖書館）、黃刻（清黃晟據談刻三印本校刊。臺灣新興書局之廣記即據黃刻影印）。鄧嗣禹為哈佛燕京社主編《太平廣記引得》時，則是「以黃刻為主，參以許校等刻」（見其序）。據《太平廣記引得》所據版本之參校結果，則得集異記八十則。一九五八年，北平排印汪紹楹點校本出版（現臺灣文史哲出版社於一九七八年所翻印之《太平廣記》即據此影印）。據點校本序，這個版本乃是「以談愷刻本為底本，用陳鱣校宋本，明沈氏野竹齋鈔本（北平圖書館藏）校勘，並參酌了明許自昌刻本和清黃晟刻本」。點校本據明鈔本指出《太平廣記》引得原以為出自《集異記》的若干篇原出自他書。同時，據點校本，亦有談刻以為出自他書而明鈔本以為出自集異記者，如齊瓊條（卷四三七，談刻以為出自述異記）；以點校本尚沒有引得故，無法一一詳考。現暫依鄧氏《廣記引得》所載八十則為基礎以論之，而以點校本作為文字分析之所據，以點校本最為妥善故。

集異記》。註明《集異記》者有九條，註明《郭季產集異記》者有一條（此條見卷九百）。孟之微《古小說搜殘》皆以《郭季產集異記》稱之[3]。然而，如我們假設此九條與《郭季產集異記》條有別，這九條之《集異記》究是誰的《集異記》？這九條不見於顧本、不見於涵芬樓，而却有三條見於《太平廣記》之集異記（即：孫氏、劉玄、游先朝），而文字皆稍有出入。同時，這九條中之「張天錫」（卷四百）亦見於《太平廣記》（卷二七六），而《廣記》謂出自《李產集異傳》，而《廣記》之《李產集異傳》則僅有此一條。整個情形是非常複雜的。

使問題更為複雜的，乃是《廣記》原版已失，今存各版本著錄頗有差異。如蘇頲條，黃本謂出自《廣異記》；永清縣廟條，明鈔本作出《錄異記》；蔣琛條，明鈔本作出《纂異記》；僧晏道條，明鈔本作出《纂異記》。今云八十則者，暫據《廣記引得》而言而已。

就以上整個的複合情形看來，並就各篇文字風格、年代、長短等不協和的情形看來（後詳），合理並同時是大膽的假設，我們不妨以為《太平廣記》中的《集異記》，選錄了薛用弱《集異記》，也選錄了其他人所著的《集異記》，實際情形則不易詳考。沿著這個假設追問，《太平廣記》中的《集異記》會否選錄了陸勳的《集異記》？今存寶顏堂祕笈陸勳《集異志》四卷[4]。但此本恐非陸勳之舊，《四庫全書總目提要》（附於藝文版後）已疑其非，謂：「陸氏《集異記》四卷。舊本題唐比部郎中陸勳撰。《書錄解題》及《宋史》〈藝文志〉

---

3 孟之微並沒有說出把這十條皆列入郭季產《集異記》的理由，且沒有說出廣記與御覽所共載諸條有文字上之差別。同時，孟之微又從書鈔卷三百五十輯出一條，而共得郭季產《集異記》十則。見孟之微編：《古小說搜殘》（臺北：長歌出版社，1975年），頁389~391。

4 在臺灣藝文印書館所印《百部叢書集成》內。

並作二卷。陳振孫曰：『語怪之書也，凡三十二事，言犬怪者居三之一』。此書較陳氏所載多二卷，而事較振孫所記之數多三四倍，亦不多言犬怪，後人附會，非其本書歟」。今按書中多載漢魏晉六朝志怪事，多陰陽災異之說，而其中之犬怪更多為魏晉六朝志怪事，而陸勳為唐比部郎中，似載唐朝事為合理（按：顧氏本薛用弱《集異記》皆載唐事），故恐非陸氏之書也。今考《太平廣記》中《集異記》所載犬怪，與寶顏堂陸勳《集異志》無一合者，而若干則可確定為隋唐事，恐《廣記》內或有陸勳《集異記》在內，亦未可料。

上面所提出的各考證上的問題，將會在下面逐節詳論，並同時提出一些可能的解答。同時，我們更分析了顧氏所載薛用弱《集異記》在寫作上的一些規則與特色，並把《太平廣記》中的《集異記》作更有意義的母題分類並辨別各篇在時代上、篇幅長短上、文字上等等所顯出的差異，以顯示其可能有不同的來源。我國古籍浩如煙海，類書甚多，而珍本祕笈亦往往不易目睹，實無法一一詳考。進一步之爬梳論證，得有俟來日之機緣耳。

二 薛用弱生平及其《集異記》

據《新唐書》〈藝文志〉，薛用弱字中勝，長慶時（西元 821~824 年）為光州刺史。據皇甫枚《三水小牘》徐煥條（今見《廣記》卷三一二），太和中（西元 827~835 年），薛用弱自儀曹郎出守弋陽郡，為政嚴而不殘。就今存薛用弱《集異記》十六則所記載，用弱曾至兗州泗水縣東二十里蔡少霞所居觀其新宮銘（蔡少霞條；其時或可推斷為宣宗三年或稍後，即西元 849 年。蓋條中新宮銘署時清寧二百三十一年，吾人得視此日期為唐開國至今也。新宮有新朝義。）；

曾於上都（洛陽）見寶溫，細話裴琪異事（裴琪條）。

如果我們採用《太平廣記》所載，《集異記》所載事蹟，有時間可尋者，據高元裕條則其下限為大中二年（西元 848 年）；若據永清廟條，則其下限為大中壬申歲（即大中六年，西元 852 年）。但永清廟條不甚可信，蓋其言大中壬申歲而不言大中六年，體例有異他章，且明鈔本謂出《錄異記》。

至於薛用弱之里籍，則不可詳考。如《四庫全書總目提要》所云：「該本雖題曰河東，然唐代士族率題郡望，劉必彭城，李必隴西，其確生何地，則未之知」。

至於其所著《集異記》，或稱三卷《新唐書》〈藝文志〉、或稱二卷《郡齋讀書志》及《顧氏文房本》，或稱一卷（《宋志》及《唐宋叢書》等類書所載者）。據宋《郡齋讀書志》所云，《集異記》為「集隋唐間譎詭之事。一題古異記。首載徐佐卿化鶴事」[5]。今存之薛用弱《集異記》為十六則，或稱二卷或稱一卷，存於《顧氏文房》等類書內，文字幾無差異，而以顧氏文房為最古，顧氏本係依十友齋宋本重刊。此十六則之薛用弱《集異記》，誠如郡齋所言，乃集隋唐間譎詭之事，始自徐佐卿條。至於《太平廣記》所載八十條，並無明言為薛用弱所載，而實選自薛用弱《集異記》（與十六則本相較，則缺韋宥、王渙之、韋知微、狄梁公、寧王五條，而以徐佐卿條出《廣德神異錄》；同時，文字皆有明顯的刪動）及其他《集異記》而成。至於涵芬樓所載四十六則，雖指名為薛用弱《集異記》，其實乃是選自十六條本之薛用弱《集異記》（缺平等閣、韋宥、蔡少霞、邢曹進、寧王五條。除王積薪條外，文字與十六條本相同）及選自《太

5　（宋）晁公武著、（清）王先謙校《郡齋讀書志》（臺北市：慶文書局，1967
　　年），卷十三。

平廣記》所載之《集異記》（選用三十五則。同時，王積薪條乃選自
《太平廣記》而非選自十六條本，蓋該條文字與《廣記》同而與十
六條本異），可見薛用弱《集異記》以十六條為本者早為流行之本也。
此亦可證諸於各類書所載者皆十六條本這一事實（薛用弱《集異記》
之考據，後詳。）

三　《顧氏文房》等所載薛用弱《集異記》十六　則綜論

　　薛用弱《集異記》在《新唐書》〈藝文志〉、《宋志》、(宋)晁公武
《郡齋讀書志》、（元）馬端臨《文獻通考》、清《崇文總目》、清《四
庫全書總目》皆有著錄，但所載卷數及詳異稍有不同。茲摘其異者
如下。《新唐書》〈藝文志〉謂：「薛用弱《集異記》三卷。字中勝，
長慶元州刺史」。《宋志》謂：「薛用弱《集異記》一卷」。（宋）晁公
武《郡齋讀書志》謂：「《集異記》二卷。（唐）薛用弱撰。集隋唐間
譎詭之事。一題《古異記》。首載徐佐卿化鶴事。」（元）馬端臨《文
獻通考》謂：「《集異記》三卷。鼂氏曰：（唐）薛用弱撰，集隋唐間
詼詭之事，　一題《古異記》，首載徐佐卿化鶴事」。清《四庫全書總
目提要》謂：「《集異記》一卷。（唐）薛用弱撰。案《唐書》〈藝文
志〉載用弱字中勝，長慶光州刺史。其里籍則未言。此本卷首題曰
河東，然唐代士族率題郡望，劉必彭城，李必隴西，其確生何地，
則未之知。《三水小牘》載其太和中自儀曹郎出守弋陽，為政嚴而不
殘。蓋在當時稱良吏，其事蹟亦無考也。是書所記凡十六條。晁公
武《讀書志》稱其首載徐佐卿化鶴事，此本正以此條為首，與晁氏
所記合，蓋猶舊本。其敘述頗有文采，勝他小說之凡鄙。世所傳狄

仁傑集翠裘，王維鬱輪袍、王積薪婦姑圍棋，王渙之旗亭畫壁諸事，皆出此書。其良常山新宮銘，洪邁《容齋隨筆》推為奇作。蘇軾與子過詩，所謂爾應奴隸蔡少霞，我亦伯仲山元卿，即用其事。卷帙雖狹，而歷代詞人恆所引據，亦小說家之表表者。陳振孫《書錄解題》謂是書一名《古異記》，然諸家著錄，俱無此名，不知振孫何本。又唐比部郎中陸勳亦有《集異記》二卷，與用弱此本名同，故《文獻通考》題勳書曰陸氏《集異記》，以別於用弱書焉」。

目前所看到的薛用弱《集異記》，除涵芬樓所載及後人據《太平廣記》而定者除外，皆為十六則。這十六則的薛用弱《集異記》見於各類書內，包括《顧氏文房》、《唐宋叢書》、《歷代小史》、《古今逸史》、《五朝小說》、《續百川學海》、《祕書》二十一種、及《四庫全書》等[6]。除了《祕書》二十一種及《四庫全書》筆者未及親睹外，其餘諸書皆親見於中央圖書館，文字上幾無差異；有者僅是字形及一二詞彙的差異而已；如《顧氏》本作「棊」，《歷代小史》本作「碁」；《顧氏》本作「婦姑」，《歷代小史》本作「姑婦」；顧氏本作「泓」，《續百川學海》本作「沿」等。《顧氏》本依十友齋宋本重刊，現以《顧氏》本代表上述各種本質上無甚差異的諸種版本，以求討論上之方便。[7]

《顧氏》本的真實性應無多大疑問。就外證而言，《顧氏》本為依十友齋宋本重刊，距唐未遠。上述各類書所載薛用弱《集異記》其條數、次序、文字皆如此。（宋）晁公武《郡齋讀書志》明謂集隋唐間譎詭之事，並謂始自徐佐卿化鶴事，正復相同。就內證而言，《顧

---

6 中央圖書館所存說郛鈔本則僅存四則，即蒼龍宮銘（即蔡少霞條）、集翠裘、妓伶謳歌（即王渙之條）、相馬（即寧王條）。

7 本文所據之顧本見藝文所編《百部叢書集成》內，書末附有《四庫全書總目提要》。

氏》本中之「蔡少霞」、「蕭穎士」，有作者以其名對所述譎詭之事評述之語。

　　薛用弱的《集異記》雖非注重史才、詩筆、議論的「溫卷」之作，也與較長篇之傳奇（如杜光庭〈虬髯客傳〉等）之「作意好奇，假小說以寄筆端」[8]者不盡相同；然而，在集譎詭之事之餘，作者亦不免稍露其史才、詩筆、與議論，甚或稍寄筆端。其體裁可謂以史書中之紀傳體為骨幹，以某人於某時某地或發生或親歷或目睹某譎詭之事為結構之通體模式。在十六則中，所有的要角皆屬官宦階層，而其事所發生之時與地都有相當清楚的講出或暗及（從篇中所載顯貴名人即可推而得知），這樣，便獲得了基本上的可信度，達到了「史」的基本要求。作者更在史料方面發展，增進其可信度。作者自言親審其事者有兩篇（蔡少霞條：「用弱亦常至其居，就其第一本視之，筆端宛有書石之態」。裴珙條：「余與上都，自見寶溫，細話其事」）。有遺迹或遺物作根據者兩篇（平等閣條：「今北都謂之平等閣是也」。王積薪條：「因名鄧艾開蜀勢，至今碁圖有焉，而世人終莫得而解矣」）。同時，薛氏更在議論上發展，作某些評述，以「理」來增加其「可信度」。如前述蔡少霞條：「少霞無文，乃孝廉一叟耳，固知其不妄矣」；蕭穎士條：「用弱嘗聞人之紹虞，其或三五世則必一人有肖其祖先之形狀者，斯豈驗歟」；邢曹進條：「吁！西方聖人，恩祐顯灼，乃若此之明徵邪」；平等閣條：「計僧死像成之日至嵩正五十年矣。以釋法推之，則嵩也，得非澄空之後身歟」。由於這些作者批評語及考證語之加入，使到這些譎詭之事，加上了一層「史」的色彩。至於寄筆端，有時或亦可曲求之。徐佐卿條中所表達之道家仙人之長生與幻化為仙鶴之逍遙，未嘗不可看作薛氏所心焉嚮往

8　（明）胡應麟語，其謂：「變異之談，盛於六朝，然多是傳錄舛訛，未必盡幻設語，至唐人乃作意好奇，假小說以寄爭端」。現引自孟瑤《中國小說史》，見註1。

者。集翠裘條中朝臣嬖倖之嚴辨、王維條中之得賞識、王渙之條之得知音，亦未嘗不略有作者之寄意在。至於文筆方面，正如《四庫全書總目提要》所言，「其敘述頗有文采，勝他小說之凡鄙」。茲舉一二例以明之。平等閣條中，述澄空捨身以鑄像之一幕，可謂神情兩絕：「聚觀萬眾，號泣諫止，而澄空殊不聽覽；俄而金液注射，赫耀踴躍，澄空於是揮手辭謝，投身如飛鳥而入焉；及開鑪，鐵像莊嚴端妙，毫髮皆備」。又裴珙條中陰陽阻隔的一幕：「珙居水南，日已半規，即促步而進，及家暝矣；入門方見其親與珙之弟妹張燈會食，乃前拜，曾莫顧瞻。因俯階高語曰：珙自外至。即又不聞。珙即大呼弟妹之名字，亦無應者。笑言自若。珙心神忿惑，因又極叫，皆亦不知。但見其親顧顧卑小曰：珙在何處耶？今日不至耶？遂涕下，而坐者皆泣。」至於蔡少霞條中之「新宮銘」，洪邁於《容齋隨筆》，已推為奇作，此亦「溫卷」傳統中「詩筆」之一端耶？尤有進者，從讀者之美學反應而言，其篇中之譎詭世界並不先設，而其敘述結構與其不先設相應。篇中主角於篇之始生存於一尋常的現實世界，而後於某場合遭逢譎詭之事，而篇終往往又回覆尋常的現實世界。如此讀者閱讀時則能隨主角而突陷入一譎詭之非自然世界，產生強烈的譎詭感，往往至終篇尚停留於「是耶非耶」的譎詭感中。此詳本文第六節。

　　至於《集異記》十六則的內容，現從母題的角度，略述如下。母題處理可補我國類書分類之不足，並提供了切入書篇底內容的一個有力途徑。按十六則次序分別略述如下：

（一）徐佐卿　　　道家遊仙幻化為鶴母題及帝王原屬上界母題

（二）王積薪　　　絕藝神授母題（圍棋）

（三）平等閣　　　佛家捨身母題及佛家後身母題

（四）裴　珙　　　陰陽異域母題及陽魂入陰間母題

（五）蕭穎士　　　後人肖其祖母題

（六）韋　宥　　　變形母題（肖象關係：龍化為箏弦）

（七）蔡少霞　　　絕藝神授母題（詩藝及書藝）及夢中神授母題

（八）集翠裘　　　忠奸分明母題

（九）王　維　　　仕人僥獲王侯知音之賞識母題

（十）王渙之　　　佳人知音母題

（十一）張　鎰　　　夢中預言母題及夢中謎式語言（切語）母題

（十二）裴通遠　　　拾得冥物而死母題或陰魂入陽界催死母題

（十三）邢曹進　　　夢中預言母題、夢中謎式語言母題、僧道為
　　　　　　　　　　特殊階層而有異能母題、釋證母題。

（十四）韋知微　　　山魈變幻母題及山魈作祟母題

（十五）狄梁公　　　異疾異醫母題

（十六）寧　王　　　神乎技矣（相馬術）母題

這樣的母題處理，雖未盡善，但較之我國類書泛泛之分類（如《太平廣記》之分類），當更有意義，可帶領我們進入深層的文化面，於我國民間思想之了解有所裨益焉。事實上，上述所暫擬之母題，以繽紛多姿的面貌，不斷出現於我國民間文學裏。即如《紅樓夢》等一流之文學創作，其深處亦有這些母題之運作。誠然，變形母題、夢中預言母題、僧道為特殊階層而有異能母題，皆可隨手於《紅樓夢》裏尋得。

四　《太平廣記》與顧本薛用弱《集異記》十六則相較

　　《太平廣記》是宋初李昉等人奉宋太宗之命而編纂之類書，從

太平興國二年（西元 977 年）三月開始，至翌年八月完成，成書五百卷，目錄十卷，總五百一十卷。據汪紹楹點校本〈序〉云：此書太平興國六年雕印，後因此書並非學者所急需，把板子收起來，故流傳不廣。到明嘉靖四十五年（1566），無錫談愷據鈔本重刻以後，才得到比較廣泛的流傳。本文所據之汪紹楹點校本即是以談愷刻本為底本，用陳鱣校宋本、明沈氏野竹齋鈔本校勘，並參酌了（明）許自昌刻本和（清）黃晟刻本，或為目前最完善之校本。[9]

現存之《太平廣記》既已非昔日之舊刻，宋刻亦不復得，而明清間之刻本亦多少作了些校補的工作，資料來源未盡可靠，故把《太平廣記》與顧本薛用弱《集異記》十六則相較，先天上有許多困難，但亦無可如何了。所據點校本雖已不復《廣記》舊觀，但與顧本相較之下，《廣記》刪改之迹，歷歷可陳，而其刪改之因亦復可推知。其差異可就七大項以名之，列於後。

（一）《廣記》不載者五篇。

此即韋宥、王渙之、韋知微、狄梁公、與寧王。

（二）《廣記》有誤以為出自他書者。

此即徐佐卿條。《廣記》卷三十六載徐佐卿條，竟謂出自廣德神異錄。

（三）《廣記》有改篇名者。

此即平等閣。《廣記》易顧本之平等閣為僧澄空。

（四）《廣記》有增「唐」國號者。

此即邢曹進、裴通遠、僧澄空（即顧本之平等閣）三條。按：顧本十六則中無一著名「唐」國號者。

---

9 關於《太平廣記》各重要版本，請參註 2。

（五）《廣記》有刪去原作者現身之自語者。

蔡少霞條中，《廣記》刪去顧本之「用弱亦常至其居，就求第一本視之，宛有書石之態」。顧氏接上引之句謂：「少霞無文，乃孝廉一叟耳，固知其不妄矣。少霞以後修道尤劇，元和末已云物故」。《廣記》則刪減為：「且少霞乃孝廉一叟耳，固知其不妄矣」，文氣顯然不順。

裴琰條中，《廣記》刪去顧本之「余於上都，自見寶溫，細話其事」。

蕭穎士條中，《廣記》刪去顧本之「用弱嘗聞人之紹續，其或三五世則必一人有肖其祖先之形狀者，斯豈驗歟」。《廣記》此刪，使該條母題頓失。

（六）《廣記》有妄增者。

此即王維條。《廣記》於文末多書：「及為太樂丞，為伶人舞黃師子，坐出官；黃師子者非一人不舞也。天寶末，祿山初陷西京，維及鄭虔張通等皆處賊庭。洎尅復，俱囚於宣楊里楊國忠舊宅。崔圓因召於私第，令畫數壁。當時皆以圓勳貴無二，望其救解，故運思精巧，頗絕其藝。後由其事，皆從寬典，至於貶黜，亦獲善地。今崇義里竇丞相易直私第，即圓舊宅也，畫尚在焉。維累為給事中，祿山授以偽官；及賊平，兄縉為北都副留守，請以己官爵贖之，由是免死；累為尚書右丞，於藍田置別業，留心釋典焉」。今按《顧本》止於「維遂作解頭而一舉登弟」，語意應已完結，坐出官及陷賊庭事為筆外之二章矣。

（七）除上述諸增刪改外，《廣記》於諸篇文字亦略有更動。

徐佐卿條。《顧本》：明皇天寶十三載。《廣記》：唐玄宗天寶十三載。《顧本》：徊翔焉。《廣記》：徊翔。《顧本》：上親御孤矢，一發而中。《廣記》：玄宗親御孤矢中之。《顧本》：矯翰。《廣記》：矯

翼。《顧本》：幽絕。《廣記》：幽寂。《顧本》：每有自稱青城道士徐
佐卿者，風局清古。《廣記》：有自稱青城山道士徐佐卿者，清粹高
古。《顧本》：一歲率三四而至焉。《廣記》：缺而字。《顧本》：甚為
道流之所傾仰。《廣記》：缺之字。《顧本》：避狄幸蜀。《廣記》：避
亂幸蜀。《顧本》：嘉境。《廣記》：佳境。《顧本》：忽睹挂箭。《廣記》：
忽睹其箭。《顧本》：皆以實對。《廣記》：具以實對。《顧本》：乃前
歲沙苑從田之日也。《廣記》：日作箭。《顧本》：無復有遇佐卿者矣。
《廣記》：缺矣字。

王積薪條。《顧本》：善圍棊者。《廣記》：善棊者。《顧本》：中
道之郵亭。《廣記》：道中之郵亭。《顧本》：有力者所見占。《廣記》：
有力之所先。《顧本》：積薪棲棲而無所入。《廣記》：積薪棲無所入。
《顧本》：因泍溪。《廣記》：因沿溪。《顧本》：良宵無以適。《廣記》：
良宵無以適興。

平等閣（《廣記》改作僧澄空）條。《顧本》：釋子。《廣記》：僧。
《顧本》：細求用度。《廣記》：經求用度。《顧本》：息滅。《廣記》：
滅息。《顧本》：又二十年，事費復備，則又告報遐邇，大集賢愚，
然後選日而寫像焉。《廣記》：又三十年，事費復備，則又復寫像焉。
《顧本》：叩佛請罪。《廣記》：叩頭請罪。《顧本》：又二十年，功力
復集，乃告遐爾，大集賢愚，然後選日而寫像焉。《廣記》：又二十
年，功力復集，然後選日復寫像焉。《顧本》：乃登鑪巔。《廣記》：
乃身登鑪巔。《顧本》：今年八十，兩已不成，此更違心，則吾無身
以終志矣。況今眾善虛費積年，如或蹉前失，吾亦無面目見眾善也。
《廣記》：今虛費積年，如或蹉前，吾亦無面見大眾也。《顧本》：二
以表誠於眾善。《廣記》：一以表誠於眾善。《顧本》：聚觀萬眾。《廣
記》：時觀者萬眾。《顧本》：咸思起閣以覆之。《廣記》：因起閣以覆
之。《顧本》：開元初，李暠充天平軍節度使。《廣記》：唐開元初，

李昌為太平軍節度使。《顧本》：大像。《廣記》：像。《顧本》：如此相好。《廣記》：如此好相。《顧本》：施錢七百縑。《廣記》：施錢百萬縑。《顧本》：只今。《廣記》：至今。

今按：從兩者文字上之差異，足見《廣記》有意修改《顧本》，而修改不得其法。《廣記》改二十年為三十年，以應篇末之五十年，大謬；竟不知篇內三度寫像，歷時六十年，五十年之數乃是預言後身之說。《廣記》刪去《顧本》寫像前貌似重覆之語，亦大謬，不知此重覆之語乃其敘述精神之所在也。尤有甚者，《廣記》竟易《顧本》之「咸思起閣以覆之」為「因起閣以覆之」。如《廣記》言，則既起閣又何別煩五十年後李昌建閣？《廣記》易李昌之捐款「七百縑」為「百萬縑」，或亦可見幣值之因革。

裴珙條。《顧本》：裴孝廉珙者，家在洛京。《廣記》：孝廉裴珙，家洛陽。《顧本》：下駟蹇劣，日勢已晚。《廣記》：日晚。《顧本》：方至石橋，於是驅馬徒行，情顧甚速，續有乘馬而牽一馬者，步驟極駿，顯珙有仁色。珙因謂曰：子非投夕入都哉？曰：然。珙曰：珙有懇誠，將丐餘力於君子，君子其聽乎？即以誠告之。乘馬者曰，但及都門而下則不違也。珙許約，因顧謂已之二僮曰。《廣記》則約簡為：方至石橋，忽有少年，騎從鷹犬甚眾。顧珙笑曰：明日節日，今當蚤歸，何遲遲也。乃以後乘借之。珙甚喜，謂二童曰。《顧本》：爾可緩驅疲乘，投宿於白馬寺西吾之表兄竇溫之墅，來辰徐歸。《廣記》：爾可緩驅投宿於白馬寺西表兄竇溫之墅，明日徐歸可也。《顧本》：因上馬揮鞭而鶩，俄頃至上東門，遂歸其馬，珍重而別，乘馬者馳去極速。《廣記》：因上馬疾驅，俄頃而至東門，歸其馬，珍重而別。《顧本》：日已半規，即促步而進。《廣記》：促步而進。《顧本》：珙即大呼弟妹之名。《廣記》：名作輩。《顧本》：笑言自若。《廣記》：缺。《顧本》：因又極叫。《廣記》：思又極呼。《顧本》：但見其親顧

謂卑小曰，珙在何處郇，今日不至耶。《廣記》：但見其親歎曰，珙那今日不至也。《顧本》：何其幽顯之隔如此哉？《廣記》：缺。又：《廣記》於「至寶莊」之後，多「方見其形僵仆，二童環泣呦呦焉。」《顧本》：二僮皆曰。《廣記》：曰作云。《顧本》：因投於此。《廣記》：缺因字。《顧本》：及歸，乃以其實陳於家。余於上都，自見寶溫，細話其事。《廣記》：缺。

今按：兩本相較，《廣記》在故事上刪去「下駟蹇劣」一情事，以致裴珙借馬之事失其所依，故其後亦刪「緩驅疲乘」中之「疲乘」二字。同時，《廣記》刪去「何其幽顯之隔如此哉」一語，以致母題不彰。至於《廣記》所增之「方見其形僵仆，二童環泣呦呦焉」二語，其得失則見仁見智。

蕭穎士條。《顧本》：蘭陵蕭穎士楊府功曹。《廣記》：蕭穎士下多一為字。《顧本》：行侶共濟瓜州。《廣記》：濟瓜州渡。《顧本》：熟視穎士。《廣記》：缺士字。《顧本》：此人甚有肖於鄱陽忠烈王也。《廣記》：此人似於鄱陽忠烈王也。《顧本》：穎士是鄱陽曾孫，即可欸陳。《廣記》：穎士即鄱陽曾孫，乃自欸陳。《顧本》：俟及岸方將啓請。《廣記》：啓請作問之。《顧本》：止於旴眙邑長之署。《廣記》：缺邑長之署四字。《顧本》：自門遽白云某吏於某處擒獲發塚盜共五六人。《廣記》：吏白云擒獲發塚盜六人。《顧本》：而穎士懸認江中二少年亦縲絏於內，穎士驚曰，斯二人非仙則神。《廣記》點校本據明鈔本改作：二人者亦在其中，穎士大驚。《廣記》點校本謂談刻本原作：穎士驚曰，二人云非仙則神。《顧本》：皆云我之發丘墓今有年矣。穎士即以前說再令詢之，皆曰，我嘗開鄱陽王冢。《廣記》刪作：皆云發墓有年，嘗開鄱陽公塚。《顧本》：我舟中遇子。《廣記》：昔舟中相遇。《顧本》：胤。《廣記》：裔。《顧本》：用弱嘗聞人之紹續，其或三五世則必一人有肖其祖先之形狀者，斯豈驗歟。《廣記》：

缺此薛氏結語。

今按：兩本相較，最大之差異，乃是《廣記》刪去薛氏結語，以致母題不彰，大失其旨要。

蔡少霞條。《顧本》：漂寓江淮者。《廣記》：漂寓江浙間。《顧本》：世累早袪。《廣記》：世累早絕。《顧本》：於一日泝溪獨行。《廣記》：偶一日沿溪獨行。《顧本》：忽得美蔭因就憩焉。《顧本》：缺就字。《顧本》：因為褐衣鹿幘人之夢中召去。《廣記》：因為褐衣鹿幘之人夢中召去。《顧本》：隨之遠，遠乃至城郭處所。《廣記》：隨之遠遊，乃至城廓一所。《顧本》：人俗潔清。《廣記》：人俗潔淨。《顧本》：俄有二青僮自北而至。《廣記》：俄有二童自北而來。《顧本》：曰法此而寫，少霞凝神搦管。《廣記》：缺前七字。《顧本》：鏤檀辣棨。《廣記》：鏤檀棟桌。《顧本》：閣凝瑞霧。《廣記》：閣凝瑞霞。《顧本》：太上游儲。《廣記》：太上游詣。《顧本》：仙翁鵠駕。《廣記》：仙翁鵠立。《顧本》：蘭屋互設。《廣記》：蘭幄互設。《顧本》：妙樂竟臻。《廣記》：妙樂兢奏。《顧本》：九成絳闕。《廣記》：九成絳雪。《顧本》：易遷虛語。《廣記》：易遷徒語。《顧本》：童初浪說。《廣記》：童初詎說。《顧本》：如毀乾坤，自有日月，清寧二百三十一年四月十二日建。《廣記》：缺。《顧本》：於是少霞方更周視。《廣記》：缺前四字。《顧本》：用弱亦常至其居，就求第一本視之，筆迹宛有書石之態。少霞無文，乃孝廉一叟耳，固知其不妄矣。少霞爾後修道尤劇，元和末已云物故。《廣記》：缺後前二句而謂：且少霞無文，乃孝廉一叟耳，固知其不妄矣。

今按：兩本相較，《廣記》刪用弱自考證語而外，《廣記》於文字上之更易，大致而言，是以較常用之辭彙以更易原來較為古兀之表達，如以「兢奏」代「竟臻」；並講求較工整之對仗，如以「九成絳雪（顧本作絳闕）」對「三變玄雲」，蓋雲雪對仗較工整也。《廣記》

刪去「如毀乾坤，自有日月，清寧二百三十一年四月十二日建」諸句，或因原意有唐代江山（永寧暗指唐代之永遠安寧）永存之意，而李昉等修《太平廣記》乃奉宋帝而作。

集翠裘條。《顧本》：宰相狄梁公仁傑。《廣記》：刪梁公二字。《顧本》：因令梁公。《廣記》：因令仁傑。以後凡顧本作梁公者，《廣記》均易為狄。《顧本》：爭先三籌。《廣記》：缺先字。《顧本》：對臣之袍。《廣記》：對臣此袍。《顧本》：及至光範門，遂付家奴衣之，乃促馬而去。《廣記》：缺及字與乃字。

王維條。《顧本》：客有出入於公主之門者。《廣記》：缺於字。《顧本》：為其致公主邑司牒京兆試官，令以九皋為解頭。《廣記》：為其地公主以詞牒京兆試官，令以九皋為解頭。（今按：《廣記》語不可解。）《顧本》：具其事言於歧王。《廣記》：缺前三字。《顧本》：貴主之強，不可力爭。點校本《廣記》謂「主」談刻本作「生」，今據明鈔本改為「主」。《顧本》：琵琶之新聲怨切者。《廣記》：琵琶新聲之怨切者。《顧本》：後五日當詣此。《廣記》：後五日至吾。《顧本》：歧王則出錦繡衣服。《廣記》：歧王乃出錦繡衣服。《顧本》：立於前行。《廣記》：缺前字。《顧本》：即令獨奏新曲。《廣記》：即令獨奉新曲。《顧本》：歧王曰。《廣記》：歧王因曰。《顧本》：維即出獻懷中詩卷。《廣記》：維即出獻懷中詩卷呈公主。《顧本》：公主覽讀，驚駭曰，皆我素所誦習者。《廣記》：公主既讀，驚駭曰，此皆兒所誦習。《顧本》：大為諸貴之所欽矚。《廣記》：缺所字。《顧本》：若使京兆今年得此生為解頭。《廣記》：若使京兆府今年得此為解頭。《顧本》：子誠取解，當為子力。《廣記》：子誠取，當為子力致焉。《顧本》：維遂作解頭而一舉登第。《廣記》：句後多一矣字。又：《廣記》繼此以後尚續入舞黃師子及陷賊庭事，前已述及，不贅。

張鎰條。《顧本》：張相公鎰。《廣記》：張鎰。《顧本》：無耗。《廣

記》：無信。《顧本》：思中外初無其人。《廣記》：缺初字。《顧本》：
任調反語是饒甜。《廣記》：缺是字。《顧本》：饒甜無逾甘草，獨為
珍藥。《廣記》：饒甜無逾甘草，甘草獨為珍藥。《顧本》：張公甚悅。
《廣記》：公甚悅。《顧本》：白麻適下。《廣記》：缺適字。《顧本》：
公拜中書侍郎平章。《廣記》：公拜中書侍郎平章事。

　　裴通遠條。《顧本》：憲宗遷葬於景陵。《廣記》：唐憲宗葬景陵。
《顧本》：時有前集州司馬。《廣記》：缺時有二字。《顧本》：日勢已
晚，《廣記》：日晚。《顧本》：車馳馬驟。《廣記》：馳馬驟。《顧本》：
自平康北街後，乃有白頭嫗徒步奔走。《廣記》：至平康北街，有白
頭嫗步走。《顧本》：夜鼓將動。《廣記》：夜鼓時動。《顧本》：而行
車中有老青衣。《廣記》：缺而行二字。《顧本》：其中或有哀其奔迫
者。《廣記》：缺或字。《顧本》：則問其所居。《廣記》：缺則字。《顧
本》：今亦將歸，若步履不逮，懼犯禁，車中尚可通容，能登車至里
門否？《廣記》省作：可同載至里門耶？《顧本》：其嫗乃荷愧，丁
寧因命同載，乃至則珍重辭謝而去。《廣記》：嫗荷媿，及至，則申
重辭謝。《顧本》：乃於車中遺下小紅錦囊。《廣記》：將下車，遺一
小錦囊。《顧本》：諸女笑而共開之。《廣記》：諸女共開之。《顧本》：
覆面之物。《廣記》：面衣。《顧本》：登棄於路。《廣記》：棄於路。《顧
本》：自是不旬日。《廣記》：不旬日。

　　今按：兩本相較，《廣記》省略；許多轉折詞省去，原故事之聲
容喪失殆盡。內容上最大之更動，或為宵禁之刪削，刪削後老嫗之
奔走及乘載亦失其所據矣。《顧本》作夜鼓將動，而《廣記》作夜鼓
時動，時間上已有所更易，與宵禁之刪相呼應。此宵禁之刪是否與
其時典章制度之沿革有關，則尚待求證。同時，《顧本》之「覆面之
物」，《廣記》逕稱之為「面衣」，是否唐時對此物尚沒有定名，而宋
則有之？此亦待進一步之考證。

邢曹進條。《顧本》：贈工部尚書邢曹進。《廣記》：前增唐故二字。《顧本》：至德以來。《廣記》：至德已來。《顧本》：名為河朔之健將也。《廣記》：缺名為二字。《顧本》：為田承嗣所麾。《廣記》：前增一因字。《顧本》：飛矢中目。《廣記》：飛矢中肩。《顧本》：挾而出之。《廣記》：拔而出之。《顧本》：痛毒則極。《廣記》：缺。《顧本》：堅然不可動。《廣記》：堅然不可搖。《顧本》：數日則又以索縛身。《廣記》：不數日，則以索縛身。《顧本》：夢見胡僧入於庭中。《廣記》：夢一胡僧立於庭中。《顧本》：登言於醫工。《廣記》：缺登字。《顧本》：潰瘡。《廣記》：漬瘡。《顧本》：人莫諭者。《廣記》：莫有諭者。《顧本》：丐食。《廣記》：乞食。《顧本》：乃昨之所夢者矣。《廣記》：矣作也。《顧本》：即延之俯近。《廣記》：俯作附。《顧本》：頓減酸楚然。《廣記》：頓減酸疼。《顧本》：既夜。《廣記》：其夜。《顧本》：即令如前繃縛，用力以拔。《廣記》：即令如前鑷之。《顧本》：差。《廣記》：瘥。《顧本》：乃若此之明徵邪？《廣記》：邪作乎。

今按：兩本相較，其主要差別：一為飛矢中目，一為飛矢中肩。按下文「俟死而已」及「鉗纏及臉」二語，飛矢實中目也。或《廣記》以為中目必死，故易之為肩，不知此為《集異》之作也。

《顧本》與《廣記》相較，許多事實便顯露出來。《廣記》不載《顧氏》者有五篇，可見《廣記》並非全錄舊書，而是部分採錄而已。同時，《廣記》既以為徐佐卿出自《廣德神異錄》，或可見薛用弱《集異記》已為他書所採錄。《廣記》增「唐」國號者，顯明是因其編纂年代為宋，故別之。《廣記》「王維」條，附增黃師子及陷賊庭事，可見《廣記》編纂者以諸事同類，故附入之。《廣記》刪去原作者薛用弱現身之自語，則關係重大。據筆者的推測，《廣記》編纂者此舉正欲抹殺原作者現身自語，此使《集異記》與原作者的關係僻除，而得純為《集異》之記錄。如此，薛用弱之《集異記》遂可

與其他來源或明或不明的集異，共冶一爐。換言之，編纂者所重者
為事之譎詭，而不重在為誰人所記錄也。不過，《廣記》於他書往往
著明作者，故吾人亦可作另一推測，即在《廣記》編纂以前，即有
一書名《集異記》者，而該書已把薛用弱《集異記》及其他《集異》
之作，刪去作者自語，冶為一爐，《廣記》編纂者據此而入書，亦未
可知。

　　無論現存於《廣記》中之《集異記》為《廣記》編纂者綜合薛
氏《集異記》及其他集異記而成抑或在編纂之前即有此一「集大成」
之作而編纂者據以入書，把《顧本》所載與《廣記》所載相較，《廣
記》所載者則大遜於顧氏，此可歷歷見於前面之校讎中。《廣記》或
省略其故事、或省略其描述、或省略其轉合之關係詞、或改用常用
之表達、甚或扭轉原來故事骨髓所在之小節、刪除原作者評述之語、
甚或誤讀原文或不明原文而遽改者，原來之精神容貌頗有喪失，已
不復《四庫全書總目提要》所云「其敘述頗有文采，勝他小說之凡
鄙」，實為可嘆。職是之故，《廣記》中所載《集異記》，已經淺人之
陋筆所刪削竄改。一般而言，文章盡改愈精，而事實却反是，可見
文采乃天賦之稟，淺薄之人未窺堂奧，却自以為是，妄加竄改，殊
為可嘆，此亦淺人應自警惕者也。

　　就文物典制之沿革而言，其改動之處，有時或可供研究者之參
考。如前述「平等閣」條中，《廣記》易《顧本》之「七百緡」為「百
萬緡」，「張鎰」條中《廣記》之刪除宵禁一背景，皆或可見其變易
之一斑也。

五　涵芬樓所載薛用弱《集異記》四十六則

　　涵芬樓載有並明言為薛用弱著《集異記》四十六則[10]。與《顧本》篇名相同者有十一則，依次為徐佐卿、裴琬、蕭穎士、王維、王渙之、張鎰、裴通遠（涵芬樓作裴通遠家女，不如何故）、韋知微、狄梁公、集翠裘、王積薪。其中徐佐卿（《廣記》謂出自《廣德神異錄》）、裴琬、蕭穎士、王維、張鎰、裴通遠、集翠裘、王積薪等八篇篇目亦見於《廣記》。其餘三十五則皆載於《廣記》，而文字幾無差異。

　　饒有意義的是，當涵芬樓有關諸則與《顧本》及《廣記》相較時，出現四個有趣現象。（一）除集翠裘與王積薪二則外，各則出現之次序與《顧本》同，並構成涵芬樓《集異記》之最前部分。（二）上述諸九則文字上與《顧本》同而不與《廣記》同（《顧本》與《廣記》之異已見前）。（三）集翠裘條在涵芬樓僅接於狄梁公之後，可視作為一整體，而集翠裘條文字與《顧本》同而與《廣記》異。（四）王積薪條在涵芬樓與集翠裘相隔二十多則，而王積薪條文字却與《廣記》全合而不與顧本同。

　　根據上述不尋常的四個現象，我們幾可推斷涵芬樓所載薛用弱《集異記》，乃選自為《顧本》所代表的十六則本與選自《廣記》中所載的《集異記》。換言之，涵芬樓據十六則本選錄十條（或先選九條，稍後即再補上集翠裘條），故次序依十六則本而集翠裘之條序稍後。其後，涵芬樓於《廣記》《集異記》中選錄三十六條，而其中之王積薪條即選自《廣記》。換言之，涵芬樓忘却了十六則本原有王積薪條，而於初錄中不選，而後竟選錄自《太平廣記》；因此，王積薪條與《廣記》同而與《顧本》異，其條序之異於他條者實有因也。

---

10 所據之涵芬樓薛用弱《集異記》，見臺灣商務所印《萬有文庫涵芬樓舊小說》內（己集三，頁 57～88）。

不存於《顧本》十六則之三十五則既皆著於《廣記》並文字與《廣記》同，可謂必選自《廣記》，不得謂原先另有一本《集異記》，而涵芬樓與《廣記》皆自此《集異記》選錄也。蓋如屬後者，則涵芬樓所錄集《異記》必有不存於廣記者。職是之故，涵芬樓所載《集異記》，其居前之十則選錄自十六則本而後之三十六則（包括王積薪條）則選自《廣記》，殆無疑義也。

涵芬樓選自《廣記》之三十六則（包括王積薪條）依《廣記》次序為：王四郎、李清、玉女、趙操、茅安道、奚藥山、阿足師、汪鳳、賈人妻（涵芬樓終於此篇）、王積薪、衛庭訓、崔圓、張光晟、李納、沈聿、永清縣廟、劉元逈、馬總、陳導、郾濤、金友章、李楚賓、嘉陵江巨木、光化寺客、裴越客、丁嵓、王瑤、崔韜、楊褒、鄭韶、柳超、田招、胡志忠、徐安、裴伷、鄧元佐。

六 《太平廣記》所載《集異記》八十則辨疏

據哈佛燕京社編《太平廣記引得》，《廣記》共載《集異記》八十條。然而，《廣記》書內並沒有指名為薛用弱《集異記》，雖近人或有以為即薛用弱《集異記》者。至於明為薛用弱所錄之「徐佐卿」條，《廣記》則謂出自《廣德神異錄》。八十條中之葉法善條，《廣記》謂亦見《仙傳拾遺》。其中之石旻條，點校本謂：「按見《酉陽雜俎》五」。其中之蘇頲條，點校本直接謂出《廣異記》。今按：黃曉峰乾隆刻本作出《廣異記》[11]。其中之永清廟條，點校本謂：「明鈔本作出《錄異記》」。其中之蔣琛條，點校本謂：「明鈔本作出《纂異記》」。其中之盧元裕條，點校本直接謂出自《宣室志》。其中僧晏道條，點

---

11 見註二中所述臺北新興書局據黃刻影印之《太平廣記》。

校本謂：「明鈔本作出《纂異記》」。可見不同的《太平廣記》版本，著錄頗有差異。其中之孫氏條、劉玄條、劉先朝條亦見於《太平御覽》，並謂出自《集異記》。此三篇篇幅極短，時代未註明，但推斷所載事為六朝居多，此後詳。《御覽書目》及書內分別註有《集異記》及《郭季產集異記》，不知是否同為一書；孟之微《古小說搜殘》把他們全部歸入《郭季產集異記》。郭季產其人及其書已不可考。同時，《廣記》載有張天錫條（卷二七六），謂出自李產《集異傳》（據《人名大辭典》，李產，前燕人，初依祖狄，後仕石氏），而《御覽》則謂出自《集異記》。總言之，著錄情形甚亂，不易詳考，

鑒於以上著錄之混亂情形，以及《廣記》所載各篇中年代（或六朝或隋唐）、篇幅長短（有過長及過短者）、及文字風格之差異，筆者暫時的假設是：《廣記》所載《集異記》為雜纂之作，內錄有薛用弱《集異記》，亦錄有他人以同樣甚或同類書名的集異之作。

以下是根據已知來源、年代、篇幅、文字風格來辨疏《廣記》所載《集異記》，疏漏錯誤在所難免，視之為初步的作業可也。

《廣記》《集異記》八十則可按下列步驟逐層過濾：

一類，據顧本，可知蔡少霞、邢曹進、僧澄空（即平等閣）、王維、王積薪、張鎰、蕭穎士、裴通遠、裴珙、集翠裘十則為出自薛用弱《集異記》。

二類，據《廣記》中之「亦見」及明鈔本等，把兩出之諸篇視作其源自他書。我們信任明鈔本等，蓋由於這些可疑之諸篇，在年代、篇幅長短、文字風格等，與《顧氏》及《廣記》的他篇大概皆不同之故。如此，葉法善條（文過長、文字風格迥異）宜歸入《仙傳拾遺》，石旻條（短而文字不類）宜歸入《酉陽雜俎》，蘇頲條（過短）宜歸入《廣異記》，永清縣廟條（用大中壬申歲，記年之例與他篇異）宜歸入《錄異記》，蔣琛條（過長，文字亦不類）宜歸入《纂

異記》，盧元裕條（過短）宜歸入《宣室志》，僧晏道條（此條於年代篇幅文字風格則無迥異於他篇之處）宜亦依例歸入《纂異記》。

三類，其記事為六朝者可別為一類，蓋一般而言，六朝人記六朝譎異事，而唐人則記隋唐事也。於此目下，可得孫氏條（篇中不註明年代，但此條在首卷中，而前面諸條則有明為六朝事者）、劉玄條（篇中指名為宋，為精怪一之第五條。第二條桓玄註明東晉時，第七條居延部落主註明為周靜帝時，為隋前之北周；故以《廣記》篇次乃依時間順序而言，此條應為六朝之宋）、游先朝條（未註明時代，然其體例與劉玄同而僅次於劉玄條，諒亦為六朝事）、朱休之條（元嘉中）、張華條（晉惠帝）、鄧元佐條（時代未明。然此則居卷首而其後有數則明為六朝事，故應亦為六朝事也）。

今按前三條（孫氏、劉玄、游先朝）亦見於《太平御覽》，又三條皆篇幅短，可歸為一組，殆無疑義。至於是否為《郭季產集異記》，抑或李產《集異傳》，甚或其他集異記、傳，則是另一問題。至於朱休之條，文亦短，或與上述同一來源。至於張華及鄧元佐條，則篇幅長短正常。要之，諸條皆載六朝奇異事。

四類，時代未註明，篇內亦無顯貴，但可依《廣記》篇次與時代相順一編例以大概推知為唐事者。《廣記》《集異記》中前已歸納之一類，皆有顯貴或註明時代者，故不與本類重疊。前已歸納之三類，為六朝事，故亦不與本類重疊。前已歸納之二類，可與本類相重疊。現屬於本類者計有奚藥山、阿足師、鄔濤、金友章、于凝、張式、光化寺客、王瑤、崔韜、范翊、盧言、僧晏道（亦見於二類）、朱覲。蔣琛條（亦見於二類），雖不易依篇次定為唐事，但以篇中成熟之七言詩句論之，應為唐作。楊褒則可依篇次定為六朝或隋事。同時，除亦見於《顧本》所載諸條外，時代未註明而可於篇內顯貴而得知為唐事者，有劉元迥、馬總、江淮市人桃核、裴度、胡志忠

五條。江淮市人桃核所提到之水部員外郎杜涉、處州小將胡志忠，皆不見於《人名大辭典》，待考。但此兩則就篇次而言，亦可得推斷為唐事。如此說來，除卻本文上述三類所列各則外，《廣記》、《集異記》所載皆為隋唐譎詭事。就《顧本》作為參考之基礎而言，有顯貴而不著明隋唐年號者尚可與《顧本》之薛氏《集異記》相符，至於沒有顯貴又不註明年號者則與薛氏有所乖離了。

五類，篇幅極短與極長者。極長者有葉法善（已於二類歸入《仙傳拾遺》）、李清、蔣琛（亦見於四類）三條。極短者有蘇頲（107字，已於二類歸入《廣異記》）；孫氏（48字，亦見於三類）、劉玄（78字，亦見於三類）、游先朝（62字，亦見於三類）；江淮市人桃核（26字）、盧元裕（94字）、朱休之（80字，亦見於三類）。太長與太短的諸篇，既多亦見於與顧本《集異記》相乖離之二、三、四類，可見太長太短實為與薛氏相乖離的一個標記。同時，《廣記》所載《集異記》裏，有關於犬的若干則，篇幅皆不甚長，但稍長於此極短類。

六類，諸篇僅註明唐而不細及帝號而又缺顯貴於篇內以推知者。這類亦與前已據《顧本》十六則所分析之薛氏《集異記》體例有所乖離。現計有趙操、茅安道、蘇頲（與二類重疊，原或屬《廣異記》）、賈人妻、徐智通、盧元裕六則。

七類，篇中主角或次角非士宦階層者。據前面對《顧本》十六則之分析，薛氏之《集異記》所記皆為仕宦階層者，故非仕宦階層者亦可視作對薛氏《集異記》乖離之一個標記。計有李清（亦見五類中篇幅極長者）、玉女、奚藥山（亦見四類）、阿足師（亦見四類）、王安國、汪鳳（亦涉及玄宗蒙難事，稍異本類體例）、孫氏（亦見三類、五類）、衛庭訓、崔圓（亦涉及玄宗蒙難事，稍異本類體例）、永清縣廟（亦見二類。主角名字不註明）、蔣琛（但水神大會中有屈

原等人，稍異本類體例）、陳導、鄔濤（亦見四類）、李佐文（李佐文非仕宦，但旅食於兩士宦家，稍異本類體例）、金友章（亦見四類）、于凝（亦見四類）、宮山僧、劉玄（亦見三類、五類）、游先朝（亦見三類、五類）、李楚賓、張式（亦見四類）、徐智通（亦見六類）、光化寺客（亦見四類）、王瑤（亦見四類）、楊褒、盧言（亦見四類）、田招、朱休之（亦見三類）、李汾（僅為秀才）、崔商、徐安、僧晏道（亦見二類、四類）、朱覿（亦見四類）、鄧元佐（亦見三類）。

　　上面是根據外在的證據而分出前二類，而根據內在的差異而分出後五類。在第一類裏，我們毫無困難地把屬於薛用弱《集異記》的諸則分別出來。在第二類裏，我們寧願相信明鈔本或其他外證而把有疑問的諸條歸入他書而不歸入薛氏《集異記》，因為他們與薛氏者相較，有所出入，而《廣記》中《集異記》為雜揉之總合居多之故。從第三類到第七類，都可說是以顧本薛用弱《集異記》十六則作基礎而提出與這薛氏原著的各個差異面，作為把他們和薛氏《集異記》相乖離的標記。這些乖離面有時可以重疊，在一般情形看來，重疊愈多（即一條同時出現於幾個乖離範疇裏），則其與薛氏《集異記》愈乖離，其為薛氏原作的機會愈少。然而，在這五種內在乖離類別裏，以第三類（六朝事）、第五類（篇幅過長過短）的乖離性為強，其他諸類則較為弱勢。同時，就可能的不同來源而言，第三類（六朝）比較能提供相當的基礎，其他諸類亦多少替可能有的不同來源提供了一定的指標作用。

　　當然，我們也可以界定更多的乖離面。有兩個乖離面是特別需要一提的。一是就文字風格之同異而言，一是就譎詭之為先設或非先設而言。要討論文字風格，需有界定許多關於文字風格的測量面，加以統計分析，這樣才能客觀，才能分出各種類型，而進一步指出其與薛氏《集異記》十六則之乖離。但這是一個很複雜的工作，筆

者不擬從事。不過，筆者仍願意指出，就文字風格而言，即使未作仔細客觀的辨析，仍可大約地感到某些篇條與薛氏十六則頗有差異，如三類中的六朝較短作品、五類中之過長過短作品、某些犬類故事等。即使篇幅長短相近，仍有一些篇條與薛氏風格相異者；相當顯明而又沒有在前面強烈地被指出其乖離薛氏《集異記》者，當推阿足師條。該條可謂以四言句構成，且有俳儷的傾向，與薛氏十六則極不相類。此條雖擁有四類及八類的乖離，但這兩類之乖離皆為弱勢，非賴其文字風格上之乖離不能確定其遠離薛氏作品。故文字風格上之差異實不可不論。

至於譎詭之是否為先設則是一相當複雜而對於集異之作之美學品質最有關聯的東西。所謂譎詭之先設，是承認超自然之情事為當然為實存，而篇中甚或一開始言某神某妖某超自然事物，然後這超自然世界與篇中的主角產生相接，而成為這集異之內容。所謂譎詭之不先設，是篇中之主角作為一個生存於日常現實世界的人在某一場合裏遇到譎詭怪誕之事，而往往於終篇回復到不譎詭的日常現實。一般說來，讀者在前者所產生的譎詭感往往為弱勢，因為讀者會遵循書篇之先設態度而採取承認有這超自然世界或暫時把這超自然現實視作當然；於是，譎詭感便不強烈。然而，讀者在不先設的後者裏所產生的譎詭感則為強勢，像篇中主人翁一樣突然發覺自已陷入了不可信的超自然世界，產生強烈的譎詭感；甚或在終篇之後仍有「是耶？否耶？」的疑問，猶豫於信與不信之間。我這個「譎詭感」美學觀念乃借自結構主義大師托鐸洛夫，但由於本文體制所限，我僅打算作粗略的應用[12]。就上面簡括的描述，我們可看出薛用

---

12 我此處之譎詭感美學理論，乃借取結構主義大師托鐸洛夫（Tzvetan Todorov）在其《論奇幻敘述體》（*The Fantastic*, trans, by Richard Howard, New York, Cornell Univ. Press, 1973）一書所提出的觀念。托氏認為奇幻敘述體（the

弱十六則裏大致上是採取譎詭不先設的敘述結構，故譎詭感在讀者心中往往以強勢出現。但《廣記》中所載之《集異記》則往往有採取譎詭先設的態度與敘述結構者。舉例來說，在茅安道條裏，篇中一開首即謂：「唐茅安道，盧山道士，能畫符役鬼，幻化無端」。讀者在此情況下只好追隨篇中的先設態度以讀之，以畫符役鬼為當然；職是之故，所生譎詭感往往為弱勢。在這例子裏，其態度及敘述結構皆為譎詭先設。在衛庭訓條中，先言「衛庭訓，河南人，累舉不第……乃以琴酒為事」，然後謂「一日，偶值一舉人，相得甚歡，乃邀與之飲。庭訓復酣，此人昏然而醉，庭訓曰：君未飲，何醉也。曰：吾非人，乃華原梓桐神也」。到此為止，是遵循譎詭非先設結構，會產生強勢的譎詭感。但接著篇中言衛庭訓與此梓桐神之交往，超自然現實的世界被完全地接受而敘述，這超自然現實之純然被接受

fantastic）會使讀者在閱讀裡產生一個奇幻感，處於可信與不可信的模稜猶豫裏。要獲得奇幻感，也就是要構成一個奇幻敘述體，需要符合某些條件。其一，讀者需以篇中之世界為日常之現實世界而讀者對篇中所產生譎詭之事，猶豫於超自然與自然二解釋間。如果全然用超自然的解釋，承認一個超自然界之為當然，那麼也就無所謂譎詭奇幻可言了。但如果以自然現實以解釋之，卻又解不通。這麼的一個猶豫於兩者之間，遂乃有奇幻感之可言。其二，讀者宜與篇中之主角相認同，這樣才能發覺自己突然陷於譎詭之世界而產生奇幻感。其三，讀者要採取某些文類態度，不把書篇看作是比喻性的表達，也不把書篇看作是不求寫實的「詩」意表達，否則，奇幻感（即猶豫於可信與不可信間）也無由而生。同時，托氏指出，奇幻敘述體往往只是一個邊界不很明晰的文類，一邊倚向超自然的解釋而成為「神妙體」（the marvelous），一邊倚向自然之解釋而以為篇中譎詭不過乃因不細察而生而實可以自然現實釋之者，遂成為「不察見怪體」（the uncanny）。托氏同時謂，奇幻感實與幻覺或視覺有關，並以語言、結構、及語意三者來進一步論述奇幻體的構成。我這裏用「譎詭感」而不用「奇幻感」乃是一方面在行文上欲繼承晁氏「譎詭」一詞，一方面也由於《集異記》篇短而旨在集異，與托氏奇幻體之長篇及成熟度而言，實難以相提並論，而所產生之「奇幻感」亦不免瞠乎其後。要之，可視本文所說之「譎詭感」為托氏所界定之「奇幻感」之弱勢表達可也。

遂壓倒其原有的譎詭感。至篇末之「有一黃衫吏持書而入，拜曰，天曹逢命為判官。遂卒於是夕」，讀者只好遵循篇中所要求之超自然世界而接受之，懸疑之譎詭感遂喪失殆盡。上述之第二類情形，在《廣記》中之《集異記》頗多，尤其是在神鬼二類裏。相反地，薛用弱《集異記》十六則之譎詭非先設的敘述架構往往能支持至終篇，而閱讀中之譎詭感一直處於強勢中。茲舉一二例以明之。以平等閣為例，篇中所展開之世界實為現實世界而非超自然世界，澄空投入鐵液中而佛像得以成，其關係亦不免是「是耶？非耶？」，而李昌之為澄空後身仍不免是臆猜。「計僧死像成之日，至昌正五十年矣，以釋法推之，則昌也得非澄空之後身歟」。如此說解之語，正反映著只不過是以某角度以圓其說的作法，讀者尚有大量的空間可處於信與不信之間。裴珙條之結構同樣遵循譎詭非先設結構，先陳設一個現實世界，然後讓裴珙進入譎詭之事。篇中超自然世界所占之篇幅雖長，但其中主角之自省語「吾豈為異物耶，何其幽顯之隔如此哉」，正是譎詭感之演出。同時，篇末把裴珙敘述為突然生病而語言大異，正好讓讀者有餘地認為前或不免為偶發之疾所產之幻覺。最後之作者自語，「余於上都，自見竇溫，細話其事」，其中之「話」字即不免涵著信與不信問的譎詭感。即如裴通遠條，老婦於其所遺錦囊中有逝者覆面之物四，而四位女兒得之不旬日相次而卒，讀者尚可猶豫於現實與超自然現實之間，因為這些逝者覆面之衣不見得必為陰魂所持，而四少女之死亦不得必謂為鬼所召去也。

七 《太平廣記》所載《集異記》八十則母題分析

　　《太平廣記》共分九十二類。《廣記》中之《集異記》八十條，隸屬於三十類，依次為神仙四則、女仙一則、道術一則、方士三則、

異人二則、異僧一則、釋證二則、報應三則、徵應一則、貢舉一則、豪俠一則、醫一則、技巧一則，博戲一則、夢三則、神十則、鬼五則、神魂一則、妖怪三則、精怪三則、塚墓一則、雷二則、寶四則、草木一則、龍二則、虎四則、畜獸十二則、狐三則、蛇一則、水族二則。《廣記》之分類，雖亦有其價值，但其不免粗略，而不能帶領我們對各篇條之內容有任何深入及系統之理解。

　　下面是繼續前面對顧本薛用弱《集異記》十六則所作的母題分析，對《廣記》所載《集異記》八十則所涵攝之母題世界逐篇作初步的分析，簡明標出每篇所含的母題。這裏只僅就筆者本人所認知之民間思想，就每篇內容而把母題析出，思辨未周與及所用後設語言未盡完善之處，在所難免，視之為初步之作業可也。雖然如此粗陋，藉此亦未嘗不可對我國民間思想有進一步具體之把握，亦有利於《廣記》以後的民間文學以及文人文學母題世界之了解，蓋由來有自也。

　　為了前節考證辨疏上所作之辨別更為易見，故於下列逐篇母題分析時，順便標明其年代之下限，以求一目瞭然。

篇名卷數及類目	事蹟年代（下限）	母題
（▲表示籍篇中所載唐代顯貴可知）		
1.葉法善（26 神仙）	玄宗（唐）	此篇母題甚為複雜，就其大者言之，有謫仙母題、神授異能母題、降魔母題等。
2.王四郎（35 神仙）	唐元和中	缺乏顯明母題，且王四郎亦非神仙，只是能化金而已；或勉強可名之為煉金術母題。

3.李清（36 神仙）	高宗永徽五年（唐）	道家洞府母題、神授母題、山中方七日母題。
4.蔡少霞（55 神仙）	▲唐（據顧本）	絕藝神授母題（詩藝及書藝）、夢中神授絕藝母題、被選母題。
5.玉女（63 女仙）	唐大曆中	守童貞不老母題與修道不老母題相結合。
6.趙操（73 道術）	唐	煉金術母題。
7.符契元（78 方士）	唐長慶初	道家入靜神遊母題、陽官不避陰官母題。
8.茅安道（78 方士）	唐	遁形母題與作法變形母題。
9.石旻（78 方士）	唐太和九年	方士知未來母題。
10.李子牟（82 異人）	唐	異器（玉笛）與異人母題、異器非凡人所能勝用母題。
11.奚藥山（84 異人）	時代未明（唐事居多。代宗時稱長安為上都，今文中有上都通化門。且前幾條皆載唐事）	絕藝母題（治輞）與布施母題結合。
12.阿足師（97 異僧）	年代未明（按其前後諸條述唐事，疑亦述唐事）	佛教除宿孽母題。
13.邢曹進（101 釋證）	唐至德已來	夢中預言母題、夢中謎式語言母題、僧道為特殊階層而有異能母題、釋證母題。

14.殭僧（101 釋證）	唐元和十三年	釋證母題及佛身不可犯母題。
15.僧澄空（114 報應）	唐開元初	佛家捨身母題及佛家後身母題。
16.蘇頲（121 報應）	唐	相者預壽母題、陰間訟敗而夭壽母題。
17.王安國（128 報應）	唐寶曆三年	冤魂現身母題、夢兆母題、冤魂復仇母題。
18.汪鳳（140 徵應）	唐天寶十四年	囚妖不慎被釋而人間生災難母題、世運宿命母題、妖氣則鄰近死喪凋隕母題。
19.王維（179 貢舉）	▲唐	仕人僥獲王侯知音之賞識母題。
20.賈人妻（196 豪俠）	唐	女豪傑復仇而去母題。
21.魏淑（220 醫）	大曆中（唐）	釋證母題（皈依佛以治病）。
22.李欽瑤（227 技巧）	至德中（唐）	神乎技矣母題（箭術）。
23.王積薪（228 博戲）	玄宗（唐）	絕藝神授母題（圍棋）。
24.孫氏（276 夢）	年代未明（疑為唐。此條在夢類首卷中，而前面諸則有明為六朝事者。）	夢兆母題及夢中謎式語言（肖象語言）。
25.張鎰（278 夢）	大曆中（唐）	夢中預言母題、及夢中謎式語言（切語）母題。

26.高元裕（278 夢）	大中二年（唐）	夢中預言母題、夢中謎式語言（近乎拆字）及神蹟猶存母題。
27.衛庭訓（302 神）	天寶初（唐）	與廟神為友母題、命喪則魂被索母題、天曹問祿壽母題、奉天曹命為官而卒母題、神祇繁華生活一如人間官宦母題。
28.崔圓（303 神）	天寶末（唐）	神祇避駕母題、神祇預知帝事母題、神祇繁華生活一如人間官宦母題。
29.張光晟（304 神）	德宗（唐）	問祠得夢母題、夢中預言母題、夢中謎式語言（委曲語言）母題。
30.李納（305 神）	貞元初（唐）	嶽神界預知或並安排人間官吏壽命及其接班母題、嶽神界與人界可交通母題、人間事預演於嶽神界母題。
31.沈聿（307 神）	貞元中（唐）	因夢隨使入陰間母題、續命延限母題、人鬼爭訟而人被召入陰曹母題、藏於寺廟以避劫難母題。
32.永清縣廟（307 神）	大中壬申歲（唐）	神祇向人間申訴其被屈母題。

33.凌華（307 神）	元和初（唐）	貴骨母題及貴骨因德之不修而轉移母題。
34.劉元迴（308 神）	▲唐（篇中述李師古事。今按李師古為唐節度使。此條之前後皆為唐事。）	神借人身現法母題。
35.馬總（308 神）	▲唐（篇中述馬總事，馬總為唐節度使）	陰官於人間求人接班母題、夢中預言母題、夢中謎式語言、壽命長短母題。
36.蔣琛（309 神）	時代未明（疑為唐作，蓋篇內之七言詩句極為成熟）	靈龜報恩母題、水神大會母題、溺於水或與水有關聯之名人歿後為水神母題、魚蝦等水族或訟漁人於海王母題。
37.陳導（328 鬼）	唐龍朔中	遇陰使母題、陰使行災母題、陰使要賄免災母題。
38.蕭穎士（332 鬼）	▲唐（篇中述蕭穎士事，且《顧本》有用弱自語）	後人肖其祖母題。
39.裴通遠（345 鬼）	唐憲宗	拾得冥物而死母題或陰魂入陽界催死母題。
40.鄔濤（347 鬼）	時代未明（當為唐，該條之前後皆為唐事）	與女鬼同居母題、與鬼魅同居會死母題（隱含）、道士為特殊階層母題、貼符咒等以驅止鬼魅母題。

41.李佐文（347 鬼）	開成四年（唐）	荒野宿鬼塚母題、鬼塚變形為屋母題。
42.裴琪（358 神魂）	▲唐（從篇中竇溫可知）	陰陽異域母題及陽魂入陰間母題。
43.金友章（364 妖怪）	年代未明（疑為唐，蓋前有一則唐事）	枯骨成女精母題、凡物總有精魅附之母題、精魅之首畜女精為姬妾母題。
44.于凝（364 妖怪）	年代未明（疑為唐，蓋前有一則唐事）	枯骨成精母題。
45.宮山僧（365 妖怪）	元和初（唐）	一見妖一不見妖母題或心生妖怪母題。
46.劉玄（368 精怪）	宋（六朝。精怪一之第五條。第二條桓玄註明東晉時。第七條居延部落主，註明為周靜帝時。故以廣記篇次言，則此條應為六朝之宋）	古物成精母題。
47.游先朝（368 精怪）	時代未明（然其體例與劉玄同而僅次於劉玄條，諒亦為六朝事）	物成精母題。
48.李楚賓（369 精怪）	建中初（唐）	筮卜預言母題、變形母題、古物成精母題、精魅以魔法方式傷人（此處兼用毗鄰及肖象關係，喙屋則堂中之母痛苦呻吟）母題。

49.張式（390 塚墓）	時代未明（篇內有洛京一詞，而其前有數則言明為唐事者）	夢中預言指引母題、夢中謎式預言母題、風水母題。
50.徐智通（394 雷）	唐	變形母題、神界約相為戲母題、神界交談秘密為人所偶聽而其事終實現母題、神功精妙母題。
51.裴用（394 雷）	唐大和	雷劈棺墓碎屍母題。
52.李勉（402 寶）	開元初（唐）	尋寶母題、臨終因義贈寶母題。
53.集翠裘（405 寶）	則天時（唐）	忠奸分明母題。
54.嘉陵江巨木（405 寶）	開成三年（唐）	嘉異（與災異相對）母題（肖象關係）。
55.江淮市人桃核（405 寶）	▲唐（篇中有水部員外郎杜涉，且前後皆為唐事）	神山出寶物母題。
56.光化寺客(417 草木)	時代未明（疑為唐，蓋其下一條為唐事，而本條意味如唐傳奇之作）	變形母題、花卉成神或精而絕艷母體、人與花神或花精相戀而終離遺憾母題。
57.劉禹錫（422 龍）	唐貞元中	雷龍母題、異事歷歷而其後物態依舊似未嘗生者母題。
58.盧元裕（422 龍）	故唐	龍可小大變易母題。

59.裴越客（428 虎）	唐乾元初	虎媒母題。
60.丁嵒（429 虎）	貞元十四年（唐）	人虎信情交感母題。
61.王瑤（433 虎）	時代未明（其前兩條之柳並條為唐事，疑亦為唐事。有漢州一地名）	變形母題（虎化為人）。
62.崔韜（443 虎）	時代未明（居於王瑤條之後，疑亦為唐事。有明經擢第語）	變形母題（虎化為女子）、宿命母題。
63.楊褒（437 畜獸）	時代未明（廣記中置於犬上第五條，前三條則明言為晉事，第六條則為隋事，故此條應屬六朝或隋事。）	義犬母題（識奸救主）。
64.鄭韶（437 畜獸）	隋煬帝時	義犬母題（識奸救主）。
65.柳超（437 畜獸）	唐中宗	義犬母題（識奸救主）。
66.范翊（437 畜獸）	時代未明（此卷篇次與時代先後有錯亂。現僅就此條之前後暫定為唐事）	義犬母題（議奸救主）。
67.盧言（437 畜獸）	時代未明（此卷篇次與時代先後有錯亂。以其居前之則為唐，暫定為唐事）	義犬母題（醒主逃離火災）。

68.田招（437 畜獸）	貞元初（唐）	家犬不可食母題，犬識性而記恨復仇母題。
69.裴度（437 畜獸）	▲唐（篇內主角為裴度，唐名臣。）	犬識性而記恨復仇母題。
70 朱休之（438 畜獸）	元嘉中（六朝之晉）	主題未明或可稱為犬怪母題。
71.胡志忠（438 畜獸）	▲時代未明（其前後之條皆為唐，或為唐事。篇內謂處州小將胡志忠奉使之越）	犬怪母題、託夢母題。
72.李汾（439 畜獸）	天寶末	豕精母題、變形母題、畜精類復其原形則喪其能力母題、畜精類白日乃復其形母題。
73.張華（442 畜獸）	晉惠帝（六朝）	狐狸精母題、變形母題、華表（枯木）照天母題。
74.崔商（445 畜獸）	元和中（唐）	猿精母題、變形母題、或亦涵攝花果山母題。
75.徐安（450 狐）	開元五年（唐）	狐狸惑人妻母題、變形母題（狐狸化作美男子）、飛籠赴約母題、斬妖則惑除母題。
76.僧晏通（451 狐）	時代未明（前數條為唐事，疑亦為唐代）	狐狸扮人母題。
77.薛夔（454 狐）	貞元末（唐）	母題實未明，或可暫以妖狐母題視之。

78.朱覲（456 蛇）	時代未明（然此條居卷末，前有若干則名言為唐事，疑為唐）	蛇精母題、變形母題、蛇精化為男子惑閨女母題、斬妖則惑除母題。
79.裴伷（466 水族）	唐開元七年	母題未明，或可暫以巨鼈雙目若日照夜如晝母題。
80.鄧元佐（471 水族）	時代未明（疑為六朝時，蓋此條為此卷首則，其後若干則為六朝事）	螺精母題、變形母題（變作女子）、悟道母題。

八　餘論

　　在上面對《集異記》之考證爬梳與及母題分析的作業竣工以後，我更深信薛氏十六則正如《四庫全書總目提要》所說的「其敘述頗有文采，勝他小說之凡鄙」，而其譎詭感之與其敘述結構相結合而得以保持至終篇而產生譎詭美感更值得注意；同時，我更深信《太平廣記》中所載《集異記》為雜揉而成者，來源甚為複雜。《廣記》所載薛氏十六則以外者，並非必然遜色，而許多佳篇亦迫近（宋）洪邁所謂「悽婉欲絕」[13]（如賈人妻、金友章、光化寺客）及前面所謂「其敘述頗有文采」者（如殭僧、嘉陵江巨木、丁嵓、胡志忠、徐安等）。

　　上面的考證爬梳工作，第一及第二項是沿外證的方向進行，合

---

13 (宋)洪邁謂：「唐人小說不可不熟，言事悽婉欲絕，間有神遇而不自知者，與詩律可稱一代之奇」。現引自劉開榮《唐代小說研究》，（臺北市：臺灣商務印書館，1966 年），頁 14。

乎考證之傳統，但其後所提出之五項細分，純是內延，似乎已超出
了傳統的考證範疇，可以說是從不可能裏去作可能的爬梳。尤其是
最後所提出的文字風格問題與及譎詭感問題，則更為內延了。換言
之，本文是試圖把考證爬梳的工作逐步迫入作品的內部，把內延的
研究與考證爬梳聯結在一起。事實上，考證爬梳的工作與母題研究
亦可以聯結在一起；不過，《集異記》既為集譎詭事而成，母題之差
異不易作為一爬梳分辨之標準。

　　在母題的分析裏，我只是對各篇所統攝的母題作初步的粗略的
指出，並沒有進一步的加以整理歸類。事實上，即使在這初步描繪
的階段裏，我也沒有有意地對我的後設語言及母題系統作任何刻意
的安排。在西方的民間傳統研究裏，湯姆森根據阿勒恩的民間故事
分類而擴大至五大範疇、三十二類別，二千三百四十細目的索引，
相當周密[14]。然而，如果就更高的抽象層次而言，正如結構主義大師
托鐸洛夫在其《論奇幻敘述體》一書裏所揭示的，分類宜在抽象層
次裏形成一個系統（尤其是一個由相對組構成的系統），方為完備[15]。
在目前的初步母題描述裏，我沒有這個雄心要建構一個母題系統，
甚至也沒有雄心存著母題系統的觀念來描述篇中的諸母題。為什麼
呢？一方面由於力有未逮（要建立一個母題網牽涉很多問題），一方
面也由於這樣的一個研究，應在《廣記》全書中進行，或至少在《廣
記》全書中有譎詭的全部書篇去進行，才能竟全功。這樣的工作得
留待對《廣記》作較全盤研究的人去處理了。

　　譎詭感是討論譎詭之作底美學反應的一個重要環節所在，因本
文體製所限，我在上面只能作了粗略的解釋與舉例。如果能把《廣
記》中所有譎詭之作做通盤之觀察，然後深度地系統地討論其譎詭
感，當是饒有文學意義的工作。事實上，俄國結構主義大家普拉普

14　Stith Thompson, *The Falktale*, New York, 1946.

15　Tzvetan Todorov, *The Fantastic*，請參註 12。

（Propp）研究俄國民間傳說所提出的三十一個結構點與及用此以勾
構的民間傳說形態學[16]與及法國結構主義大家葛黑瑪（Greimas）據
普拉普而成的修正模式（縮減為二十個結構點等）[17]，都相當地有助
於我們對《廣記》中所載的民間傳說或譎詭之作在結構形式上有所
了解。但這些可能從事的作業都在本文研究範疇之外，只是在此餘
論裏略為一提以供有志者之參考耳。

---

16 V. Propp, *Morphology of the Folktale*, trans. by Laurence Scott （Austin: Univ. of Texas Press, 1968.

17 A.J. Greimas, *Sémantique structurale* （Paris: Larousse）, 1966.

悲劇：《感天動地竇娥冤》
──元人雜劇現代觀之一

楔子

　　王國維論元劇時說：「其最有悲劇之性質者，則如關漢卿之《竇娥冤》，紀君祥之《趙氏孤兒》，劇中雖有惡人交媾其間，而其蹈湯赴火者，仍出於主人翁之意志，即列之於世界大悲劇中亦無愧色也」（《宋元戲曲考》〈十二、元劇之文章〉）。王氏即以《竇娥冤》為悲劇。王氏寥寥數語，雖得悲劇之真精神，或未能使人信服。本文即試圖對此問題作一較具體、深入、細節的探討，以論證其悲劇成分及其變異。要論證其是否為悲劇，須先說明悲劇的含義為何，故本文首章即探討悲劇的含義。悲劇之論，西哲亞里斯多德（Aristotle）開其先河，其論最具權威，亦最為學者所首肯，故本文以其論為討論悲劇之基礎。本文第二章即就此以論《竇娥冤》一劇中的悲劇成分，以論證其悲劇之本質。更以近世美國批評學者格勒茲（Krutch）的悲劇學說相印證，以作進一步之肯定。惟《竇娥冤》一劇既為中國產品，自有其文化、地域的特色，故與希臘悲劇相較，自有差異，本文第三章即論此差異。其大端有二，一為佛教輪迴思想的插入，一為現實傾向而產生喜劇配角的插入；兩者本文稱之為悲劇之變異。惟《竇娥冤》一劇其本質為悲劇，似可肯定。

　　《竇娥冤》一劇，今存版本有三：一為明刊古名家雜劇本，一為（明）臧懋循元曲選本，一為（明）孟稱舜古今名劇合選本，三本中以古名家本最古，臧選本最為流行。三家選本略有差異，鄭騫先生〈竇娥冤雜劇異本比較〉（《景午叢編》（上編））一文中已有詳細比較，不贅。今所據乃世界書局印行之《元人雜劇注》，也就是臧選，以其最為流行故。

一　悲劇的含義

　　西方的戲劇理論，從亞里斯多德開始，即把戲劇分為兩種型態，就是悲劇和喜劇。在亞氏《詩學》裏這樣說的：

> 悲劇是一高貴而完整的動作的模擬，動作本身有著相當的長度；它所用的語言，是經由諸種語言上的裝璜而加以潤飾，而諸種裝璜分別用於全劇的不同部分；它以戲劇的而非敘述的形式來呈現，而透過這令人產生憐憫、產生恐懼的事件的呈現使這令人產生憐憫、產生恐懼的事件有所清滌。（《詩學》，六章）[1]
>
> 喜劇是對卑下人物的模擬。這些卑下人物並非有著任一種邪惡，而是似隸屬於「殘缺」門下的「荒謬可笑」為其特性。我們意指的「荒謬可笑」是某些既引不起痛楚，也引不起傷害的差錯或醜陋。立刻就來到腦際的實例就是喜劇面具，雖

---

1 本文所據亞氏《詩學》，是格勒茲的英譯。見 *Aristotle's Poetics: A Translation and Commentary for Students of Literature*, Translation by Leon Golden, Commentary by O.B. Hardison, Jr （N.J.: Prentice-Hall,Inc.,1968）

　　是醜陋、扭曲，但不會引起痛楚。（《詩學》，五章）

我們得特別注意的是：亞氏把悲劇和喜劇看作是戲劇的兩極，兩兩相對。悲劇的人物是高貴的，而喜劇是卑下的；悲劇是引起同情與憐憫的，喜劇是引起荒謬可笑的。循此而深入探討，我們即能發覺亞氏戲劇二元論的基點是置於人性上，置於人物的才具上。以一般人所表現的人性上的才具作為水平，其上即歸入悲劇範疇，其下即歸入喜劇範疇。簡言之，悲劇人物其人性上、才具上有其過人處，喜劇人物其人性上、才具上有其低於人處。正合於亞氏所云：「喜劇的目標在呈現人比較低下的一面，悲劇在呈現人較高的一面」（《詩學》，二章）。就喜劇而言，因其人性上、才具上低得荒謬可笑，於是順理成章地喜劇底引起發笑的效果便產生；但此荒謬必有所節制，不引起痛楚，不產生嚴重傷害，這樣才不致破壞喜劇效果。在悲劇而言，也有一條件，就是悲劇人物並非因人性上的過人處而飛黃騰達，相反地，從高處跌下來，這樣才能引起同情與憐憫，這就是悲劇結構，也因此亞氏以結構為悲劇的靈魂。問題是：這種人性上、才具上有其過人處而反而歷受折磨以終的情形是否合乎人生的真實？答案應是相當肯定的。理由可以從兩方面來說。其一是由於這些悲劇人物與庸俗的社會格格不入，他們追求自己的理念，因此便陷於災難中。這一點，亞氏詩學中似乎未有充分發揮。但在前引文中「高貴」一詞，我們可以大致窺出。在這一情形下，社會與悲劇英雄衝突，而社會的惡力太大，沒有推翻的可能，因此，悲劇英雄便成為受害人，但悲劇英雄並不因此而屈服、妥協，以大無畏的精神以赴難，不失其「高貴」本色。其二就是悲劇英雄在人性上、才具上雖有過人處，但並非絕對的完美。亞氏認為絕對完美的人物不能成為悲劇人物，他說：「悲劇人物既不是一個在道德上、公正上

絕對完美的人物，也不是由於邪惡與敗壞而陷於災難的人物，而是因於差錯而受折磨」（《詩學》，十三章）。「差錯」一詞，原文作「hamartia」， 高老頓（Leon Golden）譯作「miscalculation」，其他有譯作「error」或「fault」的，就是引起頗多爭論的「悲劇英雄的錯失」（tragic fault）。語源上的追尋，「hamartia」意指射箭時射不中圓心。[2]如此說來，所謂差錯是指有所偏。這與亞氏的倫理學相符，凡是有所偏的就是不善，善就是中庸之道，恰中其的。簡言之，差錯就是性格上有所偏的執拗。用這樣含義的差錯來解釋希臘悲劇是最恰當不過了。悲劇英雄奧狄帕斯(Oedipus)與安迪干妮(Antigone)都是由於執拗，不作絲毫的妥協才導致悲劇下場。這種執拗與道德勇氣是聯接一起的，奧狄帕斯就是由於要追求事實的道德勇氣才發現了他自身的罪孽；同時，也由於堅守道德的勇氣才自挖雙目。照一般的道德水平來論，既然他的弒父乃由於無知的誤殺，他的篡母亦由於無知，而且乃是早定的天命，他大可饒恕自己，但由於他比人高一籌的道德勇氣，他自挖雙目以罰。安迪干妮也是同一例子，她認為她身為妹妹就應該為哥哥掩屍，不惜觸犯王法以致死。照一般的道德水平而論，她哥哥既引外敵以爭取王位，其死不甚足惜；而且，即使她用泥土把哥哥屍體掩了，國王也會把屍體重新暴露，何必多此一舉？也就是由於她的道德勇氣高人一籌，也同時由於她的執拗，而導致其悲劇收場。執拗、不妥協、道德勇氣與悲劇是緊合為一的。

---

2 參 William K. Wimsatt, Jr . & Cleanth Brooks, *Literary Criticism : A Short History* (New York : Alfred A . Knopf , 1969), p.39.

二 《竇娥冤》的悲劇成分

悲劇的含義既約述如前，現在我們來看關漢卿《竇娥冤》一劇的悲劇成分。悲劇的重心置於悲劇英雄的身上，其他都可以說是促成這悲劇的環境。當我們考慮一劇是否為悲劇時，重點是置於這主角身上。主角是否人格上比一般高貴？是否有著執拗的道德勇氣？是否走向磨難、走向悲劇的收場？是否引起憐憫與恐懼？這些條件在悲劇裏是缺一不可的，是互相關聯的。

《竇娥冤》在第一折登場時便自道：

> 妾身姓竇，小字端雲，祖居楚州人氏。我三歲上亡了母親，七歲上離了父親；俺父親將我嫁與蔡婆婆為兒媳婦，改名竇娥。至十七歲與夫成親，不幸丈夫亡化，可早三年光景，我今二十歲也。

這種登場白是元雜劇的慣例。但值得注意的是，以竇娥為主的劇情展開於第一折，而竇娥這些前事都在〈楔子〉裏演出。在結構上，〈楔子〉的功能是非常大的，它常常被放在劇首，負責了「前事」的演出，而使故事推至一戲劇化的焦點，而使第一折至第四折演出一完整而又有相當長度的動作。在結構上，是非常符合亞氏的要求的。亞氏在分析史詩和悲劇時，即闡明戲劇不能像史詩一樣作全部的處理，而應選取其中一部而加工（參《詩學》，十八章）。本劇中〈楔子〉的功能，即剪取「前事」於〈楔子〉演出，而讓悲劇英雄一生中最富意義的一段交由戲劇的本體（四折）演出。在竇娥登場以前，在第一折內，純以賓白演出蔡婆婆催債於賽盧醫而為張驢兒父子二

壞蛋所賺的情節。它的功能是把竇娥的處境指出，換句話說，就是把竇娥推至一危險的轉捩點上。最值得注意的，這情節是用賓白演出，表示著它只是一種安排，不是劇中的骨髓，因此，並不妨礙讀者把焦點置於這悲劇英雄身上。她這時尚懵然不知，讀者會為她焦急，甚至會引起同情與恐懼，產生頗大的戲劇感。

當蔡婆婆帶同張驢兒子父回家，向竇娥說明因由，說要婆媳二人分嫁給張驢兒父子時，一向孝順的竇娥不惜反唇相譏，曉以大義：

> 想當初你夫主遺留，替你圖謀，置下田疇，蚤晚羹粥，寒暑衣裘；滿望你鰥寡孤獨，無捱無靠，母子每到白頭。公公也，則落得乾生受。

更不惜冷諷她一番：

> 你道他匆匆喜，我替你倒細細愁；愁則愁興闌姍嚥不下交歡酒，愁則愁眼昏騰扭不上同心扣，愁則愁意朦朧睡不穩芙蓉褥。

當張驢兒唱著「帽兒光光，今日做箇新郎；袖兒窄窄，今日做箇嬌客」，一副弔兒郎噹的姿態進來時。竇娥怒喝一聲：

> 兀那廝，靠後！

這是何等的義氣凜然。比起蔡婆婆一聽到恐嚇就說「罷罷罷，你爺兒兩箇隨我到家中去來」，真不可同日而語。悲劇英雄的勇氣與這帶

有喜劇色彩的蔡婆婆一比，更是顯明了。

後來張驢兒父子就住在蔡家，於是，劇情就轉入第二折。在第二折裏，作者安排一個情節，使故事推進一步，更走向悲劇之路。

張驢兒眼看竇娥不從，便買毒藥意圖毒死蔡婆婆，以便強娶竇娥為妻。正是冤家路窄，他購藥之處，即是賽盧醫藥店。前回賽盧醫要勒死蔡婆婆以賴債之際，給張驢兒撞破，此回則被迫賣毒藥給他，以作末折審判時的伏筆，暫且不表。張驢兒買了毒藥回蔡家，蔡婆婆正生病，著竇娥燒羊肚腸，張驢兒遂藉機下毒藥。但事有湊巧，蔡婆婆嘔吐不想吃，張驢兒父親飲而死。於是張驢兒就以此為口實，說蔡家婆媳毒害其父親，以脅迫竇娥成其美事。竇娥不為所脅，凜然道：

> 我不曾藥殺你老子，情願和你見官去來。

但這楚州太守是貪官，於是竇娥便被推進更多磨難的境地。她遭受了嚴刑的拷打：

> 恰消停，纔蘇醒，又昏迷。捱千般打拷，萬種凌逼，一杖下，一道血，一層皮。

竇娥可憐的命運是會引起無限的同情的。但竇娥仍不為所屈：

> 州官：你招也不招？
> 竇娥：委的不是小婦人下毒藥來。
> 州官：既然不是，你與我打那婆子。

　　竇娥：住住住，休打我婆婆，情願我招了罷，是我藥死公公
　　來。

她是寧死不屈的。如果她成了棒下冤魂，已是悲劇。她本可得生，
但她寧願代其婆婆認罪以死，其悲劇更具深度，更會引起我們的同
情。她的認罪，完全是為了救她婆婆，年老的婆婆是絕對受不了棒
打的。正如她所說：「我若不是死啊，如何救得你？」貪官這種做法，
當然是有利可圖的，如是，蔡家財產落入張驢兒手，貪官當亦得漁
其利。劇中雖未明言，推理可知。
　　於是，劇情推入第三折。全折就是演出竇娥的就斬。以全折作
一事的演出，可謂大手筆，因此折是精神所在。悲劇是令人憐憫令
人恐懼的情事，於英雄受難處多著筆墨，方能充分發揮悲劇的精神。
竇娥受斬的情形，真是驚天動地的。竇娥自知其冤，其冤深則天必
有所應，因此凜然站立，要求三事：

　　要一領淨席，等我竇娥站立；又要丈二白練，掛在旗鎗上，
　　若是我竇娥委實冤枉，刀過頭落處，一腔熱血休半點兒沾在
　　地下，都飛在白練上者。

　　如今三伏天道，若竇娥委實冤枉，身死之後，天降三尺瑞雪，
　　遮掩了竇娥屍體。

　　我竇娥死的委實冤枉，從今以後，著這楚州亢旱三年。

在劇中，竇娥除了以賓白道出三要求外，尚以曲子一一反覆唱出，

如「我不要半星兒熱血紅塵灑，都只在六尺旗鎗素練懸」，如「若果有一腔怨氣噴如火，定要感的六出冰花滾似綿，免著我屍骸現」等，藉音樂的功能，更加深其感人的力量。這些恐怖的意象，熱血灑旗鎗素練，怨氣噴如火，亢旱三年，都使人產生很大的恐怖感。雖然亞氏曾說「憐憫是由於某人不應受難而受難而引起，恐懼是由於我們知道跟我們一樣的某人遭受到災難而引起」（《詩學》，十三章），認為恐懼是由於意識到好人也會遭災難，而聯想到自身而產生恐懼；事實上，恐懼也是由於劇中某些使人產生恐懼感的恐怖情事所引起，如奧狄帕斯的挖目，安迪干妮的活埋等。竇娥底恐怖的預言，前二者立刻實現了，三年亢旱則留待第四折呈現。這並不是延緩，只是三年大旱沒法立刻呈現，但這三年大旱由於前二者的應驗應是毫無問題的，而且三伏熱天突下大雪，其產生的荒謬亦自可知了。

到此為止，我們確認《竇娥冤》一劇與悲劇的諸種基本條件是相當符合的。竇娥是高貴的，有著道德的勇氣，有著道德的執拗，寧死而不失去其為人的道德原則，其實為高貴無疑。她的一生是多災多難的，她出場以前，她的命苦多是被動的，出場以後，她的悲劇根由是她的道德的執拗，她寧死不屈，她代婆婆受屈而死，是符合悲劇精神的。就結構而言，竇娥是一步步地走向更深的悲劇處境。亞氏認為悲劇的結構最好是複雜的，就是要有突轉（reversal）。所謂突轉，就是「在全劇的動作中，命運的突變，從一方轉向完全相反的一方」（《詩學》，十一章）。亞氏舉例說，如《奧狄帕斯王》劇中，使者來告消息以抹除奧狄帕斯王心裏的疑懼，怎料卻因此使奧狄帕斯王洞悉其弒父篡母的真相。但這並非必然每一悲劇皆須如此。如在安迪干妮劇中，劇中開始時，安迪干妮正處於其困境中，她要為兄掩屍而國王則禁止。至於憐憫與恐懼，《竇娥冤》一劇確是一令人憐憫與恐懼的情事，竇娥的苦命，竇娥的道德勇氣而遭受的

苦難都會引起讀者的憐憫，同時，像竇娥這樣人性上、才具上超於平常的女子尚受如此磨難，從亞氏的「恐懼說」來看，當然會引起我們對自身卑微無依的恐懼。或者，我們不用亞氏的恐懼說，而謂恐懼來自劇中的恐懼意象，則血飛上槍桿，怨氣沖天而帶來雪的嚴寒以及三年苦旱，其恐懼情緒是相當大的。至於語言，元劇以唱詞為本體，本劇中的唱詞，是富有各種的修辭，適合其情緒需要，諸如前引諸曲諸句即可見一斑。所以，在基本上，把《竇娥冤》看作悲劇，是沒有太大問題的。

如果以格勒茲（Krutch）的悲劇理論來看，《竇娥冤》更是適合不過的。格勒茲認為真正的悲劇所給予讀者的感受是一種提升感（elation），是戰勝外在的災難而歌頌人類心靈的偉大。這與亞氏所謂的高貴的動作，所謂呈現較高的一面，其見解是相通的。格勒茲又提出「悲劇謬誤」（Tragedy Fallacy）以解釋此提升的悲劇感。他說：

> 悲劇謬誤是完全植根於下面的假設上：人類以為在他身外的某一東西，某些有靈的東西——隨便你稱他為神、自然，或到今尚意義隱微的道德秩序也好——與他聯結起來，於是在他的感覺裏，以為他的憂樂、他的意見是重要的。[3]

就是由於這種謬誤，以為自己與神聯結，於是產生了重要感，於是悲劇英雄才產生驚天動地的行為，才使讀者有提升感，這就是悲劇

---

3 參 Joseph Wood Krutch , "The Tragic Fallacy ," in Barrett H. Clark's *European Thorics of the Drama*, rev. ed. （ N. Y. : Crown Publishers, Inc . 1965, c 1947 ）, pp. 492～501 .

的本質。格勒茲的理論是相當有建樹的，實實在在地把握了悲劇的精神。就此觀點而論，《竇娥冤》更是悲劇無異。悲劇所產生的是一種認同，一種提升，竇娥在劇中雖然是在刀下斷頭，但她的勇氣確實地超過了外在的災難；外在的災難，在她凜然的正氣裏簡直失去了威勢，我們心裏會產生一份提升感，意氣為之軒昂起來。我們寧願和她認同，寧可如此死，也不願屈曲求生。在肯定個人的重要性與天地神靈相聯結這一觀點看，竇娥更有這種覺察，這種自負，而且是非常強烈的，否則她就不敢下此恐怖的三願，要血灑旗鎗，要下大雪，要三年大旱。有此悲劇的謬誤，有此悲劇的心靈，才產生悲劇。她真的驚天動地，難怪關漢卿在正名上寫著：〈感天動地竇娥冤〉。

三　《竇娥冤》的悲劇變異

上文我們說本劇第三折完畢時，全劇似可作一結束，因竇娥的高尚心靈在讀者的感受上已戰勝了其所遭受的災難，而其冤情亦由於其所許之願的實現而大白。不過，這不是一個很完整的結束，因為劇中人物有幾個缺乏交代，如竇天章即為其中之一；抑且，壞蛋張驢兒等也沒得到應有懲罰；而且，竇娥之冤如能獲得公開式的雪清，劇情本身會較完整些，於是便有了第四折的存在。但由於第四折的特殊形式以及前三折主角竇娥所處的人際環境而產生與西方悲劇不甚相同的地方，本文稱為之變異。因為本質上是悲劇，只是因為文化色彩的關係而產生變異，因此，本文稱之為悲劇的變異。為眉目清晰起見，我們先指出這些變異，然後再仔細論列。主要的變異有二，一是輪迴的宗教觀，一是偏向社會性而產生的喜劇配角。

在第四折裏，竇天章一舉及第，屢升為兩淮提刑肅政廉訪使，巡視楚州，按察該地舊卷，並尋求楚州為何三年不雨的原因。在此折中，竇娥鬼魂以相當真實的姿態出現，向他父親訴冤。於是竇天章遂令收押張驢兒。公庭內竇娥竟復以鬼魂出現，相當真實性地與張驢兒對簿。然後，賽盧醫也歸案，於是人證充分，便處決張驢兒，公開平反竇娥冤情，並謂：「改日做個水陸道場，超度你升天便了」。在希臘的悲劇裏，悲劇英雄的受難都止於此身；現在，在《竇娥冤》一劇中，由於佛教輪迴觀念的滲入，鬼界為實存，來世為可待，則來世或有所報償，是否會使此悲劇變為非悲劇？換言之，這輪迴觀念的出現是否會破壞了悲劇底引起憐憫與恐懼的要素？

筆者認為宜從兩方面來考察。一是悲劇宜就悲劇主角生前來論。試想，許多本質上諸悲劇要素皆存的劇本，如果僅僅為了這未明晰的來生而排斥於悲劇外，則這些劇本的悲劇因素便埋沒，便不能得到充分的賞鑑。並且，如果把有來生信念的悲劇都排除在悲劇之外，那所有有著輪迴觀念的文化都沒法產生悲劇。這一排斥，會使許多有價值的比較失去機會，從比較文學的立場來說是很大的損失。我們無寧稱之為悲劇，而以此輪迴為變異。其次是這樣輪迴觀念是否會削減悲劇情緒？嚴格的答案應是或多或少有。這量就得參考個別的情形。劇中顯然把生命的價值置於生前的，那輪迴的脆弱影子是不怎樣影響悲劇感的。但如果悲劇人物明明知悉其所受的折磨乃為了救贖，當然就沒有多大的悲劇感了，如把耶穌傳寫成劇本或即為此例。此外，亦得就其對來世的暗示的或多或少而決定，如果劇中全部筆墨著力於身前的災難，而對來世僅作虛應一招的陳述，這脆弱的短尾巴也不會多大影響悲劇情緒的。《竇娥冤》就屬於這一例。對來世的暗示，劇中就只有竇天章的一句許諾：「改日做個水陸道場，超度你升天便了。」如此的一句話，無論如何也減少不

了讀者心中所產生的悲劇感的。竇娥以鬼魂出現的份量頗多，但竇娥鬼魂的出現是以悲慘的姿態出現的：

> 呀，今日個搭伏定攝魂臺，一靈兒哀哀哀。

所以，也不會影響悲劇感的。元劇有著鬼世界及輪迴的觀念，乃由於元劇乃民間文學，而中國的民間已深深受到佛教影響，輪迴觀念幾成為鄉下婦孺的老生常談。

在奧狄帕斯劇中，命運是劇中最大的關切。奧狄帕斯命定弒父篡母，神諭早已告訴他，他離開自己的故土也就是為了避免此劫，但到底命運壓服一切，他難逃此劫。在劇中，奧狄帕斯王的對手是命運。在安迪干妮劇中，安迪干妮要埋葬其兄而違反國法。她所遵從的是親情，是一種道德律。她所違背的是國法，而這國法也並非是毫無道理的，因其兄乃引敵爭位者。所以她的衝突，可以說是與法的衝突。國王克利安（Creon）代表的是國法，他本身也是一正直的人。所以，在這兩劇中，悲劇英雄的對手或為天命或為法律，即對手降為人，也並非是壞人。因此，劇中所關切的問題，與其說是社會性的，不如說是觀念的、形而上的。在《竇娥冤》一劇中就大異其趣了。劇中對社會現實的關切是相當深的，譬如劇中借竇娥之口向官吏指控：

> 這都是官吏無心正法，使百姓有口難言。

並透過竇娥之口，在全劇最後一支曲子中表達了人民的意願：

> 從今後把金牌勢劍從頭擺,將濫官污吏都殺壞,與天子分
> 憂,萬民除害。

竇娥的指控也並非是毫無憑藉的,她本身就是一個受害者。她最初
是抱著理想主義的看法的,當張驢兒脅她成婚事,她寧願官休,說:
「我又不曾藥死你老子,情願和你見官吏。」竇娥以為官吏當主持
正義,但想不到竟遭枉屈。其實當她枉供時,尚仍抱著一絲希望,
在第四折中即道出:「我只道官吏每還覆勘,怎將咱屈斬首在長街
上。」她以為會複審,但事實上即被判斬處決。對官吏的控訴,不
但出自受害人竇娥之口,更出自身為廉訪使的竇天章。他追查舊案
時,桃杌已他遷。竇天章冷然說:「這等糊塗的官,也著他陞去!」
繼任的州官未能察悉三年大旱之因,未知為竇娥雪冤,也充分指出
官吏苟且、不負責的大弊。
　　由於劇中的重點相當地置於現實社會上,因此,竇娥的對手不
再僅僅是命運,也同時是一個真真實實的壞蛋張驢兒。他的性格與
喜劇中的壞蛋相當吻合。悲劇英雄與喜劇壞蛋恰成一相當的對手,
在第二折張驢兒的自白中最能看出二人性格的兩極性:

> 要看什麼天喜到命,只賭本事做得去自去做。

竇娥是理想主義者,是道德依循者,是順乎天理行事,但張驢兒卻
是現實主義者,講手段而不管天命的壞蛋。劇中整個詭計,都是他
一手設計而成的。他敢於誣告竇娥,也是有著現實主義的信念,看
準桃杌必與他同流合污。但得注意的是:張驢兒在劇中的罪惡,比
一般喜劇中的壞蛋來得更重;至少就劇情而言,在喜劇中好人總在

劇末抬頭，而不必經歷太大的折磨，正如亞氏所說「不引起痛楚也不引起傷害」，但竇娥一劇中，竇娥卻歷受折磨以至斷首而死，故劇中雖有張驢兒為其對手，仍不失其悲劇的本質。

由於劇中的現實傾向，因此，除了竇娥本人為悲劇英雄外，其餘角色多少都帶有喜劇傾向。因為喜劇比較接近現實，而且往往暗含諷刺，而諷刺以喜劇手法出之。譬如貪官桃杌登場即謂：

> 我做官人勝別人，告狀來的要金銀，若是上司當刷卷，在家裝病不出門。

當張驢兒等來告狀時，情形更可笑了。張驢兒等下跪，桃杌竟也下跪。祇候問他：

> 相公，他是告狀的，怎生跪著他？
> 你不知道，但來告狀的，就是我衣食父母。

這一角色是充分喜劇色彩的，但其中所隱含的諷刺也是透明可見的。至於賽盧醫，也是這麼的一個引人發笑的喜劇角色，他登場時自白：

> 行醫有斟酌，下藥依本草，死的醫不活，活的醫死了。自家姓盧，人道我一手好醫，都叫做賽盧醫，在這山陽縣南門開著坐藥局。

試想想，如果他「下藥依本草」，那怎麼會「死的醫不活，活的醫死

了」？如果他是「死的醫不活，活的醫死了」，那又怎麼會「人道我一手好醫」？如果他是「一手好醫」，怎麼會窮得一貧如洗，要向蔡婆婆貸款而又無能償還？一連串的衝突，濃縮在一兩句子裏，充滿著喜劇的荒謬可笑，也充滿著喜劇的諷刺，關漢卿的筆力確是神化的。其後他的諸種行徑，如勒殺蔡婆婆、售毒藥、賣老鼠藥等也富有喜劇的荒謬可笑。

即使是蔡婆婆，也有著喜劇的色彩。她是受害者，但若把她與莫里哀（Molière）《達吐》（*Tartuffe*）一劇中男主人翁奧格干（Orgon）相較，則又略有不同。奧格干是受害者，但他的被害是被蒙在鼓裏的，而蔡婆婆的被害卻並非是蒙在鼓裏的。就這一點而言，她又與喜劇角色有所差異。但她所表現的人性與才具，確是低人一等，符合亞氏喜劇人物的類型。她的某些動作，更會使人覺得卑下可笑。一聽到張驢兒要勒死她，就嚇得連連答應；一聽到張驢兒要誣告她，就嚇得對竇娥說：「孩兒也，你隨順了他罷。」是老人家了，還要答應張驢兒父親作接腳。進家門時，還說什麼「羞人答答的」。竇娥指述她的怪模樣說：「則見他一半兒徘徊一半兒醜」。當她請張驢兒父親吃羊肚湯時，大概也是蠻肉麻有趣的。竇娥描述他們的你推我就：「一個道你請喫，一個道婆請喫，這言語聽也難聽，我可是氣也不氣」。其中，可笑與諷刺是相連的。

竇天章在楔子裏所表現的，也帶有一些喜劇人物卑下的傾向。讀書人，不事生產，落到一貧如洗，向蔡婆婆貸款，又想求功名，又沒盤纏。在此處境下，理應奮發自勵，卻把自己的親生女兒賣給蔡婆婆，還說什麼「小生出於無奈，只得將女孩兒端雲送與蔡婆婆做兒媳婦去」，臨行時再重複「兒呀！我也是出於無奈」。這真是出於無奈嗎？這樣的行為正充分揭露其屬於卑下的類型。蔡婆婆也慣用這一套出於無奈。當她帶同張驢兒子父回家，竇娥力斥其非時，

她說：「那時節我就慌張了，莫說自己許了他，連你也許了他。兒也，這也是出於無奈」。在這些演出中，關漢卿對老一代作了無情的諷刺。竇天章、蔡婆婆正代表著老一代，他們底妥協與卑下的特質，與竇娥所代表的新一代的道德勇氣，成一強烈對比。簡言之，劇中的喜劇成分是由於劇中社會性的傾向，與諷刺緊緊地聯結在一起，使本劇有著深厚的現實性。

現在的問題是：這樣的喜劇因素會不會影響本劇的悲劇本質呢？會不會削減悲劇感呢？從藝術效果來看，悲劇英雄置於多少帶有喜劇色彩的人物環境中，也許更能使悲劇英雄高貴的個性彰明。當然，不容諱言地，這些帶有喜劇傾向的人物也會多少影響讀者或觀眾在心目產生的悲劇感。但就本劇而言，這些喜劇行為，並非徒然胡鬧的逗人發笑，而是與諷刺連在一起，也有相當的嚴肅感與重量感；如此，對悲劇情緒的傷害不致太大。正如在本文前面所述的，悲劇、喜劇僅就其兩極而言，並非必須純然傾於悲劇之極限才能稱之悲劇，因此，劇中雖有帶有喜劇色彩的配角人物出現，本質上仍不失為一悲劇。我們寧視此種「喜劇色彩的配角人物之出現」看作是悲劇因傾向社會現實而產生的變異。

喜劇：《楊氏女殺狗勸夫》
——元人雜劇現代觀之二

　　本篇可說是〈悲劇：感天動地竇娥冤〉的姊妹篇。在這兩篇文章中，我試圖沿用亞里斯多德把戲劇分為悲劇和喜劇兩種類型的觀點，來探討一下元代的雜劇。在悲劇中，我採用了關漢卿的《感天動地竇娥冤》作為代表；　在喜劇中，我採用了無名氏（或謂蕭德祥作）的《楊氏女殺狗勸夫》作為代表。

　　在此，我得重複一下一個重要的前提。亞氏在其戲劇理論中，把悲劇和喜劇看作是戲劇的兩極，兩兩相對。在這一兩分法中，我們得把所有戲劇粗略地置於以悲劇和喜劇兩極所構成的直線上，而大約地把戲劇歸為悲劇或喜劇。（當然，如果我們不用悲劇、喜劇的二分觀點來看，又是另一回事。）另外，筆者在此也得預先聲明兩點，其一：每一時代的悲劇甚或每一個別的悲劇，都有其時代的特色及有其獨創性。從其異點來看，都有差異；但從其類同來看，則亦有共同的本質。當我們說某劇是悲劇或喜劇時，僅強調其具有悲劇或喜劇的共通性，而其共通性且為該劇的基礎。其二：當我們沿用西方的觀點來探討中國文學時，如筆者的用悲劇、喜劇的二分觀點來探討元雜劇，我們心目中即當有所準備，中西二文學中相對待的文學類型或文學技巧並非完全相等，而是有著相同，同時有著相異。這情形，一方面是由於前面所說的時代的特色及作品的獨創性

所致，一方面更由於不同文化所構成的更大的差異。但我們不能因為這些不可避免的差異，而否定其應有的歸屬。舉例來說，希臘的著名悲劇《伊狄帕斯王》（*Oedipus the King*）和英國的著名悲劇《哈姆雷特》（*Hamlet*）兩者亦有著很大的差異，但我們仍稱他們為悲劇；所以，我們把元雜劇中某些劇本，如《竇娥冤》，分析其異同後稱之為悲劇，也是同一的方法而已。並非什麼張冠李戴，也非什麼穿鑿附會。把這些不同文化不同國度而具有相當共同的特質的劇本歸為一類，如把希臘的《伊狄帕斯王》，英國的《哈姆雷特》，中國的《竇娥冤》，歸為悲劇一類屬，正能提供一比較的基礎，以悲劇作為其骨幹，而探討其文化及作品原創性所造成的差異；同時，藉此分析比較，我們更能分解諸劇的精神。

在〈悲劇：感天動地竇娥冤〉中，我首先指出該劇的悲劇本質，故得稱之為悲劇。其後，我指出其文化所造成的變異。但這變異並不能影響其成為悲劇的身分。也許，更恰當的標題應是：「變異的悲劇：感天動地竇娥冤」。然而，如果這樣標題的話，如果我們以《伊狄帕斯王》作為為悲劇的典型，那《哈姆雷特》也只好稱之為「變異的悲劇」了。因此，我想不必多此一舉。為了避免某些讀者對我這篇〈喜劇：楊氏女殺狗勸夫〉引起同樣的疑問，因此我不得不稍作澄清如上。

一　喜劇的含義

在〈悲劇：感天動地竇娥冤〉一文中，筆者對亞氏的悲劇、喜劇二元理論曾作了兩對比下的簡賅的說明，在此不再重複了。現在我們把能發揮亞氏喜劇理論的說法，稍加介紹，一方面以補亞氏之

不足，一方面提供更穩固的基礎以供本文對「殺狗勸夫」的分析。

「荒謬可笑」（ridiculous）是亞氏喜劇理論的根本。哲學家柏克森（Bergson）在〈論笑〉（"laughter"）一文中，即發揮亞氏「荒謬可笑」的理論。柏氏認為「笑」是喜劇的標幟，而「笑」是由於機械的行為或動作在活活潑潑的人生場面裏所造成的不和諧所致：

> 在我們所尋到的令人發笑的事裏，我們將發覺其共同的形象，那就是在活活潑潑的人生現實裏的機械場面；換言之，那就是喜劇的。（〈論笑〉）[1]

這機械的場面如何？他進一步說：

> 頑固（rigidity），機械式反覆（automatism），失神落魄（absent-mindedness）和不近情理（unsociability）皆錯綜交雜地織為一體；所有這些成分共同效力於製造人物的喜劇效果。（同上）

柏氏的理論，充分地解釋了我們看喜劇時發笑的原因。同時，他更提出了一個重要的詞彙，來解釋讀者其時的心理狀態，那就是有名的「心靈的麻痺」（an anesthesia of the heart）。我們必須把自己和劇中人物分離出來，心靈暫時麻痺起來，不同情劇中的人物，不與他

---

1 柏格森的關於「笑」的理論，參 Henri Bergson, "The Comic Element," extracts from the essay "Laughter," in Barrett H.Clark's *European Theories of the Drama*, rev.ed.（N.Y.: Crown Publishers,Inc. 1965, c. 1947）, pp. 386-392. 本篇二引文分別見頁 389 及頁 392。

們認同，我們才會笑起來。這與悲劇的同情以及與悲劇人物相認同的心理狀態剛剛相反。（此亦足見悲劇與喜劇的兩極性）。這些理論用來解釋亞里斯多芬尼斯（Aristophanes）的喜劇，如《雲》（*The Clouds*）和《賴色斯他拉他》（*Lysistrata*）等，是最恰當不過了。

但在某些喜劇中，如法國喜劇作家莫里哀（Molière）的名劇《達兔或偽君子》（*Tartuffe or the Imposter*）中，劇中有壞人出現，而這些壞人均對劇中被蒙蔽的受害人構成威脅，與亞里斯多芬尼斯前述諸劇中缺乏明顯壞人及受害人的情形相異。也許是因為這個原因，晚近的喜劇理論家為這些戲劇提出一些說解。筆者認為韋特斯（Harold H. Watts）的見解最為精闢扼要，且有神話的基本結構作為其理論基礎，茲引述如下：

> 在喜劇中，我們所展示的世界，只是近乎遊戲似地被劇中的壞人所威脅破壞，但在劇終之時，這世界的完滿又重新獲得且更比從前穩固。[2]

換言之，劇中導致悲慘下場的危機本身是不致命的，最後也輕易地消失而重獲美滿的收場，這種結構與神話中所表現的母題（motif）——死亡與復生，春夏秋冬的迴轉——是共通的，這就是喜劇的迴轉（cyclic）結構。這說法與亞氏的「既不引起痛楚也不引起傷害」有著某一共通點，那就是喜劇共有的輕量感。不過，二說的立足點不同，亞氏是從喜劇人物來觀察，而韋氏則從喜劇中的事件來觀察，

---

2 韋斯特的理論，參 Harold H. Watts, "Myth and Drama," in John B. Vickery's *Myth and Literature*（Lincoln: University of Nebraska Press, 1971, c. 1966), pp. 75-85，本引文見頁 83。

兩者實可相輔相成，而共同效力於喜劇的分析。

最後，我們一提喜劇共有的另一特色，那就是現實性與批評性。如亞里斯多芬尼斯的劇本中，即對於其時代的現實有所反映，有所批評。如《雲》劇中對蘇格拉底所造成的詭辯派的遺害有所抨擊；如《賴色斯他拉他》劇中對雅典與斯巴達的戰爭有所嘲弄，表現著人民愛好和平的願望。莫里哀的《達兔》也是如此，以這虛偽的《達兔》為代表，寫出並批評現實中虛偽的人。

二 《殺狗勸夫》的喜劇本質

無名氏的《殺狗勸夫》與其說接近希臘的舊喜劇（Old Comedy），無寧更接近於莫里哀的《達兔》。《達兔》與《殺狗勸夫》均以家庭為劇中背景，奧爾剛（Orgon）與孫榮的家庭本來都是美滿的，但由於壞人達兔與壞人柳隆卿、胡子轉的欺騙、蒙蔽，幸福家庭才破壞了。但在兩劇中，壞人的威脅並不是嚴重的、致命的；在《達兔》劇中，除了奧爾剛外，家庭裏所有的份子幾乎都全知道達兔是一壞人；同樣地，在《殺狗勸夫》中，楊氏女及孫蟲兒也是知悉柳、胡二壞蛋的真面目。這些壞蛋本身沒有多大作惡的能耐，而其作惡又已為明眼人所洞悉，因此，不能構成劇中原有美好秩序的致命威脅，這威脅只是臨時的，有點遊戲性質的；一到重要關頭，這威脅就在不怎樣費力之下便解決，恢復原有的好秩序。達兔為一偽君子，已在劇名中指出，也在劇中充分地表露出來。在《殺狗勸夫》劇中，柳、胡二人在孫榮眼中皆為君子，我們也可目之為偽君子。如此看來，二劇實有著許多相似之處。我們下面就運用亞氏的「荒謬可笑」理論，柏氏的「笑」，韋特斯的「迴轉結構」來探討《殺狗勸夫》的

喜劇成分。

我們在此把劇中的角色分為三類，透過這角色的分類來觀察其結構及喜劇本質，會比較清楚些。第一類是被蒙蔽者，也往往是思想簡單的好人，在此劇中就是孫榮。第二類是壞人，他們主要的伎倆往往是欺騙作偽，在此劇中就是柳隆卿和胡子轉。第三類是被蒙蔽者的家屬，他們往往是明眼人，洞悉壞人的真相。第一類第三類都是劇中的受害人，但前者不知其處境之危險，一直到災害就要加諸其身時才能醒悟；而後者則因其為被蒙蔽者的家屬而受害，但他們在受害過程中，是洞悉壞人的真面目的。（這種角色分類用於「達兔」一劇中也是對的）

「荒謬可笑」對這三類的角色其關係為何？顯而易見的荒謬可笑是源自「被蒙蔽者」的愚昧行為，第三類角色明明看出了虛偽者的真面目，而他卻一無所知。於是，這第一類角色使我們發笑。《達兔》一劇的喜劇效果主要建基於此。同時，第二類角色，往往是低下的人物（low characters），他們的虛偽會使我們發笑，而他們更有著某些使人發笑的滑稽動作，那就是「低喜劇」（low comedy）常用的伎倆。《殺狗勸夫》的喜劇效果，似乎也同時著重於這第二類角色，也就是著重於劇中的喜劇人物柳、胡二人。第三類的人物，大致上沒有多大的喜劇效能，他們只是受害人，也是將來的揭穿者，是結構的功能多些。但本劇的孫蟲兒，由於其懦弱無能，常常被打，也略有喜劇人物的色彩。

在這角色的三分法中，喜劇的「迴轉結構」是顯而易見的。第一類人物為靠二類人物所蒙蔽，於是美好的秩序受到威脅；但這威脅並非是致命的，已為第三類人物所洞悉；劇情慢慢向前推進，達到一度危險極限時，第二類人物的陰謀與虛偽便為第三類人物所揭穿；於是第一類人物覺悟了，懲罰第二類，把局面挽回，於是原有

的秩序便重新更堅固地獲得。在這喜劇的「迴轉結構」中，莫里哀的《達兔》與元劇《殺狗勸夫》是一致的，因為這是喜劇的基本結構。現在我們就本劇作具體的分析。

在〈楔子〉裏，劇中的人物皆一一登場了，而喜劇的色彩與格局也於〈楔子〉中表露無遺。這時，劇中的美滿世界已遭破壞，孫榮帶同楊氏上場，即謂:「還有一個小兄弟叫做孫蟲兒，雖然是我的親手足，爭奈我眼裏偏生見不得他」。那天是孫榮的生日，他不叫弟弟來吃飯，卻叫他「那兩個至交柳隆卿、胡子轉」來作陪。為什麼呢?我們不知道。及至楊氏說:「員外也……卻信著兩個光棍搬壞了俺一家兒也」，我們才略知一二。其後孫蟲兒登場說:「孫大信著兩個逆子的言語，趕我在城南瓦窰中居止」，我們才知道孫蟲兒是為二壞蛋所讒害。他們說什麼閒話呢?我們不知道。到孫榮罵孫蟲兒時說:「我打你個遊手好閒，不務生理的弟子孩子」，我們才知悉其中箇裏。柳、胡是壞蛋，楊氏及孫蟲兒皆已洞悉，但孫榮卻被蒙在鼓裏。柳、胡二人為壞蛋，也明白呈現於讀者面前:

〔二淨扮柳隆卿胡子轉上〕

不做營生，則謂嘴拐;騙東西若流水。除了孫大這糟頭，再沒第二個人肯做美，小子柳隆卿，這個兄弟叫做胡子轉，今日是孫員外的生日，俺兩個無錢。去問槽房裏賒得半瓶酒兒，又不滿，俺著上些水。到那裏則推拜，將酒瓶踢倒了。若員外教俺買酒去，俺就去賒了來;算下的酒錢，少不的是員外還他。俺兩個落得吃他的酒，使他的錢。

這兩個角色，劇中由「淨」來扮演，是喜劇人物。從引文的前一半

中，我們明白地知悉孫榮是被蒙騙了。由於此一了解，使我們對孫榮的堅持維護柳、胡，誤解其弟的一切舉動，感到荒唐可笑。柳、胡明明白白是壞人，他卻不知，他真是才具低於人者。他的一味愚昧，一味維護，與《達兔》劇中的奧爾剛相類。他的行為已近乎柏克森所謂的機械（mechanical），沒有任何反省。二壞蛋的滑稽的騙人伎倆，也會使我們發笑而孫榮卻相信了。於是，我們獲得雙重的發笑：一方面由於柳、胡而發笑，一方面也由於孫榮的愚昧而發笑。簡言之，在〈楔子〉裏，整個喜劇的場面已展開了。

接著來第一折和第二折，是承繼著〈楔子〉的喜劇場面而步步加深。柳、胡對已遭受威脅的原有美好世界作進一步的破壞，對孫蟲兒作更多的迫害，而孫榮的愚昧可笑便隨之逐步加強。

在〈楔子〉裏，孫蟲兒因沒帶酒來，孫榮說本意不是來賀他生日，而是貪嘴來吃，更加上柳、胡的挑撥，給打了一頓。在一折裏，時間是清明，事件是上墳。昨天（〈楔子〉）是生日，今天（第一折）是清明上墳，頓有喜劇的諷刺。那天，孫榮請柳、胡二人上墳。三人上墳時說：「你的祖宗就是我的祖宗，我們一齊拜。」這句話可有不同的反應而具有雙重意義。對孫榮而言，他以為這二人是「至交」，把自己祖宗看作是他們的祖宗，實在難得。但我們讀者很自然就感到這兩個人的話只是一派胡言，是沒廉恥的諂媚話。正如孔子所說：「非其鬼而祭之，諂也。」這雙重語義所引起的不和諧也會使我們發笑的。這天，孫蟲兒因清明之故，當然也來上墳，卻被孫榮罵一頓：「俺家墳裏有你這等人？我和你甚麼親？你來上墳！」言下之意，是不認他為弟。而對柳、胡二人的交情，則又進了一步，在「楔子」裏稱他們為「至交」，在這裏卻稱為「生死交的兄弟」了。孫蟲兒斥責柳、胡二人無恥：「今日個到墳堂中來廝認，是你什麼娘祖代宗親？」二人便誣他說：「孫二見俺這裏吃酒，他罵你吃你娘祖宗代

宗親哩。」於是，孫榮把孫蟲兒一頓打走。孫蟲兒獨個兒到墳上拜祭一番，柳、胡二人又誣他：「哥哥，孫二在墳外絞七個紙人兒埋在土裏，咒你早死了，這家私都是他的。」於是兄弟之間更惡化了。柳、胡的中傷，孫榮的愚昧相信，毫不反省，是荒謬可笑的根由。

　　第二折裏，更進一步表現出柳、胡的壞行徑以及孫榮的愚昧相信。時間是上墳後的翌日，孫榮、柳、胡三人到酒樓喝酒去，柳、胡提議說：「哥哥，咱三人結義做兄弟，似劉關張一般，只願同日死，不願同日生，兄弟有難哥哥救，哥哥有難兄弟救，做一個死生文書。」孫榮陷於他們陷阱的危險性提高了一大步。可笑的是，這也成了第三折的伏筆，成為了揭穿他們底假面具的安排。他們酒後已是更深人靜，孫榮酒醉於街上睡著了。由於天又剛下雪，又怕巡軍來抓，他們決意撇下他，並偷走了靴勒裏的五錠鈔。他們不管孫榮死活，其壞心腸已呈露無遺；這時，孫榮已陷於真正的危險中。幸而，這時孫蟲兒適經過，把他背回去，否則，恐怕此喜劇要變悲劇收場了。好笑的地方又出來了，孫榮的命是孫蟲兒撿回來的，楊氏女留孫蟲兒吃一碗麵祛寒，孫榮不但不知感謝，反而瞪著他。害得孫蟲兒顫危危地說：

> 嫂嫂，俺哥哥覺來，你支持我也。不是個善的，諕的我一個臉描不的畫不的，一雙筯拿不的放不的，一口麵吐不的嚥不的，我便有萬口舌頭，教我說個甚的。

這模樣是相當滑稽的。及至孫榮發覺五錠鈔不見了，由於認定孫蟲兒是壞人，竟不近情理到說：「孫二，你那裏是背我，明明要乘醉偷我這鈔來。」楊氏女為孫蟲兒辯護說：「多敢是那兩個賊子拿去了。」

孫榮又機械反應似地說：「大嫂，你胡說，我這兩個兄弟，都具有仁有義的，他怎生拿的去，斷然是這孫二窮廝也。」孫蟲兒有口莫辯，怨極拜天地神祇伸冤。孫榮卻說：「這窮廝你要拜死我哩。」他這樣愚昧的行為，正合乎柏氏所謂的「機械的場面」。這機械的場面與我們實際的活生生的人生場面對照，顯得荒謬可笑。結果，孫蟲兒捱打一頓，並罰在簷下大雪裏跪著，險些兒凍死。翌日，柳、胡二人到來，三言兩語又把孫榮騙得服服貼貼的。

　　劇情已到了高潮，二壞蛋對原有的美好家庭的威脅已到了極點，孫榮、孫蟲兒幾乎都喪生了，危險性已達到極度。這時，劇情已通到了最大的張力，不得不回轉了。於是，在接著的第三折，楊氏女便設計點破二壞蛋的行徑。這裏，我們又發覺《達兔》與《殺狗勸夫》二劇的共同點。在《殺狗勸夫》中，主要的受害人是孫榮之弟；而《達兔》中，則是奧爾剛的女兒。奧爾剛因感達兔的正直虔誠，強迫其女兒下嫁他。在《殺狗勸夫》中，設計點破壞人真面目的是被蒙蔽者孫榮的妻楊氏女；在《達兔》中，也是被蒙蔽者奧爾剛的妻子。兩人都是設法讓其夫識破壞人的真面目，而所設之法也不是什麼太緊密高明的。在《達兔》劇中，艾拉米爾（Elmire）著其夫藏於桌下，及至達兔向她求愛時，其夫便在桌下咬牙切齒地洞悉了。這是非常富有喜劇效果的。在《殺狗勸夫》中，楊氏女則殺了一狗，穿上人衣，置於後門首，讓孫榮回家時驚覺。及至請他的所謂生死之交柳、胡幫忙時，以揭穿其虛偽、沒情沒義的真面目。當然，這設計並不高明。但喜劇為了增強喜劇效果，往往如此。唯其不合理，不周全，更見其荒謬可笑。在結構上而言，二劇都是到了最嚴重的關頭時才設法，才轉變局面。在《達兔》劇中，孩子被逐走了，女兒且夕要枉嫁給達兔之際，艾拉米爾才出此計策。在《殺狗勸夫》劇中，也是在孫榮已曾一度陷入生命危險之後，楊氏女才

出此殺狗之策。孫榮怕送官，於是楊氏女勸他請其結義兄弟移屍滅跡，於是二人的無情無義便揭穿了：

〔柳云〕哥哥，請家裏來，教拙烹莞豆搗蒜與哥哥吃一鍾。

〔孫大云〕不勞你，哥哥事忙，有人欺負我來。

〔柳云〕誰欺負哥哥來，你兄弟捨一腔兒熱血和他兩個上一交。

〔孫大云〕人便有個人，你哥哥特來投央你，只要你休違阻我。

〔柳云〕哥哥，你但道的你兄弟便依。

〔孫大云〕兄弟喀今日吃罷酒，你兩個返家去了，你哥哥打後門裏去，不知是誰殺下一個人，哥哥特來央你背一背遠處去，等我埋了他罷。

〔柳云〕別的事也小可，你殺了人，教我去背，我替你死？

〔回云〕哥哥，你放心，小可事。兄弟見哥哥來，慌了不曾穿的裏衣，哥哥，你們前略等一等，你兄弟穿了便去。

〔孫大云〕你便出來。

〔柳云〕便出來。〔做入科云〕我將門來關了。哥哥，你聽兄弟有四句詩念與你聽。〔詩云〕你倒生的乖，其如我不騃，你將人殺死，怎教兄弟埋？

又：

〔孫大云〕兄弟，我那要吃你的，我央你一件事來，只休似

你哥哥柳隆卿。

〔胡云〕哥哥，我又不是他一父母生的，各人自要做人，你
　　　　有什麼事，要用著兄弟，水裏水裏去，火裏火裏去。

〔孫大云〕兄弟不知，你哥哥後角門頭是誰殺了一個人，你
　　　　　哥哥央你背到別處去，將他埋了者。

〔胡云〕休道是哥哥殺死一個，便殺了十個，怕沒銀子使，
　　　　要我替你償命。哥哥，那柳隆卿怎麼說來？

〔孫大云〕便是他不肯，因此來尋你。

〔胡云〕哥哥放心，我不是柳隆卿，那廝無行止，失口信，
　　　　今日哥哥有難，兄弟不救，不為兄弟了也。

〔孫大云〕兄弟你說的是，只是快些兒者。

〔胡云〕哥哥不妨，休道是一個，便十個你兄弟也背出去了。
　　　　我家有個沒連布袋，我取去將死人裝在裏面，有人
　　　　問我胡子轉你那裏去，我說道與孫員外送草去，可
　　　　不好那！

〔孫大云〕好些兒取布袋出來。

〔胡做入關門科云〕你殺了人教我背去。〔詩云〕孫大做事
　　　　　　　　　全無禮，後門殺下柱死鬼，你今怕死不
　　　　　　　　　償命，死活來朝不由你。

柳、胡二壞蛋的伎倆真是同出一轍。開頭都說好話，說什麼「捨一
腔兒熱血」，說什麼「水裏水裏去，火裏火裏去」，及至知道背死屍，
便一個詐說穿內衣，一個詐說拿布袋，便閉門不納了。他們仍用欺
詐的伎倆把孫榮拒於門外，又充分表現出孫榮在劇中為被蒙蔽者的
身分，他的愚昧真是荒謬可笑。尤其是當他為柳隆卿所拒時，他應

覺醒了，他竟仍執迷不悟。胡子轉開門時即有四句話：「何事急來奔，更深親扣門，別件都依得，剛除背死人」。這雖然是胡謅的詩，並非他預知其情。想不到竟一言而中了，這是會使我們發笑的。而孫榮聽了這「剛除背死人」，竟毫無所覺，也使我們覺得他愚昧得可笑。柳、胡二人底小人的反覆，開頭這麼熱情，後來這般無情，而他們做起來卻毫不以為恥，順當得像流水似的，這種近乎機械超乎情理的舉動也是會使我們發笑的。兩人在如此的緊要關頭，卻唸起歪詩來，雖或是元劇的習套，但能加強喜劇效果是無疑的。總之，他們之使我們發笑，正合乎柏氏所謂的「機械的場面」，與我們那機械的活生生的真實人生場面對比之下，使我們發笑。這發笑，應是稍微經過反省作用的，但這反省作用似乎快得不覺其存在。

　　當然，誠如我們前面來說的，這「殺狗之計」並不怎樣高明，因為劇情的發展並不必如劇中所安排的。照理來說，孫榮可能自己就把「黃狗」搬走；並且，柳、胡二人也可以幫忙而利用此機會作為威脅。從劇情結構來說，必然性是很低的。但喜劇就往往是如比，經不起邏輯的考驗，而著力加強喜劇的荒謬不合理性與戲謔性。後來，孫榮找孫蟲兒幫忙，孫蟲兒慨然應允了。

　　劇情到這裏似可結束，但劇作者再把柳、胡的罪惡行徑作進一步暴露，並把收場作進一步的歡樂結束，於是便有了第四折的出現。柳、胡二人認定孫榮確實殺人，於是想藉此機會脅持他，但這時孫榮、孫蟲兒已和好如初；柳、胡二人見計不得逞，一不做二不休，竟真的去將官來。結果當然是真相大白，孫榮家竟更推前了圓滿的一步：

　　孫榮主家不正，將親兄弟另住，本該杖四十，因他妻楊氏大

> 賢，免杖；楊氏與他旌表門閭。
>
> 孫華即授本處縣令。

這結構是完全合乎韋特斯的喜劇迴轉的。

最後，我們說說劇中的現實傾向與諷刺，因為這也是喜劇的本色。孫榮家是中產階級之類的，而柳、胡則是窮措大，在富豪之家諂諛作陪以混飯吃的人物。這是合乎亞氏所謂「喜劇是對卑下人物的模擬」。劇中把孫榮的簡單個性把握得很好，而對柳、胡二人的卑下臉孔更是表現得栩栩如生。整個劇本裏所描寫的場面，幾乎都離不了一個「吃」字。楔子中孫榮生日是吃，而孫榮罵孫蟲兒趕來是貪嘴。第一折中上墳也是吃，柳、胡等人吃得過癮，楊氏女請孫蟲兒過來吃，被孫榮又罵一頓。第二折中孫、柳、胡等上酒樓又是吃，孫蟲兒背孫大回家，楊氏女請孫蟲兒吃碗麵，卻被孫榮醒來不轉睛地瞅著，弄得他「一個臉描不的畫不的，一雙筋拿不的放不的，一口麵吐不的嚥不的」。第三折中，孫榮去找柳、胡，他們一開門仍然是談吃，柳隆卿熱情地說：「教拙婦烹茪豆搗蒜與哥哥吃一鍾」，胡子轉則抱歉說：「哥哥，你曉得我窮，夜又深了，莫說酒，茶也是難得的」。「吃」也許真是「卑下人物」唯一關切的事物了。這一方面反映了中下階層的現實，一方面也看出他們底酒肉朋友的真相。柳、胡是低階層的人物，他們所受的辛酸也是蠻夠滋味的，也因如此，他們的思量正能反映著現實：

> 如今起更一會了，巡軍這早晚敢出來也。他是個富漢，便拏
> 住他，只使得些錢罷了，怕甚的。喒兩個是窮漢，若拿住啊，
> 可不乾打死了。

貧富在社會上遭受的懸殊待遇深刻地表現了出來。至於劇中的諷刺，最深刻有趣的莫如把人視作狗的一幕了。楊氏女把狗殺了，去了頭尾，穿上人衣帽，丟在家門首，孫榮便把它看作是人的死屍了。狗穿上了人的衣帽就成為了人，那所謂人，只不過多了一套人衣帽而已，這是何等的諷刺。孫蟲兒背著黃狗屍當人時，其唱詞更把這人狗合一的諷刺暴露無遺：

〔牧羊關〕恰便似醉漢當街上睡，死狗兒般門外停，我背則
　　　　　背手似撈鈴，怎麼的口邊頭拔了七八根家狗毛，
　　　　　臉兒上拿了三四個狗蠅，這廝死時節定觸犯了刀
　　　　　砧殺，醉時節敢透入在餵豬坑，既不沙，怎聞不
　　　　　的十分臭，當不得的他一陣腥。

〔么篇〕這等人是狗相識，這等人有什麼狗弟兄，這等人狗
　　　　年間發跡俫崢嶸，這等人說的是狗氣狗聲，這等人
　　　　使的是狗心狗行，有什麼狗肚腸般能報主，有什麼
　　　　狗衣飯潑前程，是一個啜狗尾的喬男女，是一個拖
　　　　狗皮的賊醜生。

他背著的實是狗，而他以為是人，又著著實實罵他是狗，富有滑稽、諷刺的效果。孟子所謂「人與禽獸幾希」，壞人與狗實在也沒多大分別，狗去了頭尾，也就是人了，而人去了衣冠也就是狗了。結尾更發揮這一諷刺，著柳、胡二人背狗皮遊街，把諷刺轉移教訓，以示世人。

《秋胡戲妻》的真實意義：女性精神的覺醒
──元人雜劇現代觀之三

　　元劇《秋胡戲妻》是平陽人石君寶所作。元劇在中國文學中是一奇花異果，其中特有的元人精神，雖源於傳統，卻能洗盡迂腐，出其所自得。《秋胡戲妻》一劇中，表現了元人的新女性精神，刻劃出女主角梅英從膚淺遐想經過現實折磨而導致內心的成長，走向成熟的婚姻觀念，達到崇高的感情領域。《秋胡戲妻》一劇，不僅僅是一個故事，而是一部簡練的成長史，蘊含青春之遐想，夏之於風雨中的成熟，秋之真實完成。由於梅英的成熟，也帶來主角秋胡的自覺與成熟。

　　在劇的開始，梅英所表現的完全是傳統的一套，雖然在骨子裏仍隱約看出她特具的氣質。她過門才一天，她雙親來喝酒，婆婆劉氏喚她出來。她表現一派羞澀：

　　　　我羞答答的，怎生去得？

她的表現和一般女子無異。她從小兒攻書寫字，接受的是傳統的一套：

　　　　曾把《毛詩》來講論，那〈關雎〉為首正人倫；因此上，兒

求了媳婦，女聘了郎君。琴瑟和調花燭夜，鳳凰匹配洞房春。

她認為男女結合以後，「則要的廝敬愛，相和順」。這觀念與傳統的
婚姻觀無大分別，但比那所謂「嫁雞隨雞」、「女子無才便是德」、「三
從四德」底傳統的壞一面是好得多了。簡單說來，她所接受的，是
傳統的好的一面。當媒婆貶抑秋胡家貧窮，何必嫁他受苦之際，梅
英反駁說：

> 想著那古來的將相出寒門，則俺這夫妻現受著虀鹽困，就似
> 那蛟龍未得風雷信。你看他是白屋客，我道他是黃閣臣。

從好處來看，梅英是不嫌貧窮，是慧眼識英雄。但事實上，開場時
秋胡的表現並不出色，而後來他得升高官也不見得他的才幹超凡，
劇中對此描述甚少；而且他回來時趾高氣揚調戲梅英的情形，足見
他人格並不如梅英初嫁時所想像。所以，這裏僅表現出梅英雖不嫌
貧窮，但仍脫不了妻憑夫貴的世俗遐想。從這出場的梅英看來，所
表現的是世凡的傳統女性觀念，雖不陷於卑微可恥的一面，但仍然
是庸淺的、不實的、遐想的。她是剛過門，像春天的花朵那麼不實，
等待著風雨的磨練。

就在這一天，勾軍人就來到，要秋胡立即服兵役去。從邏輯上
來言，當然來得突兀些；但在情緒上而言，卻可產生春日苦短的效
果。離別時雖帶著哀愁，同時也帶著夢想，帶著祝福，因為梅英有
著妻憑夫貴的觀念以及對秋胡的信心：

> 適繞個筵前杯酒敘慇懃，又則待仗劍學從軍，想著俺昨宵結

髮諧秦晉，向鴛被不曾溫，今日個親親送出舊柴門。

還說甚玉臂相交印粉痕，你便可臥甲地生鱗，須知道離亂之時武勝文，颼人頭似滾，嚼熱血相噴，這就是你能報國，會邀勳。

接著風雨的磨練來了。秋胡一去十年，沒有音訊（在邏輯本身而言，這缺乏交代，何以十年沒有音訊？秋胡在外並沒有遭受大變動）。這時，梅英父親羅大戶已陷於一貧如洗之境，且負債於李大戶四十石糧食。李大戶騙說秋胡從軍已死，向羅大戶威迫利誘，要把梅英改嫁他為妻。羅大戶竟持志不穩答應了。他拿著羊酒到秋胡家去。秋胡母劉氏不知有詐，吃了他的酒受了他一塊紅絹，羅大戶便賴著說：

親家，這酒和紅都不是我的，都是本村李大戶的。恰纔這三鍾酒，是肯酒；這塊紅，是紅定。秋胡已死了也，如今李大戶要娶梅英，他自家牽羊擔酒來也，我先回去。

秋胡母在啞子吃黃蓮下只好答應了。這裏，劇作者石君寶對男性的李大戶、羅大戶，作了一無情的醜臉刻劃，對秋胡母的慈祥懦弱雖同情亦不予贊可。看下面梅英強烈的反應，即映襯出作者對李大戶、羅大戶、秋胡母的醜態與懦弱，顯出梅英新女性精神的英姿。當李大戶、羅大戶、秋胡母所代表的惡勢力與妥協毒素向梅英圍攻時，梅英毫不猶豫的向他們迎頭痛擊：

爹爹也，太古裏不曾吃那些酒食！（搽旦云：）孩子，俺也

要做個筵席哩。（正旦唱：）嬭嬭也，只恁般好做那筵席！
（李云：）小娘子不要多言，你看我這個模樣，可也不醜。
（做臉科，被正旦打科，唱：）把這廝頭劈臉潑拳槌，向前
來，我可便撾撓了你這面皮。（帶云：）這等清平世界，浪蕩
乾坤，（唱：）你敢把良人家婦女公調戲！（做見卜兒科，
唱：）哎呀！這是明明的欺負俺高堂老母無存濟。（羅云：
（嚷這許多做甚麼？你這生忿忤逆的小賤人！（正旦唱：）
倒罵我做生忿忤逆，在爺娘面上不依隨。爹爹也，你可便只
恁般下的？

在十年裏，梅英替人挑水並採桑養蠶，供養那多病的婆婆，備受了
貧困及思念之苦。十年裏，梅英心底總藏著希望藏著信心。秋胡必
有一天衣錦榮歸。這充分表現出她底堅強的人格與自信。如果秋胡
沒死，梅英的拒絕改嫁，尚可認為是等待將來的衣錦榮歸，但他們
都說秋胡已死，梅英仍如此義正辭嚴的拒絕說：「我既為了張郎婦，
又著我做李郎妻，那裏取這般道理」，可見其堅貞。她的堅持並非因
為社會道德的制裁，也並非要名聲，在此劇中，改嫁非不道德；而
且，在此父親婆婆均要求下，改嫁是無人能詬病的。可見她的不改
嫁，正充分表現出她的人生境界，她的愛情與婚姻的崇高境界。「一
夜短恩情，空嘆了千萬聲長吁氣」，這感情是纏綿的，一份永恆的悲
劇美。民初時，一些所謂新進人物，竟謂舊禮教吃人，謂貞節牌坊
害人，只看到了生理上需求的一面，只看到物質與庸淺的情緒，只
看到了強制的一面，忽略了感情的深沈之處，不能領略人生的境界，
可謂膚淺。還是孔老夫子開明，當宰予對三年之喪有所置疑時，孔
子僅說：「汝安則為之」，聽從人的自然。

　　在十年的歲月裏，生理的聯繫是一無所有。那麼，維繫梅英與秋胡的當然是感情的一面了。在一夜的夫妻裏，當然是靈與肉的結合，甚至可以說，生理方面很可能更佔優勢。在春情蕩漾初嘗禁果之際，生理因素照理說應佔著較大的震撼，這是人之常情。我們看劇中的描寫，什麼「向鴛鴦被不曾溫」，什麼「玉臂相交印粉痕」，什麼「一朝雨露恩」，什麼「早不由人和他身上關親」，充滿證明在結褵之初，肉的聯繫是相當密切的。隨著分離的歲月，青春的慾情慢慢消損濾淨，轉化為心靈上的成熟的感情。這一份轉化，劇中雖沒有絲絲入扣地刻劃出來，但卻以行動來證明。她的拒絕改嫁是證明，她的不受秋胡誘惑是證明。

　　秋胡終於回來了。在十年的歲月裏，他官運亨通，「累立奇功，官加中大夫之職」；他沒有遭受到折磨，也沒機會從折磨中獲得智慧，獲得成熟，所以，他的感情仍然是膚淺的，輕浮的，生理多於心靈的。當然，梅英並非毫無眼光，畢竟他是成功了，是衣錦榮歸了。同時，他並沒有再婚，也沒有休妻的念頭，不如蔣防筆下李益與元稹筆下張生之無義。但由於感情輕浮，終於犯了一次大過失，幾至不可收拾。當他回抵家門時，路經自家桑園，看到了梅英，他不知道眼前的女子便是他底妻，在夏日成熟的氣氛裏，由於感情輕浮，竟向她挑逗起來：

　　　　一個好女人也！背身兒立著，不見他那面皮，則見他那後影
　　　　兒，白的是那脖頸，黑的是那頭髮；可怎生得他回頭，我可
　　　　看他一看，可也好那。哦！待我著四句詩嘲撥他，他必然回
　　　　頭也。（做吟科，詩云：）二八誰家女，提籃去采桑，羅衣
　　　　掛枝上，風動滿園香。可怎麼不聽的？待我再吟。（又吟科）

（正旦回身取衣服做見，云：）我在這裏采桑，他是何人，
卻走到園子裏面來，著我穿衣服不迭。

因為天氣熱，梅英脫下外衣掛在樹上。在夏日成熟的氣氛中，在陰
影明晰的桑園裏，最易挑起桑間濮上之思。秋胡看著「白的是那脖
頸，黑的是那頭髮」，慾情勃然升起，感情壓於意識之下而失去作用，
於是便挑逗她起來。這是不幸也是幸，不幸的是他幾乎弄至不可收
拾，幸的是這教訓使他感情得以成熟成長，像梅英一樣，進入感情
勝於肉慾的境界。他愈挑逗，梅英愈拒絕，他進而更相對地慾情更
上升：

桑園裏只待強迫做歡娛，諕得我手兒腳兒滴羞篤速躞蹀戰篤速，
他便相偎相抱扯衣服，一來一往相攔住。

最後，秋胡更不惜以利誘，把原要送給母親的金餅送給眼前的女子
以求一歡，他的慾情已升到最高點。梅英假裝應允，說要看看隔壁
有否人覷看，借機溜走而結束了這驚濤駭浪的一幕。這一幕充分表
現出梅英凜然不可犯的堅貞，她已經把慾情昇華為愛情，不再受慾
的誘惑，也不受金錢的誘惑。

秋胡騎馬先回到家裏，梅英隨後步行至。門外看見馬匹，知是
剛才那登徒子，以為他竟敢公然趕到家裏。於是氣忿填膺，破步撩
衣直入堂內，一把把他抓住：

媳婦兒，你休扯他，他是秋胡來家了也。

婆婆的話好比晴天霹靂。梅英心底的悲傷與憤怒是可想見的。她以為秋胡已死，後望已絕。在無窮的黯淡中，她懷著一夜的夫婦恩，像酒，愈來愈醇香，就靠著這淡淡的感情的醇香，來支持她生活下去。她含辛茹苦，奉養婆婆，替她底丈夫盡人子之責。苦中仍有一絲溫暖，一絲悲劇美。現在，她的丈夫竟然如此輕薄，支持她生命的愛情的醇香消失了。她完全幻滅，她感情上失去了平衡，付出的愛情與辛酸換來的竟是輕薄的個郎，教她心底如何能平衡呢？她問他是否曾調戲採桑女子，他心中有愧，不敢承認。這點雖證明他自知不對，梅英在情緒衝動下，或許未能了解。即使了解了，這「有愧」就這麼簡單地能平衡她心底的悲憤？最重要的是：這時的秋胡不能與梅英想像中的相配合，她的夢落空了，他竟是登徒子的模樣。她這樣的深沈醇香的感情能與登徒子的秋胡在一起生活嗎？罵他也於事無補，唯一的是分手：

> 那佳人可承當，（做挈桑籃科，唱：）不徠，我提籃去采桑。
> 空著我埋怨爹娘，選揀東牀，相貌堂堂，自一夜花燭洞房，
> 怎提防這一場。
> 你只待金殿裏鎖鴛鴦，我將那好花輪與你個富家郎。耽著飢
> 每日在長街上，乞些兒剩飯涼漿，你與我休離紙半張。

梅英不認秋胡，宣稱了新女性精神，重奠妻子的地位。自古只有夫棄妻的，今回梅英卻要不認夫，表示著妻子不再是丈夫的附庸，離開丈夫仍然可以生存。她不認夫，是因為丈夫的感情觀還逗留於登徒子的地步，不懂得真正夫婦的愛，應化慾情為感情，才是永久醇香的。同時，這表現著夫婦雙方的愛應是相等的，應是完全的付予，

絕不讓一方尋花問柳，而另一方則堅守貞潔。這觀念，我們可認為是一夫一妻制的先聲，對古代一夫多妾制的一大反擊。在這幾乎無法收拾的地步裏，最後還是因為秋胡母的求情：「媳婦兒，你若不肯認我孩子啊，我尋著死處。」梅英才認了秋胡。

也許，就戲劇效果而言，悲劇收場比大團圓結局更來得感人。如果本劇止於不認，則必更為感人心弦。但戲劇實不宜為了強調戲劇效果而捨棄了思想上的健康。既然秋胡有愧，秋胡母又因孩子荒唐弄到不可收拾而自尋死處，如果真讓悲劇成了收場，實有違我國優良的婚姻觀念——媳婦應孝順公婆而夫婦間應相互諒解。這樣的結局，才合乎我國溫柔敦厚的詩教。梅英諒解秋胡是理智的抉擇，經過這個教訓，秋胡當會剝落一切浮淺的慾念與膚淺的看法，趨向成熟，而與梅英攜手進入婚姻的新境界。對他們兩者來說，這折磨是一種教訓，一種自覺，一種提升，一種完成。簡言之，本劇的意義在表現了婚姻中感情的成長，由慾情而愛情，由膚淺而成熟；並且，其中所表現的婚姻觀，是擺盪於傳統的優良面與健康的新觀念間，是我國文化遺產中值得保留參考的一點滴。

下編

寫實心態與即物手法的傳統

　　中國詩的傳統，是最容易引起爭論的。什麼是「傳統」，什麼「不是傳統」，由於詩篇多得無法估計，實在無法用精確的統計數字來證實。不過，如果我們願意退一步來論證這課題，從詩的源頭、發展及歷來重要詩人的名篇中找到一貫的寫作心態與手法，然後稱之為傳統，未嘗不可以成立吧！當然，源遠流長的中國詩不可能是沒有枝條的主幹，當然也有諸多的支流；所以，提到一個傳統，並非意味著沒有其他流派存在；不過，這些流派也多多少少有著傳統的色彩，如魏晉的遊仙詩。要嚴謹地、細節地論證這傳統，需要相當長的篇幅，非本文所能負擔；本文只能大概地勾出此一傳統的輪廓。本文的用意，是指出這一傳統在新詩中仍然存在，甚至可以說正支持著新詩的發展，這樣就間接地指出了新詩與古典詩仍然是一脈相承的，仍然是中國的，雖然在「詩形」上或大大地改變了、甚至大幅度的橫植了外來的傳統。筆者以為這一傳統是不可能磨滅的，因為它源於中國人的心態；因此，是值得我們珍惜，並且進一步發揚的。

　　寫實心態與即物手法是息息相關的。因為是寫實的，所以最容易傾向即物；因為是即物的，所以必然傾向於寫實；可以說是互為表裏的。「寫實」是一種心態，是詩人把自己投注於現實世界裏，把

自己連繫於所看、所聽、所嗅、所味、所觸、所感的現實裏。必然
地，這一「現實」是受著時空的作用。由於五官對「空間」特別敏
銳，因此，在這寫實心態裏，「空間」的地位特別重要。由於第六官
（心靈）的存在，體認了「時間」的存在，於是，這「空間」就並
非是斷絕的，而是在「時間」之流裏，上可通過去，下可通將來。
我們試以王昌齡的「秦時明月漢時關」來體認一下「現實」的時空
性：「明月」與「關」是存在於王昌齡所身處的「現實」裏。「明月」
與「關」均佔有空間，而且是王昌齡五官所提及的，這就是本意象
中的「空間」。但這「空間」同時是在「時間」之流裏，這「明月」、
這「關」沾有秦漢的歷史，雖然詩人是在唐朝。這就是在「現實」
裏著了「時間」色彩的「空間」。這一時空交互作用的意象，產生了
美感，時間是經歷了秦漢，而「物」不變，現在到了唐，「物」仍在，
將來也將仍在，一種「物是人非」的美感遂產生。說起來，這心態
是相當地「唯物」的。「即物」是從「物」出發，「物」就是「現實」
裏的「空間」，也就是「面對空間」出發。面對空間出發，大概有兩
種類型。一是用「時間」貫穿它，使這「空間」成為一走廊，上通
過去，下通將來，如上面所述。一是把「意義」挖出來，從「具體」
到「意義」。（或有人以為是從「具體」到「抽象」；但筆者認為從具
體到抽象的過程，獲得的僅是「概念」；而詩所獲並非是概念，而是
附於物象的意義，成為弦外之音、美感等；筆者選擇意義一詞）我
們試以「花」這一「物」為例，看古來詩人如何從具體挖出意義來。
如：

　　隰有萇楚，猗儺其枝，

　　夭之沃沃；樂子之無知。

　　（〈隰檜有萇楚〉三章錄一）

詩人從岸邊的羊桃樹柔美舒伸枝條的姿態及青春的色澤裏挖出「樂子之無知」的意義來。羊桃樹為什麼能如此舒伸其姿態與青春的顏色？因為它不像人那樣給「知」所累，因為它無知無覺。如果我們用這思維方式去想，那就不是美感；美感是我們面對這「猗儺其枝」的意象，心裏就觸電似的啪的一聲孕育了這「樂子之無知」的「意義」，而不須經過思維的分析過程。在分析過程中，我們不是在欣賞詩，而是在分析（慧根的人可能本身不用這分析）。這意義與意象啪的一聲融合為一，這才是欣賞，這才是美感經驗。當然，我們可以進一步去追尋，詩人為什麼有這樣的意識，於是時代離亂的影子也籠罩其中。同樣地，當我們追求或分析這意義時，我們不是在欣賞詩，而是等這「意義」啪的一聲與意象融為一時，才是美感經驗。一個意象是可以獲得多重意義的。又如：

> 帝城春欲暮，喧喧車馬度，共道牡丹時，相隨買花去。
> 貴賤無常價，酬直看花數，灼灼百朵紅，戔戔五束素。
> 上張幄幕庇，旁織笆籬護，水洒復泥封，移來色如故。
> 家家習為俗，人人迷不悟。有一田舍翁，偶來賣花處，
> 低頭獨長歎，此歎無人諭。一叢深色花，十戶中人賦。
>
> （白居易〈賣花〉）

這首詩的手法，跟前面略異。我們可以說，這首詩是從牡丹時節富貴人家買花與田舍翁的對比而寫出「一叢深色花，十戶中人賦」的意義來；我們也可更凝聚地說，從「一叢深色花」的物中，看出「十戶中人賦」的意義來。在此，不得不接觸到美學的問題。「美」的產生，或者我所說的「意義」的拍合，並非完全是憑空的，世尊拈花

時，摩詰迦葉的破顏微笑，並非是毫無前因的；美感經驗的產生，或意義與意象的一拍而合，也是如此，是慢慢地導引，進入某一狀態，突然像迦葉底破顏微笑而陷於美感世界中。就本詩而言，前面的安排，就是各種導引與前因，也就是前面分析「隰有萇楚」時的所謂「分析過程」。我們可以說，讀這一部分時，我們獲得的尚不是「美感經驗」，但沒有這些導引，也失去了通向美感經驗之路。到連「一叢深色花，十戶中人賦」時，我們獲得的才是美感經驗。這時，「物象」──「一叢深色花」，與「意義」──「十戶中人賦」是啪的一聲密合起來的；在美感的心態中，「一叢深色花」與「十戶中人賦」是像兩個影子模模糊糊地湊泊在一起。如果我們散文化為：「一叢深顏色的牡丹花的價值，可抵得十戶普通人家所納的稅」，那就不是美感經驗。在美感經驗中，「十戶中人賦」也成了模糊的具體意象，與花朵一拍而合。《文心雕龍》有隱秀之說：「是以文之英蕤，有秀有隱。隱也者，文外之重旨者也；秀也者，篇中之獨拔者也。」白居易詩中「一叢深色花，十戶中人賦」就是詩中隱秀之處。隱指「旨」而言，秀指「物」而言，隱處也就是秀處，意義與意象湊泊為一。其他如王維的「來日綺窗前，寒梅著花未」，寒梅已不僅是物象，而是與鄉愁湊泊為一；如李璟的〈攤破浣溪紗〉詞：「菡萏香銷翠葉殘，西風愁起綠波間，還與韶光共憔悴，不堪看」，詞中的荷花，已不僅是物象，而是與憔悴的韶光融為一體；再如李璟詞中的「風裏落花誰是主」，這花已不僅是物象，而是與暴力所產生的宿命結合為一。這類的詩詞尚多，不一一詳舉分析了。可見，即物並非模仿，而是一方面從具體到意義，一方面從此刻通向過去及未來；那就是說，它以物為核心，向四處放射。中國傳統詩中特多詠物類以及特為具體，也就是這寫實心態與即物手法下的一些結果。

中國詩歌的源頭是《詩經》（再追遠些，或者可以說是《易經》

爻辭裏歌謠式的抒情詩）。《詩經》向分為風雅頌三部分，風的寫定
或稍晚，但它的出現在口頭上當為最早。朱熹說：「凡詩所謂風者，
多同於里巷歌謠之作，所謂男女相與詠歌，各言其情也。」〈國風〉
是民間的歌謠。如果我們稱荷馬的《奧得賽》、《伊利阿德》以來的
詩歌為史詩傳統，則我們的詩歌可稱為歌謠傳統。在這樣的抒情歌
謠裏，所表現的世界，自然是，事實上也是詩人所看、所聽、所嗅、
所味、所觸、所感的現實。我們再看《詩經》的技巧，大致上是合
乎我們前述的即物手法。古人把《詩經》的技巧分為「賦比興」 三
者，雖未必的百分之百準確，但大致上是抓住了特質的。賦就是描
寫，就是描寫詩人身處的「現實」；比是比喻，以彼物比此物，不但
此物為實存的現實，而彼物往往有助於此物的意義的發掘，是頗近
於即物手法的。興是興發，劉大白在「六義」一文中稱之為「借著
合詩人底眼耳鼻舌身意相接構的色聲香味觸發起一個頭」，是靠「物」
來興感，當然也是即物的了。徐復觀先生以為比是靠理智為基礎，
興是靠直覺為基礎，重奠了賦比興在中國美學上的地位；這一見解
完全是對的；不過，筆者想補充一點，比的基礎雖靠理智作用，但
當它用於詩中而成為美感時，比物與被比物已融為一體，那一刻中
理智已被排斥，前面討論即物的手法時已有闡明，不贅。如此說來，
《詩》〈國風〉的內涵與技巧，是寫實心態與即物手法的。它是我國
詩的源頭，奠定了這寫實心態與即物手法的傳統。

　　《詩經》〈國風〉裏的許多詩篇都可作為闡釋這傳統的例子，包
容最廣的要算是〈豳風〉的〈七月〉：

　　　　七月流火，九月授衣。
　　　　春日載陽，有鳴倉庚；

女執懿筐，遵彼微行，爰求柔桑；

春日遲遲，采蘩祁祁，女心傷悲；

殆及公子同歸。

（八章之二）

這一節的技巧是相當繁複的。七月流火，九月授衣，是因為它是一首月令詩，以月令開頭，產生音節的以及時序流變之美，與下文的時令並沒有關聯，只是作為全樂章裏基層的鼓音。接下來的文字，表面看來是屬於賦，是一種描寫。骨子裏，某些描寫是扮演著興（直覺美感）的功能。春日柔和的太陽，倉庚的鳴吟，幽微的山徑，柔柔的桑條，構成了春天底物象。而這物象，都著了心靈的色彩，著了「女心傷悲，殆及公子同歸」的春愁；在美感世界裏，這物象與「女心傷悲，殆及公子同歸」的意義是湊泊為一、互相著色的；即使是動作性的「執懿筐」「遵微行」「爰求柔桑」「采蘩」都是與物象、意義相調合而產生同一氣氛情調的。這就是寫實心態與即物手法的呈現。姚際恆最能欣賞這首詩，讓我們也欣賞他的評語吧：

> 鳥語、蟲鳴、草榮、木實，似月令。婦子入室，茅，綯、升屋，似風俗書。流火、寒風，似五行志。養老、慈幼、躋堂稱觥，似庠序禮。田官、染職、狩獵、藏冰、祭、獻、執功，似國家典制書。其中又有似采桑圖、田家樂圖、食譜、穀譜、酒經。一詩之中無不具備，洵天下之至文也。

值得我們注意的是：這麼豐盛的內容，並非靠了概念式的文字來表達，而是靠物象構成的畫面，意義融合於其中。可見寫實心態與即

物手法的領域是廣闊的，也可以處理繁雜的題材與抽象的思想，問題是都從具體出發，而向諸方面深入，故是具體而直覺的。這個傳統，實在值得我們自豪的。

在這裏，筆者想進一步指出，這寫實心態與即物手法傳統來自我民族而對大千世界的一種基本心態。哲人面對「水」之為物所觸發的哲思，可以用來顯示這心態的存在與特色。古之哲人不太願意作閉眼式的抽象思考，而習慣面對物象來思考，來發掘意義，觸動哲思。從〈大學〉開始，一直到宋儒，還是大談其「格物」。我們看看先秦諸子中如何面水深思吧。孔子面水就說：「逝者如斯夫，不舍晝夜」，孕育一種生生不息奔流不絕的現世精神。老子面水就慢條斯理地說：「天下莫柔弱於水，而攻堅強者莫之能勝」，孕育成他的弱道哲學。即使是莊子與惠施吧，面對河水也引發了「子非魚，安知魚之樂」的辯論，雖然他們的辯論對象不在水，而在水中之魚。這種即物的心態，是源遠流長的。我國古籍中最早的《易經》，也是以物象（八卦構成的象）來構成運轉不息的宇宙架構。說句笑話，他們的心態是相當「唯物」的。所以，我們認為「寫實心態與即物手法」是中國詩的傳統，不僅是根據詩篇，更是根據中國人面對大千世界的即物心態。

四言為主的《詩經》以後，就到了五言為主的漢代詩歌，五言詩的產生，深深地受到樂府民歌的啟發，當然也自然地繼承了樂府民歌的寫實心態及即物手法。漢樂府的敘事詩中，如〈上山採蘼蕪〉、〈陌上桑〉、〈孔雀東南飛〉等，寫實的心態都非常明顯，充分顯示出當時社會的現實。魏晉詩人，頗多同時創作樂府詩及五言詩，也相當地保持著樂府民歌的寫實心態與即物手法。即使以詠懷詩著稱的阮籍而言，雖是「歸趣難求」，雖被鍾嶸評為「情寄八荒之表」，同時亦被指出他的即物傾向──「言在耳目之內」。其時產生的遊仙

詩，或可認為遠離了寫實心態與即物的傳統，但本質上看來，或多
或少地仍依附著這一傳統。遊仙詩的代表是郭璞，我們看鍾嶸對他
批評，亦可看他遊仙詩的現實基礎。鍾嶸評他說：「但遊仙之才，詞
多慷慨，乖遠玄宗，其云奈何虎豹姿，又云戢翼棲榛梗，乃是坎壈
詠懷，非列仙之趣也」，可見遊仙詩之真精神。其他如陶淵明的田園
詩，以及蕭氏父子的宮體詩，其寫實心態與即物手法是相當明顯的。
降及唐朝，這傳統更大放異彩，更形豐盛。杜甫、張籍、元稹、白
居易所構成的社會詩派，是把「諷喻」與「寫實心態、即物手法」
合併起來，其為傳統自不在話下。其他詩人，如王維、孟浩然、儲
光羲、岑參、高適、李白等等，也同樣是在這傳統下寫作，只是不
特地用於挖掘社會問題、不用於批評社會而已。宋詩也是如此。元
明清的詩，或崇唐，或主宋，要之皆不離這寫實心態與即物手法之
傳統。

下面我們略舉一些名篇，來詮釋這傳統，並藉此顯示寫實心態
及即物手法在古典詩中多樣的風貌。我們這裏只是略舉，當然難免
遺珠。下面是阮籍的〈詠懷〉其六：

> 昔聞東陵瓜，近在青門外，連畛距阡陌，子母相鈎帶，五色
> 曜朝日，嘉賓四面會，膏火自煎熬，多財為患害，布衣可終
> 身，寵祿豈足賴。

詩中所即的「物」是東陵瓜。「子母相鈎帶，五色曜朝日」，是這樣
的連綿瓜瓞，五彩繽紛。這物象的輝煌，與東陵侯當布衣時精神的
愉悅與豐盛，連接起來，混為一體。一般人只以為當侯爵是豐盛美
滿，但詩人卻藉東陵為布衣時所種瓜的子母鈎帶，五彩繽紛，來體

會出即物出其內心世界的豐盛。這東陵瓜，對阮籍來說，是歷史中的物，詩人在想像中把時空打破，此東陵瓜彷彿就在目前，而成為可即的物。這是在此傳統下用之於「詠史」的風貌。陶淵明的〈飲酒詩〉：

> 結廬在人境，而無車馬喧，問君何能爾，心遠地自偏。採菊東籬下，悠然見南山，山氣日夕佳，飛鳥相與還。此中有真意，欲辨已忘言。

這首詩的隱秀處在於「採菊東籬下」的四句，其他部分，筆者以為皆是作分析用的意象，是導引而已。我們能完全欣賞隱秀之處，實有賴於導引。此詩的隱秀處，貌似平淡，但即是「物」底「真元」的呈現。這是在此傳統下表現「物」底「純粹」的風貌。此類詩甚多，如王維的〈鳥鳴磵〉——「人閑桂花落，夜靜春山空，月出驚山鳥，時鳴春磵中」，又如李白的〈敬亭獨坐〉——「眾鳥高飛盡，孤雲獨去閒，相看兩不厭，唯有敬亭山」。這些詩把自然的本體純粹地呈出，是此傳統的一大成就。葉維廉先生於《秩序的生長》一書對這類詩篇加以最高的表影，不多贅。不過，我覺得葉先生忽略了「分析意象」的導入功能，而一味主張排斥分析意象。下面是杜甫的〈兵車行〉：

> 車轔轔，馬蕭蕭，行人弓箭各在腰。爺孃妻子走相送，塵埃不見咸陽橋。牽衣頓足攔道哭，哭聲直上干雲霄……君不聞漢家山東二百洲，千村萬落生荊杞。縱有健婦把鋤犁，禾生隴畝無東西，況復秦兵奈苦戰，被驅不異犬與雞……信知生

　　男惡，反是生女好。生女猶得嫁比鄰，生男埋沒隨百草。君
　　不見青海頭，古來白骨無人收，新鬼煩冤舊鬼哭，天陰雨濕
　　聲啾啾。

這首名詩，是詩人親歷募軍整裝待發，親人哭送街頭，而用即物手
法寫成的。引詩中省去的部分是作為導引用的「分析意象」，我們對
此詩都很熟悉，省去了更見即物風格。至於「分析意象」是否可完
全刪去而無損於詩義，我想最好的方法是用莊子所謂「得意忘言」、
「得魚忘筌」來解釋；當我們已把這分析意象的意義附於隱秀處，
成為附於隱秀處的模糊的影子，我們就可以忘去了此筌，而直接進
入完全的美感經驗。杜甫或被稱為社會派詩人，此詩是此傳統用於
社會性的風貌。下面是王梵志的〈翻作襪〉及楊萬里的〈戲筆〉：

　　梵志翻作襪，人皆道是錯；
　　乍可刺你眼，不可隱我腳。

　　野菊荒苔各鑄錢，金黃銅綠兩爭妍；
　　天公支與窮詩客，古買清愁不買田。

這兩首詩的即物手法是最明顯的了。而詩人從「物」中尋求「意義」
的詩才也是最明顯的了。翻著襪本沒什麼，詩人卻尋出「乍可刺你
眼，不可隱我腳」的哲思，反抗的、獨特的個性躍然可見。野菊本
沒什麼，詩人面對著它，發覺它像錢，然後更自我幽默一番，點出
了詩客的人生境況。這是在此傳統下尋求意義，尤其是尋求哲思的
風貌。下面是朱熹的詩：

半畝方塘一鑑開，天光雲影共徘徊；

問渠那得清如許？為有源頭活水來。

這也是一首即物的詩。所即的物是半畝方塘。但特別之處是：這半畝方塘除了有其現實性外，尚有其象徵性；它不僅是真正的半畝方塘，同時也是我們小小的心田。半畝方塘像一面鏡子打開，天光雲彩在其上徘徊；這物象本身就呈現一派澄清。因為這方塘有源頭活水，不斷流轉，所以澄清。人的心田也像一面鏡子那麼澄清，天光雲影徘徊其上，宇宙萬象亦投影於其上。人的心田能如此澄清，蓋由我們心靈有源頭活水；這源頭活水，可指智慧，也可指心與自然本為一體，自然生生不息，我們的心田也在生生不息中流轉。多簡鍊的一個即物意象，把整個朱子的哲學都融於其中了。可見即物的手法所達到境域之廣。這是此一傳統用於象徵的風貌。

可見「寫實心態與即物手法」是一基本的創作態度，可與其他的層次——如社會性、象徵性等結合起來；它的領域可深入到各階層而成為無涯無岸。

新詩最早溯自胡適的《嘗試集》。五四時代的新詩是富於寫實與即物的，但往往由於說明性的意象太多，頗為鬆散。我們目前的新詩，多少也受到了五四時代的影響，卻變得凝鍊得多，這是好的現象。我們的詩人，同時也受到相當深的外國影響，而且勇於多方嘗試；詩風乃更為繁富。不容諱言，有些詩是太西化了，有些嘗試是失敗了，這些都是不成功的詩篇，也是在詩創作中不可避免的過程。這裏筆者僅想略述詩人不自覺地同歸傳統，在「寫實心態與即物手法」的傳統下所寫成的成功的詩篇。因詩人詩篇眾多，筆者僅擬粗略地介紹四首，掛一漏萬在所難免。桓夫先生的詩，筆者以為是最

富即物手法的；余光中先生的詩是最富寫實心態的，以這兩位先生的詩為例，自屬當然、洛夫先生的詩，向被認為或誤解為最超現實的；葉維廉先生的詩是比較難懂而被認為追求純詩的；我以洛夫先生的詩為例，是想指出他仍然有成功的「寫實心態與即物手法」；我以葉維廉先生的詩為例，是想指出他在《秩序的生長》一書中最後一行對所追求的詩風的自白——「我既是中國人……自然的會以外象的跡線映入內心的跡線這種表現為依歸」——與筆者在這裏所闡明的「寫實心態與即物手法」幾乎是殊言而同歸的，雖然在細節上、廣度上有所出入。下面是桓夫先生的〈咀嚼〉：

> 下顎骨接觸上顎骨，就離開。把這種動作悠然不停地反覆、
> 反覆。牙齒和牙齒之間挾著糜爛的食物。（這叫做咀嚼）
> ——就是他，會很巧妙地咀嚼。不但好咀嚼，而味覺神經也
> 很敏銳。
> 剛誕生不久且未沾有鼠嗅的小耗子。
> 或滲有鹹味的蚯蚓。
> 或特地把蛆蟲聚在爛豬肉，再把吸收了豬肉的營養的蛆蟲用
> 油炸：……。或用斧頭敲開頭蓋骨，把活生生的猴子的腦
> 汁……。
> ——喜歡吃那些怪東西的他。
>
> 下顎骨接觸上顎骨，就離開。——不停地反覆著這種似乎優
> 雅的動作的他。喜歡吃臭豆腐，自誇賦有銳利的味覺和敏捷
> 的咀嚼運動的他。
> 坐吃了五千年歷史和遺產的精華。

坐吃了世界所有的動物，猶覺饜然的他。

在近代史

竟吃起自己的散漫來了。

詩中的即物傾向最為明顯。咀嚼是我們每天最慣行的動作，詩人就
「即」此最慣行的咀嚼而寫起詩來。詩中第一節是「物象」的所在，
是隱秀之處，尤其是第一節的前半。接著兩節愈來愈抽象，是解釋
性的意象，尤其最後一節是從物（咀嚼）中尋求出的意義。我們浸
於美感經驗的一刻，是意義投射於物象而融為一體的一刻。這是屬
於前面所分析的王梵志、楊萬里二詩的類型，從物象尋求意義。下
面是余光中先生的〈雙人床〉：

讓戰爭在雙人床上進行

躺在你長長的斜坡上

聽流彈，像一把呼嘯的螢火

在你的，我的頭頂竄過

竄過我的鬍鬚和你的頭髮

讓政變和革命在四周吶喊

至少愛情在我們的一邊

至少破曉前我們很安全

當一切都不再可靠

靠在你彈性的斜坡上

今夜，即使會山崩或地震

最多跌進你低低的盆地

讓旗和銅號在高原上舉起

至少有六尺的韻律是我們

至少日出前你完全是我的

仍滑膩，仍柔軟，仍可以燙熱

一種純粹而精細的瘋狂

讓夜和死亡在黑的邊境

發動永恆第一千次圍城

惟我們循螺紋急降，天國在下

捲入你四肢美麗的漩渦

本詩的即物手法比較複雜。床笫行為也是慣常的行為，詩人就以此作為即物。但詩人同時在外界作了一層模糊的即物——對戰爭的即物。兩者的關係，像賦比興中的「比」，以床笫行為作為核心，而以戰爭作模糊的外殼，把它龍罩起來。把床笫行為和戰爭行為的異同巧妙地抓住，兩種物象輾轉映現發展下去。這就不至於有像桓夫先生咀嚼一詩中先物象後意義的情形。這首詩的意義，可認為是在戰爭中詮譯了愛情，就是把戰爭的物象籠罩在床笫物象之上，而來欣賞此床笫行為。我們也可以說，本詩的意義不在床笫行為和戰爭行為的個別物象裏，而是在兩物象構成的微妙關係中，引出了人生的意義的思維。如果一定要把此詩與前述分析的古典詩相比，也可歸入王梵志之類，但意義卻在物象的廷伸外。下面是洛夫先生〈西貢之歌〉中的〈夜市〉：

一個黑人

兩個安南妹

三個高麗棒子

> 四個從百里居打完仗回來逛窰子的士兵
>
> 嚼口香糖的漢子
> 把手風琴拉成
> 一條那麼長的無人巷子
> 烤牛肉的味道從元子坊飄到陳國篡街穿過鐵絲網一直香到
> 化導院
> 　　　和尚在開會

這首詩的即物性是非常明顯的，已達到靜觀的境界。表面是很平凡或僅是真實的描述，但西貢戰爭的氣氛卻完全表現了出來。這首詩是靠個別物象的選擇與並列而與社會性結合，但結合得不留痕跡。要與前面分析的古典詩比，是接近杜甫底社會性的，但洛夫先生卻能完全去掉解釋性的意象。下面是葉維廉先生的〈醒之邊緣〉第一章：

> 鉸鍊戛戛
> 停住
> 又開始
> 停住。
> 洗碼頭工人的談論
> 沒入霧裏
> 熱烈的爭執
> 爆發
> 又沒入霧裏。

衣物拂動天藍的水

天邊的郵輪

緩緩地

激起

晶明的散落

方的窗

打開

方的窗

打開

方的窗

打開

方的窗

張開的手掌

飛揚

張開的手掌

飛揚

張開的手掌

飛揚

青靄裏

風箏一樣

成排的

停在氣流裏

那些逍遙的

展翼的手掌

這是純然即物性的一章。即物的對象是清晨的碼頭。這裏沒有任何言詮，物象本身就是意義本身，是純粹經驗的呈現。與前面所分析的古典詩相比，是屬於陶潛、王維一類。葉維廉先生似乎更純粹些，完全是純粹經驗，是以物觀物，似乎缺少了陶潛與王雄的「人情味」，當然也因此獲得了另外的成就。最少，葉先生能用寫實的心態即物的手法來處理文明的經驗，不再是花香的自然，境界是開闊了些。

最後，我想以詩壇上的一段小史作結。笠詩社是最富寫實心態與即物手法的，雖然他們或不完全自覺或未大事宣言。在《笠》二十四期上，曾對德國新即物主義作了幾行的簡介；洛夫先生在中國現代文學大系詩部分的序言中，也指出了笠詩社的即物傾向。據筆者的觀察，笠下的詩人往往有此傾向，尤其是年輕的一群，如陳明台君、鄭烱明君、拾虹君、傅敏君及本人（筆者曾是笠詩社的一員）等。我想這種傾向，或由於有意擺脫西方詩壇的影子，或有意追求自己真實的表現（筆者屬於此類），或兩者兼備，而不自覺地回歸自己的傳統，回歸「寫實心態與即物手法」的傳統。

名理前的視境：論葉維廉詩

一　弁言

　　《葉維廉自選集》出版於民國六十四年元月。集中分為四輯，前三輯先後選自《賦格》、《愁渡》、《醒之邊緣》三本已出版的詩集，第四輯是近期的詩作。三十八首詩作中，最早的是〈夏的顯現〉，稿成於民國四十九年，最晚的是〈死亡的魔咒和頌歌〉，發表於民國六十三年六月，前後共歷十五年。

　　要毫無遺漏地討論這麼一本龐然的詩自選集，幾乎是不可能，也是無此需要的。本文僅試圖發掘葉詩中特有的詩質並加以剖釋。當我仔細閱讀了葉詩，在繽紛的風貌裏，發覺其中有著一貫的風格與詩情；當然，其中也有程度上的差異。筆者認為，這一貫的風格與詩情是源於他底「名理前的視境」。所謂「名理前的視境」，就是詹姆士所謂的只覺其「如此 that 」，而不知其是「什麼 what」。換句話說，就是只覺萬物形相的森羅，而不加以「名」及「理」的識別。所謂「名」的識別，就是賦形相以名，如賦某形相以「樹」的名稱，某形相以「屋」的名稱。所謂「理」的識別，概言之，可分為兩階層，前階層是概念化、關係化，與實用化。如把「人」一形相概念化為「理性的動物」，如把「房屋」與「太陽」關係化為「太陽在我家房屋的東方上升」，如把「樹」實用化為「樹是木材可製造家具」。後階層是道德化與感情化：把道德的情操從形相中掘出或從人心處

附上，如孔子看到蒼翠的松柏在凜冽的氣候中屹立而慨嘆：「歲寒然後知松柏之後凋也」；把感情從形相中引出或從人心處附上，如李璟的「風裏落花誰是主？恨悠悠。」（但此處仍有一言詮的尾巴：恨悠悠）。物象的意義性就是從形相的世界深入至道德界與感情界；如果是形相自然的伸入，那是詩的，蘊含的；如果硬把道德、感情加在形相上，那是非詩的，說明的。然而，在兩端之間，就有著許多程度上的差別，而造成不同的風格。

回到葉詩身上。詩人用「名理前的視境」經驗世界。在某些場合裏，葉氏消除了「名」障，僅把形相呈現出來，只呈現了「如此」，而不把形相所指的「名」說出來，不說明是「什麼」；因此，詩中只覺形相飄忽，而不知其為何物。形相與名之間的關係，往往就像啞劇，用動作來表達意蘊，動作欠準確時，也就無法指向意蘊了。這種寫詩的態度，實是對作者自身的一大考驗，同時也是對讀者的一大挑戰。許多讀者認為葉詩難懂，往往只是由於堅持要達到「名」的階層的心理所圍。在某些場合裏，葉詩避免了「理」障。就是說，葉詩的視覺置於「概念化」、「關係化」、「實用化」之前。在某些場合裏，葉詩僅把形相呈現，還未把它抽象為概念的句子，或用概念化的句子把形象詮釋；在某些場合裏，葉詩僅把形相呈現，而泯滅了方位上的、時間上的及其他知識上的關係。葉詩的視境置於概念化、關係化之前，也就是置於知識之前，而許多讀者則習慣於概念化了的、關係化了的知識，於是就感到不適應而困惑了。詩的視境居於實用化之前，尚為一般人所普遍接受，而不構成問題。葉詩中的「意義性」是組含於形相中，物與心是心心相印的，因此，形相得以自然地深入道德的、感情的階層，此即劉勰所謂「登山則情滿於山」。有詩口胃的人，從葉詩所呈現的形相中，即有一意義之流橫於胸臆，形相與意義間是「玲瓏透徹」；而一般習慣於「言詮」——

在形相後加一條言詮的尾巴——的讀者，就往往尋不到意義的芳蹤了。

在某一意義上，賦以「名」賦以「概念的」、「關係的」都是賦予言詮的尾巴。葉詩即儘量把這些尾巴切去。在形相深入道德的、感情的層次時，可以用尾巴言詮，也可以不用，而葉詩也是儘量切去尾巴的。我重複用「儘量」二字，因為詩以文字作媒介，不能盡去名理，也不須盡去名理。在繪畫的世界裏，「名理前的視境」可達到全盤的發揮，但在語言詩的世界裏，卻只是立根於「名理前的視境」，以追求詩情意興的表現；但如果遠離「名理前的視境」，字字皆陷於名理障中，則只有著一副死骷髏的詩，如何能盛裝詩情意興呢？

下面我們即以此基礎來論述葉詩。

二　我欲扭轉風景

> 我欲扭轉風景，我欲迫使
> 所有情緒奔向表達之門
> 通至未經羅列的意象
> ——〈夏的顯現〉

扭轉景物意含著一個新的視境。所謂扭轉風景，就是從一般習慣於名理的視覺中扭轉回來，回轉到「名理前的視境」。葉維廉是有著這視境的自覺的，他所表現的視境便是如此。如

> 我欲扭轉景物，乃臥木瓜林下

稻穀之風果之風抱來一堆影子

一種安靜與及神聖的戰慄等等

花花葉葉登登對對，一片迫人的藍

從南山滑下，落在葉之後，白鵝之後

葡萄藤蜿蜒有聲的架下

物底形相活活潑潑地呈現出來，玲瓏透徹，毫無所隔；就是只覺物的「如此」而沒有概念的、關係的、實用的「理障」。但我們得注意，第三句是概念化的句子；從這裏我們可看出在此詩節中，名理前的視境尚未純粹，尚有概念化的語言插入。並且，這名理前的視境尚是有限度的，三種理障是打破了，但「名障」尚未完全打破，我們尚知其為木瓜林，為白鵝，為葡萄藤，就是說，尚知道它是什麼。我們前面說過，這是語言的限制，不能完全打破「名障」，語言本身是「名」。然而，我們同時知道，語言僅是符號，僅是「指」，指向「所指」，指向物的形相，如果讀者能有此自覺，即可在某一程度上把「指」還原為「所指」，從「名」回到形相。在《愁渡》集的序詩中，葉維廉即有著打破「名障」的努力：

當所有的顏色為一色所執著

當所有的聲音止於你的容色

天際的城市潰散

　　　峭壁沉落

巨大的拍動鼓著虛無

七孔俱無的石臉

檢閱著知識生長的圖畫

在此中我們僅經驗到如此，而不知道經驗到什麼。我們只覺萬物森羅，色彩繽紛，諸象流轉，而不知其為何。詩人只呈現了「如此」，而不再言詮與「如此」相偕的「什麼」；於是，詩人與讀者間的溝通就需要若干的努力了。如果我們肯退一步承認詩是呈現「如此」，呈現「名理前的視境」，那在詩中得見萬物形相的流轉，雖不知其為何，也未嘗不是另有所獲。抑且，在「如此」中，我們仍然窺見某一程度的「什麼」，如「巨大的拍動」、「九孔虛無的石臉」、「知識生長的圖畫」等，是居於可解與不可解之間，形相震盪於表達為「名」的邊緣。止於此邊緣，形相活潑，更能直撼心田，像畫像音樂似地把我們的心靈涵蓋其中。上述是「序詩」中的一節，或許我們可認為這是葉維廉對自己追求的視境的一種有意或無意的透露。也許，我們可認為「如此」最好能清晰準確地能被還原為「什麼」，但在某些場合，尤其是所表現的是內心隱微的心境而不是外境時，是無法完全地還原的。此節即如此。在表現外境時，葉詩中的可還原性是極高的。如：

陀螺的舞蹈自花中，波濤起拂袖
擴張著日漸圓熟的期望
款腰自風中，沓沓然綑綣
臉上橫溢的景色
白玉盤無任地
盛茫茫眾目
——〈舞〉

我們不難從詩的形相中還原到其名，即使我們刪去了詩題「舞」。就語言是符號而言，一切語言都是指。但語言同時也是「名」，說出是「什麼」。如此，則語言作為「指」的身份是指向「形相」，作為「名」的身分，是指向「什麼」。就此基礎而分析此節詩，我們即發覺詩中的兩種語言交替著，相映成趣。詩中的「陀螺」、「花」、「波濤」、「白玉盤」，甚至包括「景色」，已失去了他們底「名」的地位；就是說，他們已不再是陀螺、花、波濤、白玉盤、景色，而只剩下他們所指向的形相，這些形相即構成了舞底形相的一部分。而另一方面，袖是舞者的袖，腰是舞者的腰，臉是舞者的臉，眾目是觀者的眾目。他們一方面指向「形相」而成為舞底形相的一部分；也同時指向「名」，提供了我們還原「如此」到「什麼」的線索。一明一晦，虛實交織。為了要闡釋此點，筆者不惜以散文的分析來割裂這圓熟的詩情如下。「陀螺的舞蹈自花中」，是呈現了舞者如花如陀螺的舞姿，此時，在詩人的視境中，陀螺、舞蹈、花是合一的；因為在「名理前的視境」裏，主賓的關係是不變的。「波濤起拂袖」一語，在名理的識別裏，應該是拂袖起波濤，但在「名理前的視境」中，不基於日常的關係而基於心理的真實；在心理狀態而言，詩人看見拂袖先有波濤（它只指向形相而不指向名）的感覺，其後經「名」的作用才知是拂袖。「擴張日漸圓熟的期望」與其說是外境不如說是內境，是舞的整個氣氛整個形相所構成的內境。此內境可屬於舞者也可屬於觀者，在名理前的視境中主賓之分也是不存在的，詩人同時活於主賓之中。「款腰自風中，沓沓然緺繾」是舞姿的形相。「臉上橫溢的景色」一語中，景色二字最妙，若改為顏容或面情就索然無味了。因為前者已喪失「名」的地位，純指向形相，後者則因同時指向「名」而「形相」受到扼殺了：「白玉盤無任地／盛茫茫眾目」一語，是承景色二字而來。在此，白玉盤已喪失名的地位，它不再是白玉盤，

而只是形相，這形相也就是「臉」的形相。在詩人「名理前的視境」
裏，臉、景色、白玉盤都明暗虛實地疊在一起。換句話說，在詩人
的眼裏，所看到的舞者的臉是景色，是白玉盤，其中盛著茫茫的眾
目，所有的眼神都吸進去。形相在詩人的靈眼中、想像裏，是可以
明暗地疊合在一起，各保留其面目，而虛實繽紛，這也可以說是詩
的神秘。

三　風景的演出

　　葉維廉既然扭轉了風景，把詩置於「名理前的視境」，呈現物的
如此，而不加以名理的識別；隨著心態的發展，詩人自然地退入旁
觀的地位，讓風景為主體，作純然的演出。景可包括內境與外境，
內境是蘊含心中的，外境是實存的。外境的演出雖不免偕和著內境，
但這內境只是一種心境（state of mind）而已。內境是否作純然演出
較不容易識別，而《賦格》及《愁渡》二時期的詩多重內境，故此
風格尚未顯著；及至《醒之邊緣》階段，多寫外境，此風格就大為
彰明了。而且，前二階段中，結構複雜，風景只能於片斷中演出，
如前引〈夏之顯現〉中之一節。及至《醒之邊緣》階段，葉詩趨於
單純，此亦有助於此風格之完成。試看

　　　　鉸鍊憂憂
　　　　停住
　　　　又開始
　　　　停住。
　　　　洗碼頭工人的談論
　　　　沒入霧裏

熱烈的爭執

爆發

又沒入霧裏。

衣物拂動天藍的水

天邊的郵輪

緩緩的

激起

晶明的散落

方的窗

打開

方的窗

打開

方的窗

打開

方的窗

張開的手掌

飛揚

張開的手掌

飛揚

張開的手掌

飛揚

青靄裏

風箏一樣

成排的

　　停在氣流裏
　　那些逍遙的
　　展翼的手掌
　　——〈醒之邊緣〉

在此詩節中，碼頭上郵輪的風景，作了純然的演出，詩人並不介入。
在單純的形象中，碼頭底精神面貌遂一一呈現。在此節的語言中，
並沒有泯滅「名」的識別，但正如我們前面所述的，只要我們把語
言看作是「指」，即可從「名」還原至「如此」，因此，並不破壞「名
理前的視境」；而又能獲得明晰性。葉維廉只在很容易還原的地方，
才用如此以呈現什麼，如「晶明的散落」以呈現「浪花」。在風景的
演出裏，風景呈露其最真實的面貌，主動地演出它自己，與宇宙的
韻律相偕和，毫無相隔，單純得癡人。在風景作純然的演出中，詩
人靜謐自得的心態躍然於風景之間。當陶淵明采菊東籬下，悠然見
南山之時，讓風景「山氣日夕佳，飛鳥相與還」作純然的演出，我
們不難領略出其時淵明「其中有真意，欲辨已忘言」的心境。但葉
維廉是不會像淵明那樣保留言詮的尾巴的。風景作純然演出所臻之
不隔之妙處，在下例中更易見：

　　打開一扇門
　　其他的門都消失了
　　長廊裏
　　蝙蝠依聲飛翔
　　「來是你語
　　去是我言」

打開一扇門
其他的門都重現了。
　　——〈醒之邊緣〉

我們暫且把中間的插句拋開。其他六句，景物作了純然的演出。為
什麼「打開了一扇門／其他的門都消失了」？而「打開了一扇門／
其他的門都重現了」呢？我們不難領悟那是一長廊，有著一排或兩
排的廂房；因此，打開了一扇門，進去，其他的門自然都消失了；
打開了一扇門，出來，其他的門都重現了。在詩人底「名理前的視
境」裏，只有門之打開，而無所謂「進去」「出來」，進去與出來只
是名理上關係的區別。詩人把握了這名理前視境的特質，不加言詮，
讓景物作純然的演出。就像在電影藝術裏，進去與出來是不加言詮
的。好了，我們現在把插語放回去，我們即發覺前面景物所作演出
所蘊含的意義了。詩人把握了名理前視境之特質更同時利用它與日
常視境的微妙關係表現了淡淡的哲思：同是開門，但在名理的範疇
裏，一開門是進是來，一開門是出是去，來來去去，在人生裏便成
為一種始復。前面我們說形相深入道德層、感情層而產生意義，在
此節中，我們寧願說詩人從形相中發掘出意義來。因為這句插句，
多少帶有言詮的味道，雖然用得微妙而技巧。下面我們接著探討形
相深入意義層的問題。

四　演出的意義

在風景的演出中，往往也同時演出若干程度的意義。詩人是有
情的，無論他如何地「以物觀物」，物中總諧和著詩人的心境，或對
詩人而言，總有著若干程度的意義的呈現。葉維廉詩中的意義，即

存在於風景的演出中：或諧和著一份心境，或呈現了一份意義。如我們前引的〈夏的顯現〉即諧和著一份心境，這心境即是詩中的意義，即是詩中要表達的內涵。在前引〈舞〉中的一節，末句「白玉盤無任地／盛茫茫眾目」，白玉盤與茫茫眾目的對比，也呈現了某種的意義。但葉詩中是剪去了意義上言詮的尾巴的，讀者得像詩人一般讓風景從其演出中呈現其意義。下面就內境與外境舉例以作進一步的剖釋。

> 日日群山從我們兩肩躍出，然後滑落，然後
>
> 一若憂慮的偉大的拍翼指揮著海流，一瀉千嘽的
>
> 水銀的太陽指揮著我們夢之放射，死之螺殼
>
> 吹奏昨日許多盛大的婚宴，風暴默默領我們
>
> 欲望之鷹盤索大地的掌紋
>
> 而好奇與病的流　一激流的亂石
>
> 滾入引向八方的長筒的街道
>
> 而婦孺喋喋的囈語每每於午後
>
> 顯示新神
>
> 而短暫的床
>
> 日日指出我們的局限
>
> ──〈降臨〉

日日群山從我們兩肩躍出然後滑落，是一種意識高低的突感。詩人底意識突然發覺山巒聳立在兩旁，在這一剎那間，山巒彷彿從兩肩躍去。這是心理的真、名理的假（指方位的關係言），猶如杜甫的「蕩胸生層雲」。其後，突感消失，山巒恢復了意識中的常態，就等於滑

落而去。群山的躍出與滑落一若海流波浪的起伏。這景物的演出，對詩人而言是演出了某些意義：演出了人生的波瀾，生活事件如高峯頻出；而這演出是藉著暗示與象徵的方法。用憂鬱偉大來形容海流的起伏，是最能把握海的真實的。海是充滿憂鬱的，以日常的意象而言，它的波瀾象徵著老人底額上的皺紋；海是偉大的，以它的廣度、深度、久度。海的波濤是拍翼的起伏，也是最實感的。最警絕的是它——憂鬱偉大的拍翼——指揮著海流。它本身就是海流，自己指揮自己，存在於本身的活動中。或者，我們把這拍翼看作「用」，海流看作「體」，「用」指揮著「體」，就有存在先於本質的意味。無論用哪一個解釋，都是深刻有味，進入一種真實的呈現。如此，這風景便演出了一種哲思：自存於自身的活動中或存在先於本質，亦同時暗示著人生許多相類的現象，如人生存在於人生的活動中。接著：水銀的太陽與夢之放射，本來是兩回事，但因兩者的形相有著心態的共通，混而為一；在詩人「名理前的視境」中，心理真實代替了名理關係，感到太陽指揮著夢之放射。「夢之放射」與太陽的聯繫也提供了某些意義，不過，這意義比較隱微而遊離。死之螺殼究是有文學的繼承，是指海難產生，海難者的骸髏成了螺殼，奏起了死亡之歌。把「死之螺殼」與「盛大的婚宴」以「吹奏」連起來，產生很大的張力，婚宴已埋伏了死的種子，是相當悲劇深入的。這就是風景所演出的意義。以鷹來形容人的慾望，最為傳神，鷹在空中盤旋，就猶如人的慾望在盤索慾望物；而由風暴帶領，也是最深刻的，慾望像風暴也產生風暴。慾望、鷹、風暴諸形相，在詩人底「名理前的視境」中，不受名理的牽制，有了新的微妙的組合；而這景物所演出的意義也是最為明顯，緊附於其演出中，不擬再費解筆。以上的境，與其說是外境，倒不如說是內境，是詩人靈眼中所孕育成的形相世界。接著低兩格的意象，素材是現實的，是人間可

觸及的外境。用「好奇與病的頭」，用「一激流的亂石」來寓人，已
不只於表面素描，而將整個心態抓住了。這風景所演出的意義很明
顯，從「好奇與病」、「激流的亂石」、「滾入」、「長筒的街道」、「囈
語」等辭語中即充分現出；尤其是末句「而短暫的床／日日指出我
們的局限」已是相當地言詮的了。就整節而言，「素材／意識／現
實」，一內境一外境，虛實相對，波瀾自起，是非常上乘的。當葉維
廉詩風從繁富趨向單純時，演出的意義也隨著這步伐而趨於純粹：

> 我給了風
> 骨骼——
> 無際的
> 渦漩的天空
> 便由我
> 獨
> 自
> 默默的
> 支撐著
> ——〈年齡之外〉

詩人是風景中的立體。在蒼茫而空無一物的大地，詩人臨風而立，
賦予風以骨骼；詩人獨撐於大地，與風疊而為一，自身成了風的骨
骼。意象單純，而詩人底孑然獨立、撐一世風寒的丰姿躍然欲出。
於是，在「無際的／渦漩的天空裏」，詩人「獨／自／默默的／支撐
著」。「渦漩的天空裏」一形相顫抖於表達之邊緣，顫抖於形相與意
義之間；當它一伸入於意義層，伸入於人間，那於國家、民族、文
化諸問題上都有所投影。說得具體點，這渦漩是國家、民族、文化

的渦漩，而詩人獨自默默地支撐著。在此節中，風景的演出與意義
的演出已湊泊為一，不能增削。

五　新的果實

　　一般讀者對葉詩的不懂，往往指不能於葉詩中獲得「名」與「概
念」以及「意義」，他們習慣於言詮的尾巴；而葉詩卻是「名理前的
視境」，居於「名」與「概念」之前，不受理障中關係的約束而忠實
於心理的真實關係，而又削去意義底言詮的尾巴，意義密合於風景
的演出中；可以說是最形相化的，最純粹的，最詩的；前數章已有
所剖釋。詩終究是文字藝術中境界最高的，因此，詩人與讀者溝通
間的困難，我們寧多歸之於讀者；詩人追求詩質的純粹，是他忠實
於藝術的努力。然而，我們前亦指出，「名理前的視境」亦可有程度
之別，繪畫藝術可臻於最上乘，而詩因以文字為媒介之故，不易達
到純粹的「名理前的視境」；並且，名理前的視境，只是詩紮根的所
在，詩尚得深入於意義層，深入廣大的人間。因此，在表現上，適
度的藝術化的言詮，也未嘗不是一種調整，得以溝通「如此」與「什
麼」的鴻溝，得以縮短詩人與讀者的距離。如何才是最適度的調整，
那是詩人費心抉擇的地方。

　　如前所述，從《賦格》而《愁渡》而《醒之邊緣》，葉詩從內境
而漸趨外境，從繁複而漸趨單純；這一傾向，與「名理前的視境」
是相偕的。因為是外境的、單純的，最適合於「名理前的視境」，寫
來便毫無所隔，大千世界裸露於前。在最近的詩篇，仍承著這特質，
紮根於「名理前的視境」，深入人間，於「如此」與「什麼」間作了
適度的調整，發表在《中外文學》六十四年二月的〈大溪老人最後
的事蹟〉便是一例。如有讀者仍覺難懂，筆者就覺得很詫異了。茲

引半節如下：

> 大溪老人啊
>
> 你瘦削成
>
> 狹長的廢街
>
> 一條稀薄的黑影
>
> 在月當頭的死寂裏
>
> 斷斷續續的拍動
>
> 如折翼的蝙蝠
>
> 依著細弱的聲響
>
> 向那髏髏的波動的山頭摸索

葉維廉憑著他底詩才，他底獨具的靈眼，在自選集諸詩中，縱橫於形相的世界，努力地造就內外境底純粹的結晶。韓愈曾謂為文要養其根、加其膏，葉維廉在詩自選集中培植了奇花異果，也同時在培植中養熟他的詩質、他的詩情、他的詩眼；現葉維廉懷著這充沛的詩養，更把詩的根鬚深深地、牢牢地伸入這有重量感的人間世，在「名理前的視境」的詩壞上，將結成更充實的果實。我們深深地期望著。

最後，簡短地談談葉維廉所培植的兩株新苗。我們先看〈跳繩子的遊戲〉。跳繩子的遊戲本是小孩子普通的玩兒，但在詩人的眼中，卻有著淡淡的神秘感：

> 然後杜鵑花說：金雀花，輪到妳跳過我爸爸的影子了。但杜鵑花的爸爸行走如風，雙手捧著一個碩大無明的鼎，金雀花

　　說：影子太快太大了我跳不過。燕子就唱：

　　Jack fell down broke his crown

　　And Jill came tumbling after

　　燕子花對著長長的橫臥著的建物的影子遲遲不前，杜鵑花和

　　金雀花都停了旋舞，紗衣在陽光裏靜了下來。

　　　　──〈跳繩子的遊戲〉

三個小女孩出現之後，即不加言詮的用杜鵑花、燕子花、金雀花來
代表她們；詩人在此把小女孩與花兒視為一體，可互相轉化，富有
童話色彩，同時也表現了葉詩中一向作為底色的人與自然的交流。
影子本身就有著神秘的味兒，光與影，生與死亡。「一個碩大無朋的
鼎」暗示著一些特殊的實義，大人就像龐大的影，小孩無法跳過；
突然間，花兒們都停止了舞蹈，一份神秘感在靜止中流過。〈死亡的
魔咒和頌歌〉是儀式舞蹈劇，人與宇宙合一的神秘色彩更濃了：

　　獨唱：（用低聲吟唱）：在春天，當我們躺臥在聲息花的樹下，

　　　　　　　　草轉綠，太陽微溫的時候，我們不是昏昏欲睡嗎？

　　合唱：在我們的指尖上旋轉的是風的脈絡。

然後，獨唱部分的景色不斷更換，「在我們的指尖上旋轉的是風的脈
絡」一再重複著，而「我們不是昏昏欲睡嗎？」重複了三次後轉為
「我們睡覺了，對嗎？」，富有催眠的作用；於是：睡覺了。睡著就
意味著死亡；於是第二節：「天在哭泣／天／在地的盡頭／天在哭
泣」，然後是「巫師獨白」，「死之祭」，然後是「你我向上方前行／
你我向星河」，「我們行向神秘的國度」。睡眠是死亡，死亡是與宇宙

的合一：

> 在我們的指尖上旋轉的是風的脈絡
>
> 在我們的指尖上旋轉的是風的脈絡
>
> 風的脈絡，風的脈絡
>
> 風的脈絡…………

「在我們的指尖上旋轉的是風的脈絡」是一種神秘的人與宇宙的交流。以上二首都是可以演出的詩。此外，在《醒之邊緣》一詩集中，尚有兩首同類的即興詩，即「What is the Beautiful」及〈走路的藝術〉，可惜沒有收進自選集。再寫下去恐怕詩人要說筆者「把纏足的布放到長年結冰的北方／還未放完」，就此打住。

論桓夫的「泛」政治詩

一 前言

　　遠在臺灣新文學始軔之際，文學界已孕育了兩個至今仍在某意義上繼續存在的課題：即鄉土文學及臺灣話文學兩個問題。[1]這兩個問題之產生與當時臺灣之成為日本殖民地而祖國大陸又長期未能給予臺灣救助這一事實相結合，而這兩個問題之延續至今則是由於臺灣光復以來某些不幸政治事件以及國府長期未能光復大陸及兩地隔絕有關。七十年代臺灣文壇所興起的鄉土文學以及臺灣結、中國結等問題，實可向上溯源到這臺灣文學的早期。只是這些問題由於七十年代言論自由之提高而能得以公開及多面化的討論，而這些問題實在一直藏在《笠》[2]詩人羣詩歌的背後，尤其是詩社裏跨越日語到中國語的一代。《笠》發起人之一的桓夫（陳千武）自述其唸臺中一中時，即「時常嚴肅地思考人生與社會環境，以及被殖民的問題」，而桓夫的詩歌莫不是臺灣這一塊鄉土的經驗，以及這鄉土向內向外所延伸的經驗：即殖民經驗、志願兵太平洋經驗、以及與這塊鄉土

---

1 參葉石濤：《臺灣文學史綱》（高雄市：文學界雜誌社，1987年），第二章第二節，頁24～28。

2 自1937年中日戰爭爆發，日本為阻止臺灣與大陸的聯繫，在臺灣推出所謂皇民化運動，禁絕漢文，遂造成臺灣光復後語言隔絕的一代：他們幼讀日文，光復後又重新學習漢文。這跨越二種語言的詩人群，終於在1964年建立了他們的《笠》詩社。

不可分的中國情結或原鄉情結，以及臺灣情結。就臺灣話文學這一
問題而言，桓夫採取開闊的態度，用白話文來創作，而非刻意地用
臺灣方言來作為詩歌的媒介。

　　在日據時期臺灣文學所孕育的與現實相結合的「反抗」傳統一
直是桓夫詩歌裏與現實不可分離的那些詩篇的骨髓。桓夫之能繼承
及發揚這個傳統，與桓夫在他文學少年時代有幸得識文藝聯盟老將
張星野與左翼作家楊逵[3]，或不無關係。事實上，就在其文學的少年
時代，就讀臺中一中五年級時（1940），桓夫曾策動全校學生反對日
本皇民化運動的改姓名政策，遭到校方監禁的處分[4]。誠如德國小說
家湯瑪斯・曼（1975~1955）所說：「在我們這個年代，人命運以政
治的辭彙演出」。[5]我決定把桓夫詩裏與政治現實若即若離的那些詩
篇稱為「泛」政治詩。桓夫在《媽祖的纏足》（1974）的〈跋〉裏曾
說：「我們生長在臺灣這個天然華麗的島嶼，因接受特異環境的影
響，自然抱持著與教科書所授的觀念有所不同的想法，可以說是從
鄉土愛出發的異種民族精神支配著我們，使我們無法融入只求形式
的教訓」。[6]「教科書所授的觀念」（在日據時代，「皇民思想」即為
這統治階層所散播的意識型態的最典型的表達），使得桓夫不得不成
為一個「泛」異端主義者，而其詩歌不得不歸入文學底不可避免的
「異端」性個中的左翼。[7]

3　同上，頁 5～6。

4　同上，頁 6。

5　湯瑪斯・曼之語為詩人葉慈（Yeats）所引，作為其詩〈政治〉（"Politics"）之
　　引言。本處引自葉慈詩，見 W.B. Yeats, *Collected Poems* （New York:Macrmillan,
　　1956），p.337.

6　桓夫：《媽祖的纏足》（臺中縣：笠詩刊社，1974），頁 161～162。

7　關於文學底異端性格的左右翼，請參拙著《詩學隨筆》中的〈文學的異端性格〉
　　一則。《詩學隨筆》收入本人詩集《歸來》（臺北市：國家出版社，1986 年）
　　附錄內。

　　在一個廣義的層面裏，處在「政治」敏感的社會裏，也就是桓夫含蓄地所說的「特異環境」裏，所有的詩歌都不免帶有政治性，所謂不歸楊則歸墨是也。德希達（Derrida）的「解構主義」（de-construction），其解構之運作，往往注視從政治面滲透到各層面的語碼，也即是把所有看來中性的東西政治化起來，指出其所受政治結構的決定，也即是其背後的政治涵義。[8]解構思維在此歷史時空裏大放異彩，與本世紀「政治」無所不在這一事實恐息息相關，非謬然產生者也。職是之故，「泛」政治詩這一個範疇之提出與討論，是適逢其時，具有時代意義的吧！泛政治詩不等同於屬於「走向文學」（tendency literature）的政治詩，它沒有直接的政治訴求，不像「走向文學」那麼對當時的政治環境做直接而具體的指涉，那麼對某些政治型態作訴求，更沒有「走向文學」那麼要帶引讀者朝向某個政治思想走向。泛政治詩無寧是建立在更廣闊的土壤上，建立在人文的關切上，對政治產生了質詢。被我歸為「泛」政治詩的桓夫的詩篇（非桓夫詩的全部）正符合我上述對「泛政治詩」的初步界定。桓夫詩底唯美、喻況、若即若離的品質，更無法使其走入「走向文學」的格局，而只能成為「泛」政治詩。

　　至於桓夫與現代詩的淵源，根據最新的一份問卷，桓夫承認對「日本現代詩人西脇順三郎實踐的超現實主義、村野四郎實踐的即物主義、北川冬彥實踐的新現實主義，經過一段時期的狂熱予以涉獵」，並謂雖然對日本詩人實踐的新即物主義與現代主義感到興趣，但所追隨者時不限於一格，對現代詩所慣有的斷與連的手法及象徵等，均採用以發揮詩的機能。[9]換言之，就像同時期的大多數詩人一

8　Jonathan Culler, *On Deconstruction*（New York: Cornell U. Press,1982），p. 156.
9　古添洪：〈現代詩裡「現代主義」問卷及分析〉（《文學界》，第 24 期，1987年），頁 86～87。

樣，桓夫在接受外來影響時，是採取「隨意取材」（eclecticism）的
態度。值得注意的是，桓夫用中文從事詩創作之始即同時從事日文
詩中譯的工作，處女詩集《密林詩抄》出版於 1963 年，而其譯著《日
本現代詩選》出版於 1965 年（該詩集收兩三年內詩作而該譯集則收
兩年內譯作），[10]然而，當我們注意到桓夫此時乃首度在中文語言裏
操練這一事實，其「譯筆」及任何「翻譯」本身所含攝的不可避免
的「不馴服性」是否會影響著桓夫中文詩的語言，則頗是一個值得
探討的問題。

俄國記號學者洛德曼（Lotman）指出，語言是首度規範系統，
而文學則是二度規範系統，所謂規範系統者，即是把現實納入某種
模式裏去認識它而這模式也同時規範著我們對現實的視覺。文學研
究不應該放在文學作品裏說了什麼而應該研究這些內容是靠什麼表
義系統（significative system）而得以表達。[11]這個記號學的研究視
野對「泛」政治詩的探討也許特為有意義。「泛」政治詩往往是反當
前意識型態的，而這「反意識型態」又往往不免逆反而自陷於另一
意識型態的框框裏。我們當然期望「泛」政治詩能打破這個不幸的
逆反循環。但當「泛」政治詩未能衝破這個惡性循環而顯得與意識
形態相結合時，這個惡性的逆反循環也並非是全然的，而是就不同
的實際詩篇而有程度上的差異與超越。無論如何，「泛」政治詩的魅
力在於它與政治指涉的若即若離既晦復顯的關係上。把詩篇打開而
「陳示」其所賴的表義系統，一方面有助於使詩篇所涵的意識型態
曝光而得以批判，一方面有助於詩篇底若即若離既晦復顯底品質的
認知。當然，在當代記號學的精神指引下，筆者也不得不在這裏預

---

10 《密林詩抄》及《日本現代詩選》之後記。
11 關於洛德曼的規範系統理論，請參古添洪：《記號詩學》（臺北市：東大圖書
　　出版公司，1984 年）第五章，頁 115～138。

先指出，這所謂表義系統的「陳示」，最終也不免是研究者的「建構」，不免負荷著研究者的主體性。雖然在下面的論述裏，重點放在詩篇所涵攝的表義系統上，但筆者也會不時做一些妥協，從「系統」穿梭到「作品裏說了什麼」這一個層面上，為抽象的後設系統做具體的落實。

二　基型：〈雨中行〉

　　詩人每一詩篇都可以說加上了詩人的簽名，而詩人的個別簽名，則各有差異，或清晰或模糊，或工整或草率，或完整或殘缺。從時間的順序軸來觀察，詩人第一本詩集可說已為詩人的發展提出了預設。在其第一本詩集《密林詩抄》（1963）眾多的——有著作者「簽名」的作品裏，筆者認為〈雨中行〉是最完美的「簽名」，可看作桓夫詩歌的「基型」。以後的作品在某意義上幾乎皆可看作是這「基型」的各個演化或更易：

　　　　一條蜘蛛絲　　直下
　　　　二條蜘蛛絲　　直下
　　　　三條蜘蛛絲　　直下
　　　千萬條蜘蛛絲　　直下
　　　　　　包圍我於
　　——蜘蛛絲的檻中
　　被摔於地上的無數的蜘蛛
　　都來一個翻筋斗，表示一次反抗的姿勢
　　都以悲哀的斑紋，印在我的衣服和臉

　　我已沾染苦鬥的痕跡於一身

　　母親啊，我焦灼思家
　　思慕妳溫柔的手，拭去
　　纏繞我煩惱的雨絲——

　　我們暫時遵循自瑟許（De Saussure）以來所首肯的記號底二重安排（double articulation），並把「詩」這一記號系統分為表達層及內容層，不進一步依詹姆斯尼夫（Hjelmslev）把「詩」這兩層面細分為四次元而直接討論此詩的表達層（即形式上的各種安排）及內容層所賴的表意系統。這首詩的「表達」層可說有三個次元的安排。一為意象的安排，可看作是表達層上的主導，其中又可分為三個次元來論：（A）雨底物象（首節）；（B）鑲在「喻況」框框的物象（二節的蜘蛛物象）；（C）鑲在「願望」框框的物象（三節）。其二為「形象詩」（shaped verse）的傾向，此見於首節的形象化的詩行排列以「模仿」雨象。其三為「圖案美」的傾向，此見於首節的「形象」模擬以及「斑紋」、「印」等詞彙上。至於「內容」層的表義系統則由幾個次元安排所構成。最低的次元可稱為內涵語碼層，由一些表達意義的語意單元（seme）所構成，即詩中「包圍」、「檻」、「苦鬥」、「悲哀」等詞彙所構成的語意網。較高的次元是主賓的離合安排，也就是「蜘蛛」與說話人「我」的喻況安排。「我」與「蜘蛛」先後離合：「我」站在蜘蛛檻中凝視「蜘蛛」一一翻筋斗，是主賓之離；當「蜘蛛」底悲哀的斑紋「印」在說話人「我」的衣臉上時，主賓合一，客體的「苦鬥」、「反抗」、「悲哀」這語意網遂為主體所沾染。最高的次元應是「現實」與「理想」的對立，對前者的捨棄，對後者的

回歸。筆者把母親底溫柔的世界讀作是理想世界的一個旁喻，而這個旁喻也得以擴大而成為合乎人性的世界。深言之，這一個相對組尚涵攝「父性──殘酷──現實」與「母性──溫柔──理想」這一串聯作為其前提。

也許所有詩歌都有這「形式」與「內容」的二重安排情形，但這首作為桓夫詩「基型」的〈雨中行〉，一方傾向於唯「美」的表達，一方傾向於「濁」的內容，其二重對立特為凸顯。「濁」的「內容」融在「美」的表達上，可說是桓夫詩歌的特色。

上面從二重安排的角度把桓夫詩打開以後，我們能進一步討論什麼呢？說話人把雨絲喻況為一條條的蜘蛛絲，把雨點喻況為蜘蛛。這個喻況成立以後，以後所構成的整個意象以及進一步與說話人「我」的主賓喻況才有著落。然而，喻況的構成，如雅克慎（Jakobson）所言，得靠類同或毗鄰關係才能建立。[12]雨珠在地上飛濺被類為翻筋斗尚可以，但蜘蛛落地的姿勢顯然不像翻筋斗，更遑論被看作「反抗」的姿勢了。然而，整個喻況又如此有感動力（最少就筆者而言），這是什麼緣故呢？原來上述本來突兀的類同關係，由於在「蜘蛛←→雨珠」這喻況的背後，有一「蜘蛛←→人」的喻況在支撐，故「翻筋斗」、「反抗」等字眼，都有了著落。然而，「蜘蛛←→人」的喻況，是經由兩者的接觸，是經由毗鄰關係──經由蜘蛛的斑紋「印」在說話人的衣和臉上而構成。假如我們可以用「即物主義」這個術語來討論桓夫詩的話，桓夫的「即物主義」是經由一個週遭物象（雨中行）開始，透過一個「喻況」設計，以「主賓相喻」作為中介而達到詩人底主體性的表達。換言之，桓夫的「即

---

12 關於雅克慎的喻況二軸理論，請參古添洪：《記號詩學》第四章第二節，頁83～97。

物主義」，其興趣不在物象本身，而是在使這個物象轉化為「喻象」的詩人底主體性上，而這個始軔的「物象」與中介的「喻象」為其詩帶來了美感。

然而，我們得注意，〈雨中行〉並未涵攝什麼社會現實，而只是「現實」的一個抽象面。詩中的物象（雨景）與喻象（蜘蛛）並不含涵攝什麼現實；而這「反抗──苦鬥──悲哀──願望」也構成不了一個具體的「論說」（discourse），最多只是一個「論說」的抽象體。無論如何，〈雨中行〉所反映出來的抽象傾向以及與政治母體的若即若離，相當地支配著桓夫以後的「泛」政治詩，雖然其後的詩在社會指涉及論說的建構上有時有所增強。

三　原鄉結：《不眠的眼》

〈雨中行〉所表達的「反抗──苦鬥──悲哀──人性的回歸」終於在其第二本詩集《不眠的眼》（1965）裏獲得進一步的落實。由於殖民地的經驗，也由於光復以來的一些不幸事件，桓夫的出發是由回顧與反省開始；以《不眠的眼》領頭的第二輯就是這個方向的成果。

〈童年的詩〉是寫殖民經驗的詩：

> 我底童年上「公學校」的書袋裏
> 裝滿著教我做「賢明的愚人」的書籍
> 我們朗誦「伊、勒、哈」
> 合唱「君が代」的國歌

　　禁止說母親的語言。違反的紀錄

　　被貼在教壇的壁上　紀錄著悲哀

　　養成「賢明的愚人」的悲哀喲

　　哦！母親

　　為什麼有「大人」的恐怖威脅我

　　銀色的佩刀響著冰寒的亮聲

　　佩刀的閃光毫無鬼神的邪氣呀

　　我為什麼要害怕　害怕「大人」的腳步聲

　　陰天覆蓋著幼稚的心靈

　　黑雲懸掛在枝梢

　　不尋常的權勢禁止我們說母親的語言

　　——二、三節

這首詩並沒有繼承〈雨中行〉的美學傾向，但詩中控訴日本帝國主義的禁絕臺灣人的母語以及要培養臺灣人作「賢明的愚人」，無寧是擊中了殖民主義的本質。

　　日據以來臺灣文學所蘊含的「原鄉」母題成為《不眠的眼》二輯的主要骨幹：

　　三百年前，我底祖先

　　孕育民族精神，渡過海

　　海的對岸，八卦山脈伸向南方

　　於南方的紅土山巔

　　移植花，移植智慧，移植許多種子

　　——栽培我們綠色的命運

啊！命運的花一瓣瓣

綻放著不甚透明的悲哀

如奴隸，被綁在網子中

被吊在傳統的蜘蛛絲

繫吊的蜘蛛似種子、你我、傀儡

——絲織繽紛的世網

——〈網〉末兩節

詩人對「原鄉」的感受是兩面的：從原鄉裏移來智慧是正面的，但同時又背負著原鄉的傳統的包袱。從歷史的角度而言，這原鄉的負面含攝著甲午戰爭後臺灣之被割據以及後來因著原鄉的關係而帶來的不自主性。這真是不透明的悲哀啊！不過，這是歷史上的不幸，詩人強調的，毋寧是我們是原鄉的種子，這種無可代替、超越政治事件的血緣關係。詩人向蒼天禱告說：「肉眼看不見的，／較有名無名的廟宇的鬼神更是正統的，／連連綿綿，終於造成我這後代的，／我底祖先！／啊，庇祐你這聰明的子孫吧！」（〈禱告〉）。「聰明」二字是不免帶有反諷味的吧！司馬遷說：「人窮則呼天」（《史記》〈伯夷列傳〉）；禱告後面所包攝的悲哀與無助是可想見的。〈網〉詩中的「蜘蛛似種子，你我，魁儡」是〈雨中行〉中「主賓先離後合」底表義架構的一個變體，前者是用「毗鄰」的關係（「印」把主賓連接，而這裏暗用「類同」關係，並把作為讀者的「你」納入這個離合體系中。詩人終於直說：你我都陷入同一命運；這一手法與艾略特（T.S. Eliot）在〈荒原〉（"Wasteland"）裏突然插入的「你，虛偽的讀者，我的同類，我的兄弟」（行七六）同趣。〈禱告〉詩中的尋求祖先的保佑與〈雨中行〉的尋求母親的安慰，也是同一表義架構的運作。

　　輯中的另一骨幹就是被壓迫者的心情以及隨之而來的批判精神。這批判並非來自正面的指責，而往往是經由一個辯證式的「逆反」。這正是桓夫獨特之處：

　　　　爭氣嗎，不，你原來是善良的種仔

　　　　侮辱嗎，不，你是溫雅的花朵

　　　　你知道，蠻橫的是越過墻籬的藤蔓

　　　　沒有愛種子不會發芽呵

　　　　——〈焦土上〉

　　　　動歪腦筋的那些壞蛋逞威風說：是在統馭著我

　　　　但這就是統馭嗎？

　　　　不，我是

　　　　循著宇宙的軌道行走，正在感化他們的呢？

　　　　——〈火〉

　　　　好吧！那麼

　　　　我就從你眼前消逝　　到宇宙

　　　　的另一端探險去

　　　　——起初我浮現在空中

　　　　然後　　加速地下沈

　　　　　　沈淪——　　沈淪

　　　　哦哦！——那是誰在沈淪哪……

　　　　——〈沈淪〉

可貴的是，這「逆反」的盡頭是恕道精神。就桓夫詩的發展而言，
這辯證式的逆反可說是〈雨中行〉從殘酷的現實逆反於溫柔世界的
一個強勢的形式，而就精神而言，這恕道精神終於為「反抗——
——苦鬥——悲哀」尋出一個出路。

　　〈雨中行〉所表達的唯美傾向在《不眠的眼》裏繼續發揮：

> 那些　　肩膀和背脊和腰
> 以及那些裙裾都印上
> 了編排得不規則　　的
> 無數隻不眠的眼　　不
> 眠的眼圍繞著微妙的
> 線條　　圍繞著神秘的夜
> ——〈不眠的眼〉二節

> 網搖晃，咱們就搖晃
> 網破碎，咱們就修築
> 花在網中，網在花中
> 花鮮紅，花誘惑
> 被誘成多角型的網喲
> 世界從此動亂，人間從此搔擾
> ——〈網〉二節

> 在臉之花上，在花之臉上
> 一個臉笑著，搓揉著手

在風中頻頻叩頭的蒲公英啊

蒲公英笑著，搓揉著手

——〈焦土上〉四節

例一、例二都有圖案美的傾向，這可看作是〈雨中行〉首節「形象詩」傾向的內化版本。例一中的視覺逆反產生了某程度的超現實的況味。例二中的「花」底意象由於其象徵義的相當挖空（我們沒法確認花的象徵義，無法理性地解釋它與網的關係），其唯美傾向特別突顯。當然，如果把「網」比作「花」，花網合一，其唯美傾向仍相當突顯。第三例的唯美傾向也許主要見於花與臉、蒲公英與人的合一上。如果我們要進一步解構這些意象而找出它們的表義結構，則有三點可言。其一，是密度高。這個密度高是來自意象中各局部的重複性與毗鄰性（毗鄰性在例一例三最高：前者是肩背腰裙裾眼，後者是臉手頭）。其二，喻旨層與喻依層同時展開。例二中「網」的層面與「花」的層面同時進行，例三中「人」的層面與「蒲公英」的層面同時進行。例一沒有喻依喻旨兩個層面，但卻有兩個觀察點的層面：即肩膀、背脊、腰、裙裾作為客體（被印上無數不眠的眼）的層面，以及這不眠的眼作為主體（「不眠的眼圍繞著微妙的線條」）的層面。其三：客觀的描寫手法。詩人站在客觀的角度，讓喻旨及喻依二層面依著它們本身所擁有的客觀性如實地描繪出來。這麼的一個客觀性當然會造成前面所說的毗鄰性高了。新即物主義即是新客觀主義，雖然「客觀」一詞含意很豐富，但上述所提到的客觀性應是其含義之一。

　　上引諸詩節中，唯美的意象並未貫通全詩，但並非僅是詩中的局部而淪為修辭的地位，而是在詩中佔有相當主導性。能含攝一個意念（idea）甚或一個論辯（argument），而這意念或論辯能有相當

形象化的表出而又能貫穿全詩的例子，也許要算是〈午前一刻的觸感〉與〈咀嚼〉了：

　　　──我的地球
　　　（最新世界地圖）
　　　畫在我肥嫩的背脊
　　　　　以極美麗的顏色
　　　我背著──
　　　　　　　我的地球
　　　　（中略）
　　　伸手欲搔癢
　　　伸右手或左手──繞於背後
　　　　　（哎！我的背後在發癢）
　　　我欲搔痛癢的地方
　　　由一個國家
　　　輪次一個國家……（後略）
　　　──〈午前一刻的觸感〉

　　下顎骨接觸上顎骨，就離開。把這種動作悠然不停地反復。
　反復。牙齒和牙齒之間挾著糜爛的食物。（這叫做咀嚼）
　　下顎骨接觸上顎骨，就離開。──不停地反復著這種似乎優
　雅的動作的他。喜歡吃臭豆腐，自誇賦有銳利的味覺和敏捷
　的咀嚼運動的他。

坐吃五千年歷史和遺產的精華。

坐吃了世界所有的動物，猶覺饕然的他。

在近代史上

竟吃起自己的散漫來了。

——〈咀嚼〉

〈午前一刻的觸感〉帶有一點超現實的傾向，其意念建立在「癢」上，把繫人深處的鄉土或原鄉（詩中未明白的說出）比作最癢的地方：「我苦心——費盡苦心的／搔抓！／搔抓最壞／最壞的地方／決心得到絕對的痛快」。為什麼這鄉土，這原鄉是最癢的地方？一切盡在不言中，一切盡在不可言說的臺灣結、中國結的鬱結裏。桓夫此詩的標題以及超現實本質與他所譯北川冬彥的〈夜半覺醒與桌子的位置〉相近：「身似乘在溪流上／意識竟無止盡地流著流著／為要安定意志／就必須把桌子放置與溪流成直角／以之抵抗」。[13]〈咀嚼〉一詩是對中國「咀嚼」文化的反省，並順著這個意念而諷刺現代中國人坐吃五千年的文化。從殖民經驗到原鄉母題到對中國傳統文化的反省應是順理成章的。〈咀嚼〉詩中「意象」與「主題」的關係（對中國傳統文化的省思）不是「類同」的喻況關係而是「毗鄰」的喻況關係。

〈童年的詩〉及〈信鴿〉（後者寫桓夫本身以日本志願兵的身分被派往太平洋作戰；所謂志願兵並非真正志願，這類詞彙只是殖民地政府對語意世界閹割的一慣技倆罷了）乃是確實地回到桓夫所處殖民地時期的原點，表現對日本殖民主義的反抗及對原鄉的情結。輯中其他的詩所含攝的被壓迫感、臺灣結與中國結的複合，其心裏

---

13 桓夫譯：《日本現代詩選》（臺中縣：笠詩刊社，1965 年），頁 23。

原點是否必然全然屬於殖民時期，則很難確認。也許是殖民經驗的原點與光復後的現實經驗複合的鬱結吧！這一個複合使詩中時間游移及延長，使整個詩輯耐讀而豐富。

四　泛政治象徵：《媽祖的纏足》

　　《野鹿》（1969）是一本過度性的小詩集。就「泛」政治詩這個層面而言，它一方面繼承著桓夫的太平洋戰爭的經驗，一方面開發了「媽祖」這一個母題。但「政治」鬱結是大大地削減，而「媽祖」這一個僅僅是封建、迷信的象徵，沒有政治指涉。一直到《媽祖的纏足》（1974），桓夫的「泛」政治詩才達到了高潮。從《不眠的眼》開始，桓夫的「泛」政治詩一直與其對文化的關切不可分割，《媽祖的纏足》裏更是如此，而文化關切的層面則落實在臺灣的鄉土上。桓夫在《媽祖的纏足》的〈後記〉裏寫道：「封建意識裏的形式，使這個社會的佛心，變成了化石」。誠然，在命名為〈佛心化石〉的第一輯裏，十首都是臺灣鄉土在這個特殊環境裏文化的墮落，即使帶有「泛」政治色彩的前三首，仍可置入文化墮落的一個大範疇裏，因為政治的橫蠻也未嘗不是文化墮落的一個表徵。三首詩竟用了同一隱喻的方法，著眼於臺灣在歸屬上的滄桑，而把政治母題表達出來（其政治母題更經由詩的副題明白標出）：

　　　　把它吃掉
　　萌第二支新芽
　　　　　把它吃掉
　　萌第三支新芽

　　　　把它吃掉
　　——〈不知恨〉三節前半

母親！妳在哪兒
　　第一個繼母打了我
母親！妳在哪兒
　　第二個繼母打了我
母親！妳在哪兒
　　有沒有第三個繼母？
　——〈怎麼辦〉二節

第一個驛站我在管
餘暉灼然！
第二個驛站我來管
他媽的　誰敢罵我
第三個讓你管
餘暉灼然！
　——〈是我的〉二節

然而，最成熟而最繁富的「泛」政治詩當推以〈媽祖的纏足〉命名
的第二輯了。桓夫在〈後記〉裏說到:「老年人雖不認老，但那種古
老的像媽祖婆纏足的狀態，十分頑固地絆纏著這個社會，使這個社
會失去了新活力的氣息，卻成事實。很多老年人霸佔著他們有權勢
的位子不放；好像那些位置是他們永生的寶座，成社會發展的致命
傷。這種偶像性的權勢——媽祖纏足的彆扭情況，也就成為我寫詩

的動機。」誠然，文化關切可說是桓夫「泛」政治詩的骨髓，使他的詩不易淪為意識形態的喧嘩。

〈媽祖的纏足〉這輯詩應看作是一個完整的詩組，它的價值才能獲得充分的體認，它的繁富才能充分被掌握。作為一個詩組，他的衍義中心是置於「媽祖」這一個超級記號上，藉此組內各詩才能合為一體。然而，就組內個別詩篇而言，「媽祖」有時處於中心位置，有時處於旁涉位置，有時甚至缺席。唯一媽祖缺席的詩篇乃是〈舞龍陣〉；媽祖不在詩篇內，但所述舞龍顯然是媽祖祭典的一個項目，而媽祖遂在詩篇外成為此詩的衍義中心。當「媽祖」居於中心位置時，詩篇的意義是從「媽祖」衍生出來的，如〈屋頂下〉中由媽祖廟的屋頂而衍生出來的政治的屋頂，如〈恕我冒昧〉中以媽祖的纏足而衍生出來的文化層面的纏足以及媽祖讓位給年輕姑娘的文化及政治層面的象徵意義。有時，「媽祖」雖然是詩中的衍義中心，它的中心位置卻為詩組中所創造的神秘人物「黑影子」所取代。這「取代」情形在出現「黑影子」的四首詩無一例外。在〈信仰〉及〈迷〉二詩中，詩中的說話人是以「黑影子」作為說話對象，直呼其名；換言之，黑影子成了詩中的受話人：

> 不要揮起媽祖
>
> 威嚇我，黑黑的影子
>
> 你的信仰
>
> 只不過是遼闊的沙漠裏的
>
> 一把砂塵
>
> ——引自〈信仰〉

黑影子呀！你知道嗎

不要靠近我──

搖醒你睡在媽祖的金衣裳裏的靈魂吧

　　　　　──〈迷〉

在〈咀咒〉以及〈泡沫〉二詩中，黑影子雖非以受話人的身分出現但都扮演著決定性的角色，而在〈咀咒〉中，媽祖更淪為以「像」字作為領頭的旁涉的喻況地位：

信仰媽祖是幸福的

偶爾有幸福接近我們

那瞬間　黑影子

就躍出來遮擋了

　　──〈泡沫〉

咀咒是

那黑影子下圈套的圖釘

刺傷了我的腳掌

血湧出來

我把它拔出

扔在沒人經過的深坑

　（中略一節）

容易發起脾氣來

像媽祖那樣緘默無言

無言的只在等待

等待圖釘生鏽而腐蝕！
　　——〈咀咒〉

同樣以喻況詞「像」作為領頭而對「媽祖」作指涉的例子，除〈咀咒〉外尚出現於〈死的位置〉（「或者為性火所燃燒過的女人／是不是像媽祖那樣／臉上毫無表情地緘默著呢？」）、〈花〉（「即使在洪水的激流中／我們像媽祖坐著禪凝視自己」）、〈隱身術〉（「沒有愛，沒有恨／像完全皈依媽祖那麼／用安全的反抗」）。前三個例子的喻況都指向媽祖的同一性格：緘默、無言、坐禪凝視自己。引起我興趣的是，這個喻況框框（「像」）在表義過程裏的特殊性。我們可以說在這三詩例裏，媽祖喻況完全是修飾性的，去掉也不影響其喻旨「緘默」，其出現只是因為這組詩既為「媽祖的纏足」，故說話人硬把「媽祖」從外加上去。但如果我們不願意輕易地放過「媽祖」這一個喻依，不放過這一個喻依所擁有的品質在詩中表義過程所扮演的角色及其散發出來的意義，那我們就得為這個表義過程加以建構。首先，這個「媽祖」的緘默與說話人敢怒不敢言的緘默、與女人為性火所燃燒過後可能有的緘默，都不一致。那麼，這兩者的喻況基礎建立在哪裏呢？原來，「媽祖」在全詩組裏已成為一個象徵，而媽祖的「緘默」，無寧是帶有反諷的況味：媽祖緘默無言，無能為我們消災，雖貴為媽祖，不過是緘默的神像而已。喻況的基礎，正在這「反諷」的況味上。作為敢怒不敢言的我，作為為性火所燒過的沉默的女人，作為患了不動員症坐禪的我們，就猶如媽祖一樣，他們都是從說話人「反諷」的觀點裏來陳述。因此，這喻況的建立不在毗鄰，不在表面的類同，而在於說話人對喻況的兩面（喻依與喻旨）共有的「反諷」的態度上。在第四例裏，也就是在〈隱身術〉裏，情形也是一

樣：「完全歸依媽祖」是以反諷的口吻道出的；完全歸依媽祖就失去了做人的尊嚴。詩中更進一步稱此為「安全的反抗」，稱之為把正身隱藏的「隱身術」，在表義上更旋進了兩個階梯。（〈漩渦〉中也出現以「像」喻況詞帶引的插句：「像媽祖祭典裏氾濫的香燻」。但這插句並非如前四例處於旁涉地位，蓋詩中歷史所浮游的虛偽的殘渣與媽祖祭典泛濫的香燻已構成詩中兩個喻況的主體，細節地被描寫，這喻況插句只是明白地把兩者合一的喻況關係表出而已。）

　　「媽祖」的象徵含義豐富而不穩定，其所賴的表義過程也甚為複雜。使到整個媽祖象徵及其表義行為複雜化的，是詩人在其中又創造了一個神祕的象徵——黑影子。媽祖與黑影子的關係也是豐富而不穩定，在前面所徵引的黑影子出現的四個例子裏已約略可以看到。我一直用「不穩定」這個詞彙，事實上，這不穩定實亦可以「辯證」關係來形容。現在，我們徵引〈媽祖的纏足〉輯中的第一首〈信仰〉全詩如下，並圖解媽祖與黑影子的關係，以及這媽祖象徵在表義過程的各種辯證以及所牽動的文化網，以作為對這媽祖象徵底表義的初步描述：

　　　不要揮起媽祖

　　　威嚇我，黑黑的影子

　　　你的信仰

　　　祇不過是這遼闊的沙漠裏的

　　　一把砂塵

　　　當綠色的風微微吹來

　　　以愛

吹撫我的鼻尖
你就　　因私慾而嫉妒而發瘋
像乩童那麼

神在
神在心的深處呼喚我
說、無邪──

貫通這個思維模式可以說是二元對立及辯證。主要辯證是來自黑影
子與媽祖的關係。媽祖可以說黑影子假借或創造，媽祖相當程度地
被挖空而淪為偶像或傀儡的地位。但經過一個辯證的逆反程序，被
假借的媽祖卻衍生為信仰，倒過來控御了黑影子。整個辯證過程可
說是黑影子的作繭自縛。第二個同樣重要但處於不同層次的辯證，
是建立在受話人（黑影子）與說話人（我）的二元對立上。整首詩
是一個話語，是一個說話人「我」給予受話人黑影子的話語，已如
前述，整個視點以說話人「我」為出發點。媽祖之被假借與創造在
某一意義上而言，可說是為說話人「我」而設的，因為從說話人「我」
的角度而言，黑影子是透過媽祖恐嚇他。「黑影子」與「我」之間完
整的辯證，則是一方的「愛」引起另一方的「嫉妒」與「發瘋」。在
這一個辯證互動裏，黑影子變形並貶降為乩童。乩童恰恰可為媽祖
所生；於是一個辯證與前一個辯證便可以連接起來。同時，表義系
統裏尚含攝一個小小的但頂重要的二元對立，也就是媽祖作為「偶
像」與「神」的對立：神是無邪的。由於「神」在說話人「我」心
底深處呼喊著他，於是這一個二元對立又得與整個表義系統連結而
成為其中的一個有機組成。

　　上述〈信仰〉一詩所含攝的表義系統建立後，詩組內相當地以「媽祖」作為中心的詩篇，輕而易舉地就可以插進這個像電源插座般的「媽祖」而連接起來。

　　其他遠離媽祖中心的詩仍可以同樣的方式和媽祖這個插座連接起來，但不妨以特別標記標出，已表示這些詩篇之乖離「媽祖」這個中心。

　　就〈媽祖的纏足〉這一個詩組的語意世界而言，對媽祖所衍生、含攝的各種象徵及其負面意義，則有虛偽、渾濁、利己、蠻橫、妒忌、下圈套、陰謀、利慾、神經過敏、懷疑、偷懶、殘忍、惰性、權力、方便、傲慢、疲憊、纏足等。就說話人「我」所代表的一方而言，則有愛、無邪、發脾氣、沉默、容忍、等待、安全的反抗、膽怯、懦弱等等；同時，除了前三者以外，說話人對自己的這種態度多少帶有反諷的口吻道出。

　　這個語意世界相當抽象，也可說是相當文化性的、道德性的。就是在這一個文化、道德的語意世界上「泛」政治母題建立了起來。媽祖及黑影子這兩個角色及象徵雖可以在文化、道德層面上作詮釋，但更容易引申在政治母題上作詮釋。這一個政治詮釋的傾向在詩組內及字裏行間特別容易得到支持與落實。

> 為了逃避妳那無意的災禍
> 沒有愛　　沒有恨
> 用完全歸依媽祖那麼
> 用安全的反抗……
> 把正身隱藏了我的們
> 是不是由於膽怯？

是不是由於懦弱？
——〈隱身術〉

沒有誇耀正氣那種靈魂
也無所謂的自由的椅子
有權力的，頭目的權力
能夠任你胡作非為的
方便的椅子
拔掉美的語言的心軸
僅是鑲金的椅子
有權力的，頭目的權力
面向媽祖，一張有權力的椅子
——〈魂〉

我們相信
是屋頂
證實了我們的愛和誠實
然而　瘋狂的屋頂
使我們一再地痛苦
曾有一次
我們更換了屋頂

可是屋頂還是同樣的屋頂
不夠溫暖

漏得更多
我們的惰性更為增強
到底還不是一樣的屋頂

要容忍下去嗎
在媽祖的屋頂下
避雨的人喲
——〈屋頂下〉

不！不過
誰也不該永久霸占一個位置
如果　我說錯了話
請原諒
廟宇管理委員會的
老先生們！
——〈恕我冒昧〉

由於某些語彙上在上下文裏產生某種齟齬，乖離了其所處的論述範疇的語意層面，引人把他們置入他種論述範疇裏作詮釋。隱藏正身、安全反抗、胡作胡為的頭目的椅子、權力的椅子、方便的椅子、屋頂的容忍與更換、媽祖長期霸占一個位置等等，都乖離了媽祖原擁有的文化的、宗教的論述範疇、而朝向「泛」政治的層面走去。

五　終結：〈蜘蛛花紋〉

收在其自選集《安全島》（1986）裏後於《媽祖的纏足》的泛政
治作品，重複了某些前已在其泛政治詩裏建立起來的意象與概念，
如雨欄（〈窗〉）、屋頂（〈屋頂〉）、幸福（〈幸福〉）、神像與乩童（〈神
在哪裏〉）等。除了「幸福」有特殊的發展外，其他並沒有什麼推進，
只是有時在現實指涉上局部地更為直接。總體而言，談不上什麼發
展；倒是令人意外地，其中的〈蜘蛛花紋〉幾可看作其「泛」政治
詩的終結。

在桓夫「泛」政治詩發展上，值得注意的是在「論說」的一個
層次上，在兩三首詩裏獲得了一些進展。政治母體已不再停留在〈雨
中行〉的「苦鬥——悲哀——願望」的模式，不再停留在《不眠的眼》
的控訴及原鄉情結上，不再停留在《媽祖的纏足》兩極的語意世界
及內攝的勸誡模式上，而可說在政治層面上已涵有「論說」的雛形：

初一十五
必須跟著阿媽虔誠地拜祖公
祈求平安　平安之外
我還要有更多的朋友
因為朋友比「傳統」好
將來我長大　有朋友
能獨立　不結婚
爸　媽　你們沒有孫子抱
就知道　傳統該怎麼傳啦
——〈初一十五〉末節

少年開始無慮了

左思右想　　想不出趕走小蜘蛛的妙法

只望著窗外一片綠地　　綠地！

對啦　　搬到天然的綠地去

把房間的窗門封閉起來

再來一次油漆　　裝潢　　濃濃地

把大母蛛連小蜘蛛用油漆黏起來做花紋

刷新房間　　一定很漂亮

黏上一隻大母蛛和數千小蜘蛛散亂的花紋

一定很漂亮──漂亮的歷史

於是　　少年高興地　　含著微笑

拍手　　又拍手

　　　　──〈蜘蛛花紋〉末節

如果〈雨中行〉所表達的是「願望式」的逆反，這裏所表達的則是「嘲弄式」的逆反。引詩中所含政治層面上的「論說」已漸成形，而這「論說」顯然與這十年來，尤其是某些新生代的政治觀點比較接近。但我們得注意，這些「論說」是以「嘲弄式」的姿態出現，前提是說如果如此繼續下去，就會作成一個如此可嘲弄的結局；換言之，詩中的政治「論說」並非是訴求式的，並非是要朝這個方向走去；故終極而言，仍可看作內攝一勸誡模式，一如《媽祖的纏足》。

　　〈蜘蛛花紋〉一詩可說是桓夫〈雨中行〉基型的再現，也可說是其「泛」政治詩的一個終結。「蜘蛛」母題出現在〈雨中行〉，出現在〈不眠的眼〉詩輯，但現在的意義卻完全不同。「花紋」母題出

現在〈不眠的眼〉詩輯，是自〈雨中行〉基型以來圖案式的唯美追求。這一圖案式的唯美追求在〈蜘蛛花紋〉裏達到極致，新即物主義的客觀描述發揮了高度的功能。這即物的客觀描述——「把房間的窗門封閉起來／再來一次油漆　裝潢　濃濃地／把大母蛛連小蜘蛛用油漆黏起來做花紋／刷新房間／一定很漂亮/黏上一隻大母蛛和數千小蜘蛛散亂的花紋／一定很漂亮」與其中所涵攝的巨大無垠的歷史慘劇，產生了一種難以詮釋的美學震撼。「美」的「形式」與「濁」的「內容」在這詩中達到了高峯。這一個近乎美的即物描寫同時也是超現實的——桓夫從日本現代詩所學到的超現實手法在這裏可說是有最成功的演出。

從政治母題的喻況而言，〈雨中行〉的政治母題可說完全為雨中行本象所吸乾，僅能就「反抗——搏鬥——悲哀——願望」這一抽象結構晦澀地指涉。在〈不眠的眼〉詩輯裏，殖民的悲哀與原鄉結或經由某些語句直接的表出，或經由對中國傳統的反思表出，而讓這些政治母題投射到其他詩的局部上而使之泛政治化。在〈佛心化石〉裏，其政治母題僅黏在臺灣歸屬的滄桑這一個情意結上，經由三個不同的喻況但同一的模式來表達，本身並不含任何的政治論述。〈媽祖的纏足〉詩輯是豐富多了，其「媽祖」及「黑影子」的象徵幾可呼之欲出，但又相當地為詩輯中的文化關切所掩蓋所吸乾。其明顯的政治母題仍不免是媽祖廟屋頂的三度更易以及纏足的媽祖應讓位給年輕女子，與〈佛心化石〉所表達實為二致，仍沒有明確政治論述的形成。到了〈蜘蛛花紋〉，平面的屋頂終於改為立體的房間，房外有「綠地」（「陸地」的相關詞：新大陸之謂也），而母蜘蛛來時懷著圓盤形白袋子如禮物，室內的主人是和順的少年而室內美麗而乾淨。白袋子的拉鍊拉開的瞬間，跳出來無數的小蜘蛛，顯露出私慾的醜八怪姿態，各在利己的位置上，坐著不動了。整首詩可以說是

一個細節地發展著的隱喻（extended metaphor），其政治指涉機可從這細節的「隱喻」裏重建。如前已分析的，詩的結尾在政治層面上終於發展成一個「論述」的雛形，其論述姿態是建立在一個「逆反」上，與〈雨中行〉同趣。同時，這「論述」的雛型與新生代的局部看法同步。我願意說，這「論述」的雛形是為歷史所決定的，不是桓夫神來之想，是到了這歷史的一刻，這「論述」之雛形才瓜熟蒂落，才能產生。不過，讓我最後再度強調，這個「論述」雛形仍然是抽象的，一如〈雨中行〉的抽象表義架構；這個「論述」是「嘲弄式」的，並非導向式的。這也許得歸咎於桓夫所生活的歷史空間所形成的歷史品質，在日據時代已經成形的原鄉結與臺灣結的結合；這結合早已在詩人意識裏植根，牢不可破；而桓夫的泛政治詩也正植根在那裏。

從〈孤獨的位置〉到〈陌生的人〉
——論陳明台的兩組詩

　　明台君於一九七二年十月出版了《孤獨的位置》集。集中包括四輯，其中的 ALBUM 及斷弦曲，大抵是片斷的生活記述及詩鬢所觸而成的詩章；而〈孤獨的位置〉及〈給陌生的人〉倒是兩組用力的創作。當我仔細鑑賞這兩組詩以後，我發覺從前者到後者，是明台君心態及詩風的一大進程；當然，這一進程並非突變的，而是生長的，相互為果與樹的，本文從此來論述。在〈孤獨的位置〉一組詩中，一共有十章。明台君從這些物象中，一一寫出了它們所具有的孤獨來。（筆者此處所用物象一詞，是指物我兩者在世間的存在因緣並已塑成形象者）但留意，這並非意味明台君僅僅寫出了十幅物象裏的孤獨，而是意味著明臺君有所體認：孤獨存在任何物象中。任一物象都有其孤獨，並且，這孤獨作為了它的底色，這充分表現出作者對孤獨的體認。這一體認——賦予世間各類物象以孤獨為底色，賦予物象以孤獨的根源性，不能不說是一項建樹吧！

　　在這一組詩中，素材是平凡的，手法是白描的。　因為是平凡，故顯得是普遍的存在；因為是白描，故顯得是物象的底色。從桔樹，從雨後的柏油路，從窗玻璃反映的臉，從屏息的空間，從不眠的人，從圓弧的傘雨，從崖岸的礁石，從寂寞的隕石，從手挽著手的離別，處處都隱潛著孤獨。就是說，明台君以他特有的孤獨的觸覺伸展於

世界，每一觸及都察覺有孤獨的存在，這孤獨是普遍的，是作為世間底底色的。明台君以他的觸覺，發現了一個世界，一個以孤獨為底色的世界。所謂白描，是詩人面對物象本身，抑制住自己的介入，在一種微妙的物我交流中來描述它，把它的內在的真實層層剝落地描繪出來。明台君透過這種白描手法（不過，我不能不說，明臺君用這白描手法時，尚未達到上乘），描繪出了物象底孤獨的底色，幾乎走入孤獨的靜止的一刻。

讓我們來欣賞二章為例吧！

8
在晨光裏的拍擊
洶湧的浪濤
沖激
又
退卻

撒網的人
浮起
又
沉落

崖岸的礁石
屹立不動
冷冷地
注視

遙遠無限的海上
瀰漫沉息的
孤獨

9
晴朗的夜空
繁星閃閃

一顆寂寞的殞石
脫離了羽翼似的
流瀉而墜落
沉寂的地面

一隻無主的狗兒
向著它
狂吠

暗夜
撒布幽邃的
孤獨

在第八章中，明台君沒有浪費或多加一點的筆墨，而讓物象不著色地被描擷出來。在「沖激／又／退卻」「浮起／又／沉落」「崖岸的礁石／屹立不動／冷冷地／注視／遙遠無限的海上」的架構中，孤獨就慢慢地從底處被描繪了出來。在第九章中，寂寞的殞石墜落地

面時，「一隻無主的狗兒／向著它／狂吠」，是一種物我相對的孤獨。

　　上面所論述的，是指出明台君的寫作企圖及他底成功的一面。但這並非意味著這一組詩是完全成功的。筆者在這裏打算指出三個缺點：一、全組詩中表現了十種不同的孤獨，但這十種孤獨我並不發覺有其典型性；事實上，有些是相當含糊勉強的，如暗喻的孤獨、清香的孤獨等。二、雖然每一章都是明台君面對物象所體認的孤獨，但由於這一組詩各孤獨間缺乏有機的組合，使人有作文章或雜湊之嫌。許多詩人都喜歡用組詩的方式來寫一系列的詩，我個人對此是相當戒懼的，因為這很容易做成由「理念」寫詩，而並非由於體認與詩感。三、各章詩中的末段，都有「ＸＸ的孤獨」，這種解釋性的說明，有時有點睛之妙，但當不必要或不盡恰當時，往往變成了多餘的尾巴。在這一組詩中，往往有由物象本身推不出的孤獨類別來。此外，我想指出的是二章是抽象的——曠闊的空間位置排列著／靜謐的時分寂寞悄悄撫摸心房／我站立起來伸出腿／跨過空了的位置／暴露／赤裸的／孤獨——雖然我承認這章表現非常成功，但卻破壞了全組詩底素材平凡、手法白描的通性。最後，我發覺用字方面，也有令我覺得未盡善的地方，如第六章「不眠的躺著／一個男人／垂著頭」，坐著站著可以垂著頭，躺著臥著就稍有問題了。

　　※　　　　　　　　　　※　　　　　　　　　　※

　　在〈孤獨的位置〉組詩中，明台君指出了孤獨的位置，指出了孤獨是世界的底色。但底色究是底色，我們可以在底色上塗上各種色彩，繪上多姿的形象，所謂繪事後素是也。在明台君筆下，孤獨被塑成一種靜止，甚或一種美感，但並非全然如此，寂寞仍然是孤獨的普遍調子。李魁賢先生在該書的〈序〉中說：「心靈上無所慾求、無所假借、無所畏懼的孤獨」。這種說法我是不同意的，孤獨也許能達到這個境界，但明台君筆下所塑造的孤獨的位置，並非這種境界，

而是一種隔絕、一種普遍的寂寞感。在「孤獨的人」中——「向著
孤獨憧憬／不回歸／向著孤獨憧憬」——只是當「美麗的少女」「仇
視的敵人」「夕陽的餘暉」「整個世界」都遺忘了「你」時，「你」才
向孤獨憧憬，然後「遺忘」上述的一切，可見明臺君筆下的孤獨最
少不是他所追求的世界。在〈寂寞的人〉中——「如同悄悄降臨的
愛情／這個人間／充斥著寂寞的東西／……那是我孤獨的位置」，可
見明台君筆下的孤獨是普遍性有著寂寞感的。明台君面對物象，發
現了孤獨，也同時從孤獨出發，衝破孤獨。他如何衝破孤獨？就是
要投身於廣大的人群中，投身於歷史的洪流裏。於是，明台君寫出
了另一組詩——〈給陌生的人〉。

　　〈給陌生的人〉是一序詩：

　　　　我正要出發
　　　　去找尋
　　　　一個暖和的春天

　　　　披著一具聖潔的靈魂
　　　　點起艷麗的火焰
　　　　你吸引我的位置
　　　　是優美的姿態

　　　　膨脹的青春
　　　　向晴空飛舞
　　　　向陽光追逐

擁抱我底心

從寒冷的冬天
艱苦的世界
我正要出發
去找尋
一個暖和的春天
以及　一顆水晶的心
如你所有

明台君是懷著多麼興奮、愉快的心情離開孤獨的世界走向人群啊！
「從寒冷的冬天／艱苦的世界／我正要出發」，這暗指著過去的孤獨
的世界。而新的人群的世界，卻是暖和的春天。在明台君的憧憬中，
在人群的世界中，是具有「優美的姿態」具有「一顆水晶的心」，即
使是發瘋的人，幻想的人等也是，這是多麼高貴的情操。明臺君在
這一組詩中，寫出了各種的人，這充分表現了我國固有的「民胞物
與」的精神，這是使人激賞的。但我們得留意，〈給陌生的人〉組詩，
仍著根於孤獨，所描述的人物，沒有真正快樂歡暢的，仍有孤獨的
影子存在。這表示明台君尚未能完全擺脫孤獨，全然投進人群，我
想，明台君對此應該加以留意的。底詩的歡暢氣氛，在以下的十章
中未能一一把握住，未嘗不帶來讀者讀後一種沮喪吧！

　　在〈給陌生的人〉組詩中，除了序詩外，一共有十章，寫了十
種人，與上述〈孤獨的位置〉十章同類，這也許是有意的安排吧！
但這種安排我認為不但沒有意義，反帶來雜湊之嫌．寫詩得靠真正
的體認，寧缺無濫，並非軍隊編制，非拉足人數不可。雖然這一組
詩證明了明台君打破孤獨走向人群，表現了民胞物與的愛心，但這

些人群，缺乏實在感；並且，我發覺，是詩人自己投影的一部分。換句話來，是客觀寫實與投影的交疊。

> 從反射的車窗裏
> 我也看見
> 一個
> 莫不關心的
> 陌生的人
> ──〈陌生的人〉

明台君把自己也看作了「陌生的人」，這是一種自我的陌生，有點像卡謬筆下的異鄉人。人總是以自己來看世界，總沒法完全脫離自己思想感情的投影。這種人群也是自己投影的特色，在抒情的立場來說，是成功的，好的；但在走向人群的眼光，是不成功的，因為還沒有打破自我的局限。明台君寫〈給陌生的人〉組詩，只是一個新的出發，希望他以後能破此難關。那麼，「天地與我共生，萬物與我為一」以及「民胞物與」的真精神，也許得以實現。

在這一組詩中，所犯的毛病一如〈孤獨的位置〉組詩，缺乏典型性，有機性等。在〈孤獨的位置〉組詩中，末段的尾巴，解釋的任務較濃，在〈給陌生的人〉組詩中，總結的任務較重，物象表現以後，加上「ＸＸ的人」，歸到題目上，有點學生作文的味道。關於這種手法，我想在此提出一些意見。看下列兩首詩：

> 或是恍恍惚惚的瘋子
> 誰也不理會地

坐在垃圾堆上
輕鬆的打盹兒

或是放蕩的醉漢
什麼都遺棄了
歪歪斜斜的
哼著忘憂的歌兒
或是世界只剩一個人
赤裸裸地
手舞足蹈

或是遠離這個星球
向陌生的國度飛行
拼命找尋心愛的
不知名的小花

使我的存在感到自由
我是幻想的人
向未知招展著手臂
──幻想的人

沿著小路走下去
潺潺的流著
以無可奈何的感情
水從何處湧現呢

靜靜坐在房子裏

激昂的飛舞著

以迷惑的聲音

音樂往那兒去呢

無論何時

偷偷在我耳邊低語的

那是什麼人

從妳烏黑而深邃的眸子

我汲取了什麼呢

我是

一個耐心而好奇

搜索的人

喜歡凝視存在的空虛

發出詢問

「我是幻想的人」及「我是／一個耐心而好奇／搜索的人」，猶如學生作文的總結，是沒有多大意義甚至破壞詩趣的。但「使我的存在感到自由」及「喜歡凝視存在的空虛／發出詢問」就有它們的存在價值；它們的意義投射於前三節而賦予前三節意義性的擴大。前者賦予前三節以「存在的自由」，擴大了三種幻想的存在意義；後者賦予前三節「凝視存在的空虛發出詢問」的意義，使前三者局狹物象得以意義的擴大，而成為三種個別的向存在的詢問。這些，都能使物象的意義深刻化、普遍化，是有其功能的。

　　此外，全組詩中，我認為有些章太平凡了些。在〈孤獨的位置〉組詩中，因為描繪出了孤獨的位置，於是從平凡中顯出了不平凡來。但〈給陌生的人〉組詩中，素材意義技巧皆平凡，就成了道道地地的平凡，不值得寫、不值得讀了。像不眠的人、吟唱的人、流浪的人，寫的都很表面，這也許是雜湊成十章之弊吧！

　　　　　※　　　　　　　　　　　　　※　　　　　　　　　　　　※

　　明台君詩集《孤獨的位置》中，〈孤獨的位置〉組詩指出了世界以孤獨作為底色，指出了孤獨的位置，為這一組詩賦予了根源性。在詩領域而言，是有所建樹的。此組詩中，所用素材是平凡的，手法是白描的，簡潔地把孤獨描繪出來，可說是用了最恰當的素材與方法。明台君筆下所表現的孤獨，筆者的意見，是一種隔絕，這種隔絕能產生自由美感，也能產生寂寞，而明台君的孤獨是普遍地存著寂寞。明台君在〈給陌生的人〉組詩中，終於打破了這種孤獨，走向群眾，展開了活潑的、有生命的世界，富有民胞物與的精神。同時，我發覺這一群陌生的人，也是作者的投影，是客觀寫實與投影的交疊。這表示尚囿於個人的局限，未能真正走入群眾，我想這是明台君應該衝破的一關。並且，兩者都是以組詩形式出現，筆者對組詩一向具有戒心，因為組詩不易作有機的關聯，容易造成雜湊而強於充數，造成瑕瑜互見，破壞整體效果。這二組詩皆有此失，即缺乏典型性、有機性。此外，在手法上，每一章的末結都點題，未免太規律，並且有些下得勉強，造成了「眼睛」與「尾巴」的優劣並存。最後，我發覺這兩組詩都很平淺，尚待意義性的深入，但這兩組詩只是明台君的始步，我們是不宜要求太苛的。總結說來，這兩組詩是相當有建樹的，尤其是在今日過分強調孤獨與個人的今天，明台君在〈給陌生的人〉組詩中，打破孤獨，走向群眾，不啻是詩壇的新聲。

宇宙流轉的籟音及其他
──細讀郁銓詩

一

　　生命樹的年輪尚青青，而郁銓竟去了。手上有郁銓的詩稿，依發表的先後大致是：〈週末的消息〉、〈貌〉、〈我自為囚〉、〈手的邏輯〉、〈舟子的聯想〉、〈眼之肖想〉、〈月的哀歌〉、〈生命樹〉、〈初之四題〉、〈翩翩〉、〈故鄉〉、〈遠方〉、〈無言歌〉、〈水響〉、〈書房窗外的景色〉。最早的一首發表於民國五九年七月十五日的〈葡萄園〉，最晚的一首發表於民國六十二年五月一日的〈大地〉，是詩人四年來詩作的成果。或坐、或臥、或風前、或燈下、或沏茶、盅、或香煙半截，反覆細讀；於是，詩篇像幽谷中原始的流水，像柳月下的一座月牙琴，唱出了詩人內心的歌──那是一美麗與哀愁的曲子，一神話繽紛宇宙流轉的籟音。讀著詩人洩露天機的詩篇，比面對著詩人本身，更來得真切。這時，我驚異於詩人靈機靈眼靈慧，洞悉了生死而與真知湊泊為一的詩思。幾年的耕耘，竟開出如此奇花異果；或成為星，閃爍於詩的夜空。

二

　　或由於身體的孱弱，郁銓對「死亡」特別感到接近，甚至感到親切。「死亡」對詩人與其是一種威脅、一種恐懼，無寧是一種永恆的呼喚，一種對自然的歸依。郁銓對於「死亡」，就像孱弱的孩子要歸向母親的懷抱。人從母親的子宮來，歸向母親的子宮去，才是永恆的安息。

　　郁銓在許多詩篇裏，預演著自己的死亡。像一個先知，不受時空的約束，清晰地預見自己的死亡：

> 方圓幾何
> 在清晨的墓地
> 竟躺著我幼年的屍骸
> ──〈月的哀歌〉

詩人預見自己在青春中死去。步向死亡就猶如歸到故鄉，死亡，是我們永恆的故鄉。誰，在人生裏，不想著自己是一個被投擲的異鄉人？不想著那永恆的故鄉？且看：

> 啊　乃想起
> 只有微微薄衫的我們
> 　　如何走向
> 　　遠遠地
> 　　遠遠地
> 沒有寂寞的

> 鄉親的
>
> 大地
>
> ──〈親〉

詩人把死亡看作是「鄉親的大地」，回到故鄉，是沒有寂寞的。死亡也是一種哀愁的美：

> 何人召魂
>
> 我的舞姿是黝黑暗示唯一的風景
>
> ──〈我自為囚〉

「我」之存在於世間，只有一種「自為囚」，自己囚禁自己；死亡才是永恆的解放。

三

　　由於與死亡如此的接近、親近，詩人洞悉了死亡的真諦，也同時洞悉了生命的真諦。死亡孕育著生命，生命裏有死亡的種子。就像希臘神話的春天女神蓓絲丰（Persephone），一半的時間在陰間，一半的時間在陽間，在陽間時，有著陰間的記憶，心裏憶著那冥王底石榴的種子。在詩人每一詩作中，都可窺出有死亡的陰影，就是說，每一生存情境，都根源於死亡中，都從死亡搨印而出。詩人洞悉了生死，彷彿是一個先知，洞悉了生命的流轉、時間的流轉、物態的流轉，進入了宇宙流轉的神話世界：

很驚愕的
坐著
半人半獸半植物的
自己
坐著
很驚愕的
我的位置
　　——〈月的哀歌〉

「半人半獸半植物的自己」恐怕真的要把天機洩露了。在莊子的哲
思裏，所謂「萬物與我為一」，人與萬物是根源同一的。〈大宗師〉
篇：「浸假而化予之左臂以為雞……化予之右臂以為彈」。所以，人
並非純然是人，而是半人半獸半植物，甚至是半礦物的。在神話裏，
這觀念更明晰了。《山海經》裏半人半獸者不可勝數。如西王母，《山
海經》說她是「其狀如人，豹尾虎齒」；如軒轅國的人民，《山海經》
說他是「人面蛇身，尾交其上」。我們看馬頭娘的傳說，其神話的原
始型態，很可能即指人與獸的結合。在現代心理學裏，也強調人心
裏藏著獸。進化論也強調人是從鳥變來，在夢中人有時會夢到自己
是一隻鳥。至於人與植物的關聯，也不乏其例，夸父追日，其杖化
為鄧林。又如蓄草，《山海經》說：「帝女死焉，其名為女尸，化為蓄
草」。希臘神話這類的變形神話更多了。如 Narcissus 變為水仙花，
Adonis 變為白頭翁等。人有所謂獸性，動物傾向是很明顯的；事實
上，人也有植物傾向。人愛自然，愛清心寡欲，愛像植物般自然開
放，這些都是人的植物傾向。《詩經》：「隰有萇楚，猗儺其枝，夭之
沃沃，樂子之無知」（後兩章無室、無家），充分表示出人的植物傾

向。以一簡短的詩章,道出了人的真諦,道出了一個神話的原始類型,詩人要變成先知了。郁銓的詩篇,相當耐讀甚至晦澀難解,但在神話的闡釋下,往往即能迎刃而解:

> 跌落在泥土中的一片葉子
> 是我們的舊識
> 列車行過你的胸膛
> 便噪然唱出一支歌來
> 我們的葉子也紛紛站立
> 望著舊識的天空
> 舊識的　你溫暖的雙手
> ──〈故鄉〉

表面的意象是坐火車回到自己的故鄉。故鄉,在詩人的潛意識裏,是意指著永恆的故鄉,那生命的根源處,前面我們已有闡釋,在那生命的根源處,一切都是舊識。這裏有兩種的關係。葉子與人的夙緣為一。大地與天空同為葉子與人的根源。跌落在泥土中的一片葉子,是我們的舊識,因為我們也是從泥土中來。也回歸泥土處,所謂「化作春泥更護花」便是。人也是從泥土中來,在基督教神話中,亞當是用泥捏成的;在我國的神話中,女媧造人時,也是用泥的。人死後,埋葬於地,也就是歸於泥土去。因此,泥土是葉子是人的根源,葉子與人的本體是源於一的;所以,詩人說:「我們的葉子也紛紛站立」,葉子與人是合一的,人也是葉子。天空,對人或對葉子來說,都是舊識。如果說,大地是母親,那麼,天空就是父親。所以,天空也是舊識的。在希臘神話裏,宇宙裏最初有生命的東西,是由天空(父親)與大地(母親)生出來的。我國也有把天地看作

父母的看法，太史公在〈屈原賈生列傳〉中說：「夫天者，人之始也，父母者，人之本也」，也是把天看作是根源所在，看作是父性的。死亡，就是回到永恆的故鄉，回到根源。我們活著時，故鄉就向我們作永恆的呼喚，向我們伸出溫暖的雙手。所以，在〈故鄉〉一詩中，詩人寫人間的故鄉；卻在潛意識中，這故鄉成為了永恆的故鄉；藉著這神話原始類型，給予了詩最深層的震撼力，使它獲得了世界性；實是一大成就。又如：

> 不見雲起雲落的驚喜
> 燃起燈時
> 方見你自門扉深處姍姍而來
> 同樣聖潔
> 同樣安靜的顏色
> 同樣攜手
> 唱在高高的塔尖
> 唱你家鄉的童謠
> ——〈故鄉〉

這裏展示出時間的流轉性，而本質不變。這也可以用神話類型來加以闡明。時間，在神話的世界裏，不是割裂的，而是不斷的流轉，春夏秋冬地流轉下去。因為是流轉，所以就可以解除了死亡的威脅；死亡，在某一意識上，或在悲劇的意義上，是時間的終止。詩中的「他」是燕子，就像「似曾相識燕歸來」一樣，燕子一度一度地飛來，是植物神話 Vegetable Myth 的類型，植物謝了又長，長了又謝。「同樣聖潔／同樣安靜的顏色／同樣攜手」，注意連用三個「同樣」，就意味著與過去的比較，沒有兩樣，只是像圓周一樣一再地流轉，

本質不變，是一寧靜的永恆。又如：

> 傍著鄉雲
> 凝視自己被遺忘的
> 未完成的身軀
> 攔腰截成一瘦瘦的河
> 細細訴苦
> 細細說著母親的名字
> ——〈多麼熟稔的節奏〉

> 睡吧，在母親的懷抱
> 那兒，火紅的天
> 以及激越的野風
> 我看見無聲的樹
>   無聲的花
> 那兒，我的母親睏著
> ——〈水響〉

這也是神話的原始類型，表現了集體意織（collective consciousness）。人從母親的子宮出來，也有一種渴望，回到母親的子宮去。這是永恆的安息。嬰兒，在胎中，隨著母親呼吸而呼吸；就像人回到根源處，隨著大地呼吸而呼吸。詩人在詩篇中，一再呼喚著母親，從心理學的分析考察，詩人是呼喚著永恆的安息——死亡。世界是「火紅的天／以及激越的野風」，而在母親的子宮裏，卻是「無聲的樹／無聲的花」，是無言的靜止，無言的美，這境界真使人心悸。詩人稱

自己為「未完成的身軀」，大概是自憐身體屭弱，真使人升起無限的同情。詩人把自己比作河，也許有「百川流於海」而象徵著歸於根源的意義。又：

媽媽說：
傻孩子，乖孩子，媽媽疼
——〈書房窗外的景色〉

在潛意識中，也未嘗不蘊含著歸向死亡的動機。對於我們這位身體屭弱的詩人，他實在太疲倦了，他需要永恆的安息：「我的飄去正如我的飄來／如此疲倦」（〈生命樹〉）；詩人，你既已許諾了不再流浪，安息吧！

四

在前面的分析中，筆者並非說，郁銓有意地利用神話來寫詩，而只是指出詩人接近死亡，頓悟人生；在忠實於詩人底內心世界的詩篇中，暗合了 C.G. Jung 所創的原型類型 Archetype，使視境達到了最深的層面。在這視境中，人與大化融為一體，內世界與外世界已不可分辨，只覺宇宙在生生不息地流轉：

我們靜默
看生命在眼中幻化
昇起成一絕色
隕落如滿地煙花

──〈眼之肖像〉

詩人用這視境來觀物，來寫詩，於是所看到的，所寫成的，不再僅是物象的面，而進入了物象的意義，智慧的泉源從浮詩篇中淙淙流出：

　　自我的內裏步出
　　在濕濕濡濡的石板
　　窺探一些虛掩的門扉
　　乃發覺
　　寂寞是
　　驚蟄後
　　蠢動的
　　不安
　　　　──〈貌〉

《禮》〈月令〉說：「東風解凍，蟄蟲始振」。東風把蟄蟲從泥土中喚醒，春的指引，使蟄蟲蠢動不安。寂寞源自青春期裏春情的搧動，就像蟄蟲給春風喚醒（蟄蟲或有象徵的意義），何其的充滿靜觀與智慧。當然，詩人並非僅僅流露他的智慧，而同時是抒情，詩人在青青的生命裏感到寂寞。又如：

　　一座圓環
　　噴著　禮拜六千層的
　　乳泉

夾層閃處
乍見不斷風動底魚族
在吊鐘花至霓虹間
簇擁
——〈週末的消息〉

詩人把最粗曠最繁雜的圓環，透過他底根源性的詩人的視境，凝縮
為一繽紛流動的噴泉。圓環底列列的攤位，如圓環底倒掛下來的層
層水柱；擠來擠去的人羣，像不斷風動底魚族在其中簇擁。晶瑩的
詩章把圓環底熱騰騰的繁雜流動的生命呈現為純然的宇宙流轉。

五

　　郁銓的詩幽微地唱出了宇宙流動的籟音外，在詩質上、在美感
上，含蓄著一份美麗與哀愁，尤其是處理個人生命裏的一些際遇與
情事：

牆頭一排
退潮後的黃昏
掙扎著
零零散散
躺在我的手中
——〈手的邏輯〉

詩人的抒情，是一種若即若離的含蓄，一種美麗與哀愁的奇妙組合。

晚霞躺在手中，血色與晚霞在詩裏連接起來。也許詩人此時正注視
著自己的手心，血色貧弱，零零散散，像牆頭一排退潮後的黃昏，
淒然地黯淡下去。在死亡接近的情況下，在身體孱弱的傷感裏；愛，
對於詩人不啻是一光明，一純然的美，一歌頌的對象。詩人一足已
踏在死亡的陰影裏，因此，對愛的對象拉出了一段距離，而成為一
純然而帶點淒然的美感經驗：

> 仰臉的一瞬
> 忽然想起你
> 光華燦明，微微的一臉醉意
>
> 踢起一片暖暖天空
> 迷迷濛濛，如稚傻的我
> 不知何處植花入你胸瞠
>
> 而你總把黑暗留給我
> 當我歌唱
> 啊，紛繁不見你唯一的身影
>
> 或者走入我的仰望
> 羅織成網，網住我的歡頌
> 在黑暗來臨之前
> 在千聲之上，在初遇之後
> 在踏上你的歸路時
> 啊！紛繁的只是一首無言的歌

————〈無言的歌〉

「不知何處植花入你胸膛」，美得使人心悸。愛，是純然的美，看不
出慾的痕跡。愛人的臉，光華燦明，是仰望、是歡頌的對象。「在黑
暗未臨之前」，在遐思中蘊含著一份淒然，是詩人心靈最深處的抒
情。孱弱的身軀，帶來了美麗與哀愁的詩章。

六

　　誠然，在郁銓的詩篇中，大眾的現實並不是最大的關注。這點，
是值得我們諒解的。由於身體的孱弱，詩人感到死亡最親切，對自
己的孱弱最黯然，那是必然而不能厚非的。從我們前面所引到〈週
末的消息〉的首章，我們發覺詩人並非純然鎖起門來自傷寂寞之類，
而是熱愛著像圓環那樣有生命活力的東西。尤其是，從晚近的作品
中，發表在《大地》的那幾首，我們發覺在意識上，詩人要從個人
的世界裏走到陽光普照人羣熙攘的大地，雖然在潛意識裏仍表現著
死亡。〈故鄉〉二詩中，詩人寫出坐火車回故鄉的感受，寫燕子所表
示的童年，寫出了芬芳的大地，可見詩人已正視他面對的現實，如
在《大地》發刊辭所說的：「重新正視中國傳統文化以及現實生活中
獲得必要的滋潤和再生」，郁銓正擺脫內心世界的實情階段而走上這
光明的大道。詩人在〈水響〉中寫著：

　　一枝芒刺的松

　　枝椏怒張

　　在我們黧黑的臉上

飲盡淚水

及　一條長長長的

鹽道

其中充滿著生命力，充滿著憤怒，像枝椏怒張的一株松。其中有淚，有汗，詩人要飲盡它。詩人「唱著歌／拉著縴／溯泉而上／望」，追求新的歷程，從此岸到彼岸。詩人在同詩又寫著：

在廣漠的草原

馳馬，躍奔

在祖先眠去的地方

我們期待黃金的收成

風格變得明朗而有力，他已經把自己連接在歷史的洪流。我們的祖先，曾馳馬，躍奔於廣漠的草原，詩人要效法偉大的祖先的雄偉的生命力，去創造奮鬥，期待黃金的收成。詩人在〈書房窗外的景色〉中，宣稱：

詩人終於擺脫了時下一般青年所謂的流浪感，他要紮根在自己的土地上。也許，現實曾帶給詩人失望，曾磨損詩人的壯志，但詩人仍秉承著大聖人的寶訓：「富則兼善天下，窮則獨善其身」。在獨善其身中，也未嘗不是對一些漁利於社會的可恥的蟲豸的抗拒，作映朧的指責吧！詩人在鑽營圖利的蟲蟻群中，要作穿著藍布衫素衣素食的君子：

靜定的
安眠於他的睡姿
他早課的藍布衫
他體認的生活
啊　秋聲
　　　滿庭
　　　的模態

世界是一小小的口
將我們細細咀嚼
將我們密密囚困
在暗階的裂縫
吹著的是
依然流走的秋風
在枯竭的一口井中
遲緩遲緩的舞著
不甘被咀嚼
素衣素食的
我
──〈初之四題：暗階之初〉

詩人不為物質所據，不為世俗所囚。其實，世俗並非本然與必然的
不好，在〈禮運篇〉所展示的大同世界不是很好嗎？在淵明所展示

的桃花源不是很好嗎？物質不見得一定帶來災害，只是不要給物所據便可。此詩與其解作對文明的反動，倒不如解作對社會結構不均，以及幾千年人類文明積弊的抗議。穿藍布衫素衣素食的那人，是淵明，是諸葛亮，下面是〈生命樹〉最後的一節：

　　　走著自己的路
　　　　　自己的髮
　　　　　自己的淚
　　　才知道已是死過一回

這節用「死亡、新生」（death-rebirth myth）神話來闡釋是最好不過了。在長期的孱弱中，在長期與死亡接近中，就好像長長的睡眠，好像經歷了死亡。經歷死亡，從陰間（生命根源處）帶來了智慧，就像佛學中修得了大乘；詩人走出了死亡，要紮根大地，要普渡眾生。詩人冒險接受開刀的治療，要從孱弱中出來，也許就是有著這動機；恢復健康（從死亡出來），獻身於國家。可惜，不幸地，大地這母親太惦念她底聰慧的孩子，要把他緊緊地摟在溫暖、寧靜、睏睡的懷抱裏。

《大地之歌》所展示的世界

　　如果文學有所謂學院派的話，在某一意義而言，大地詩社也許是最學院的了。但我們所謂的學院，並非意味著只是憑書本上尋得的知識來創作，並非賣書卷氣，並非緬懷於學院的傳統，而是指有著學院的訓練，對文字有所控制，對表達能達到清明，也就是對詩思的捕捉，意象的處理，結構的安排，都在長久的學院裏達到圓熟，不至於支離破碎，晦澀鬼魅，不至於淪為個人的「密碼」，而是可為讀者與詩人間精神往來的橋樑。浸淫在偉大的傳統裏，大地詩社繼承著中國文人關心現實的心態，以天下為己任，以文化的開拓為己任。紮根於大地，從大地的滋養中茁壯、開發、結果，是大地同仁共同的信念。當然，這一個遠大而正確的目標，並非舉步可至，唾手可得，而是需在長久的耕耘中才能慢慢地一步步推進。這次的結集，是把同仁們對這目標所尋的初步成果呈現出來，希望藉此能互相觀摩，並希望接受外界的批評指正，以求能邁向前進的另一步。我們願意再重複一次，這只是第一次的結集，粗糙之處定所難免，但我們確信我們的方向是正確的，將來必能開出更燦爛的花果，更豐美的果實。當我們同仁們更走前一步時，我們會再結集以呈現我們前進的歷程。

　　大地同仁都有著關心現實的心態。這心態在同仁的作品裏或隱或現的呈現出來。這是我們共同的詩質。我們所處的現實裏，文化在蛻變中，民族在苦難裏，這些特質都一一反映於詩篇中。我們願

意在此掛一漏萬地舉出一些例子來：

> 阿憐躺在金色手臂
> 阿憐沐浴在炮火煙花
> 年來，阿憐把自己
> 煮給家人吃，
> 給外國人吃，
> 阿憐的纖維被旋律碾剝
> 阿憐的身體被親人被外國人
> 碾剝，碾剝
> 阿憐是西貢河邊的斑行，
> 軟滑，淚痕片片。
> ──翱翱〈貨腰娘子〉

空間雖然是移到西貢，是描寫一個跟隨美國大兵到美國而淪為貨腰娘子的越南女子；但它也是一個小小的縮影，表現出東方人在本世紀的悲哀的命運。我們讀來仍然是癢癢的，像搔著自己。我們看看另一例子：

> 厚厚絨絨的一身白
>   鴨
> 秋天了，水漸漸的消瘦
> 漸漸的冷涼
> 我們還是要游
>   游啊！

這一洼水，是愈來愈沒有食物

愈來愈臭

秋天了，岸邊的食品加工廠

還在一口一口的吐著苦水

命苦的我們還是要游

游啊！

在一洼漸漸腐爛的秋水中

完成一個巨大的惡夢

直到，直到

我們變成隻隻垂死的瘦黑鴨。

——林鋒雄〈鴨〉

這是對工業帶來底污染的控訴。這垂死的瘦黑鵝，得在給污染的漸漸腐爛的秋水中游啊！我們臨水自照，我們會發覺這些瘦黑鵝原來竟是我們呢？如果我們不是習慣了被欺負的民族，我們會追問是誰污染了水源，污染了空氣，我們的氣憤會使我們發熱的。雖然這是文學以外的發問，但從文學而進入非文學的發問，何嘗不是有意義、有震撼力的呢？我們再看看另一例子：

他們說今天是小雪

小雪　是怎樣的雪

可會凍壞了麥子

凍壞那雙不戴手套的手

雪落的地方

應是異國應是故鄉

那年

看蘆溝橋下的血

奔流恰似融雪

我們枕在石獅上

直盼下雪

　　（埋葬一些洗不去的紅）

島上的孩子

只能揣度　只能臆想

只能去合歡山

只能捐五百ＣＣ的血

給陌生人

　　──翔翎〈雪緩緩地落〉

在「雪」與「血」兩個雙關字，兩個賦上了歷史與地理色彩的字中，年輕的一代的心態在舉重若輕的意象裏淡淡地道出了。南方沒有雪，雪是屬於北方的，是屬於故國的。雪落的地方，應是異國，應是故鄉，異國與故鄉竟聯在一起，多使人心悸啊！蘆溝橋的血，是熱的、鮮紅的、高貴的，應該讓玉潔冰清的雪來掩蓋。島上的孩子，不懂得雪，也不懂得血，只能到合歡山去看，只能捐五百ＣＣ的血，給陌生人。年輕的一代不是沒有熱血，他們有捐血的熱心，但比我們早一代的年輕人，他們的血不是響應什麼訓導處的捐血運動，而是灑在蘆溝橋上。雖是輕描淡寫，但卻是使人心悸的。而「可會凍壞了麥子／凍壞那雙不戴手套的手」，那對暴寒於田野的農人們的關

切，那，那最溫柔的關切，恐怕只有翔翎這位女詩人才寫得出來吧！
我們再看看下面的例子：

> 看廟的老人把心事
> 拉成一根瘦瘦的弦
> 沙啞的嗓子低低唱
> 出征的孤魂啊──歸來，胡不歸來　從煙塵　從瘴癘
> （從南洋的黑森林中歸來　辨認家園　辨認破廟　魂啊）
> （歸來　辨認荒塚）
> 塚上　葛藤結著碑碣
> 塚中　躺著一包指甲
> 　　　　一絡頭髮
> 　　　　一封家書
> 用舊衣招你的魂啊──歸來
> 饑荒的年歲裏
> 鼓吹的行列繞過街坊
> 街坊飄搖的一圈紅紅的太陽
> ──李弦〈南胡〉

這是描寫日據時代臺灣人民被征伏到南洋為日本鬼子作戰而客死異
鄉不得歸的辛酸的一頁，詩人在臺灣的泥土上長大，他的關切注視
著那泥土上辛酸的歷史。那「躺著一包指甲／一絡髮／一封家書」
的墳塚，那招魂的哀歌，永遠低低地告訴那辛酸，控訴那殘暴。那
土壤裏是藏著太多太多的辛酸，那土壤應該是酸性的吧！我們再看
看下面的例子：

不是　　我們吃的不是

處女蓬萊米　　不是說經過晒場

經過穀場　　經過粗筋如鐵的手

而是說經過價格牌　　被市儈拉了

皮條

從陽光雨露的手

到室內貨幣的手

蓬萊米的貞操一再被蹂躪

妓女白肉如丘

金銀在鴇母掌中成山

　　　　——古添洪〈蓬萊米〉

這是對市儈狠狠的指控。這詩寫於一九七四年米價飛騰的四月。農
人在穀賤傷農之際，奸商卻一再囤積蓬萊米，一再高抬物價，以致
平民大眾吃著昂貴的米，甚至飽餐不易。給予民眾溫飽、給予民眾
滋養的可愛的蓬萊米，就這樣一再被抬高價錢，一再被奸商蹂躪。
雪白的蓬萊米，就像妓女般白肉如丘地盛上，奸商就像鴇母一樣憑
藉妓女大賺其罪惡之金錢。當然，「妓女白肉如丘／金銀在鴇母掌中
成山」，也暗示著物價上漲所帶來的一些實有的可憐的現象。

　　上述這些寫實的例子，在大地同仁的作品裏俯拾即是，我們只
是掛一漏萬地略舉如上。值得我們注意的是：雖然同樣是寫實的心
態，但處理的手法則各有不同，各有其個性，各有其面目。而詩思
的捕捉，意象的刻劃，結構的安排，皆是達到清明的階段，意象與
涵義共為一體，玲瓏剔透，彈指可破。

　　大地同仁們同具寫實的心態已證實如前，不必一一就同仁作品
舉例。上述諸五位同仁的風格，亦略可見於所舉例子中。現在，我
們以其他同仁為例子，或詳或簡地論述其別樹一幟的風格。請看下
面的詩：

　　　「山桃花，紅灼灼，
　　　鄰家出嫁你也哭」合士合士合
　　　「酸棗樹，葉多多，
　　　晴天開花不結果。」合士合士合

　　　「蕭蕭的相思樹結紅豆，
　　　風來過，雨也來過」合士合士合
　　　「扁豆花開兩頭都結果，
　　　你有空就到山下來看我。」合士合士合
　　　　　　──童山〈新竹枝詞〉之一

在我國詩歌傳統中，民歌佔著一重要的地位。我們甚至可以說，我
國詩歌的傳統，也就是民歌的傳統，因為《詩經》的原身（尤其是
國風）本來就是民間的歌謠。這首〈新竹枝詞〉，是仿照民間情歌的
調子，用男女對答的方式來道情，配以「合士合士合」的和聲，帶
來了一份清新的情韻。現代詩有人譏為啞詩；這種譏評雖未得其實，
但音樂性的情韻實稍遜於前人作品，雖然在意象上、詩思上、深度
上有其過人處。這首新竹枝詞，不但音節好，而且意象非常活潑，
語言有情趣，如「酸棗樹，葉多多／晴天開花不結果」及「扁豆花
開兩頭都結果」等，都深得山野情歌的韻味，可謂妙品。這條民歌

的路子是值得我們一再表彰的。又請看下面的例子：

> 秋
>
> 太陽終於將秋風
>
> 磨成一把鐮刀
>
> 去收穫野生的稻穗
>
> 穀種的靈魂
>
> 原是一朵火花
>
> 燃燒了自己的綠色
>
> ——王潤華〈象外象〉之〈秋〉

中國文字是象意文字，意與象融合為一，意而成象，而象中有意。西方學者如 Fenonosa 即大為推崇，而西方的大詩人龐德（Ezra Pound）也深受中國文字的啟發。現在詩人就回到這優秀的文字裏尋求其詩思，而寫下的一列象外象。我國先聖製造文字時，心裏也許就是孕育著一個一個的「象」與「意」合一的意象，而製造下來一個個精靈的文字，充滿著原始人的視覺；我們現代的詩人就把這視覺復活起來，把文字復活起來。其成就是值得讚揚的。

除了上述兩條顯明的、開創了的創作路線上，大地同仁們由於都是創作多年的詩人，因此皆各有其風格，不相混淆。請看下面的詩行：

> 河岸灰灰濛濛
>
> 遠處燃成天花一色

我走著，想著歷史
廿世紀的憂心忡忡

像一個顛顛仆仆的醉漢
歷史總是一刀一刀砍下來
把夜色劃成兩半
把河流推成兩岸的呻吟
　　——陳慧樺〈秋興〉

文字非常的妥貼，雖然是藝術的經營，但卻看不到斧鑿痕跡，意象
好像毫不費力地、自然地呈現出來。意象本身非常的藝術化，好像
沒有告訴你什麼，更遑論教條了，但你會在意象中感到一份歷史的
哀傷，不自覺地進入其世界，而與詩人共鳴，一同感動；就像在畫
中，在樂音裏，冥冥地與詩人精神相往來了。請再看看下面的例子：

陰霾管制了朝向天堂之路
那人就變成了在十字路口徬徨的

　　　　　　　一
　　　　　　　撮
　　　　　　　青
　　　　　　　靈

再回頭　已是百年之身
眾生欲化身為峻立的塑像已成奢望

踩著不惑的石階　沿階而上

再也喚不醒背後昏睡的影子

遂想起一片落葉的宿命
聽說　故園的風貌
就是去年秋天那一池剩餘的殘荷
——藍影〈未題〉

詩中是明晰的畫面。藍影是一畫家，他寫詩就像寫畫一樣，或濃或
淡地在紙上塗抹，沒有着意地要說什麼，但在一揮一抹之間卻隱約
地說了出來：最少，也在其着墨中表現出作者的心態與視境，雖是
「未題」，但隱約間已是題了。這是他的特色。請再看看下面的例子：

凝結我的思念　凝結我的視野
我沉醉　以眼豪飲
我假寐　以心狂馳
在風景之中　在畫之中
拍擊浪花的風羣走過
激起鵝兒振翼欲飛的綺願
——秦嶽〈夏日・幻想節的佳期〉

意象帶著跳躍性，帶著遐想，也許就是秦嶽的特色。王浩的詩似乎
與這風格相反了：

一道淚河
蜿蜿蜒蜒的流失

流入一張慈藹的生命深處　流入
　　　　灌漑不盡的悠遠
流過那悠遠的細膩啊
一種護養便綻自你飄動的唇間
……

搖自己為歌吧
為生命的根鬚
而搖得動滿天江湖的
是伸自故土的手
滑動在琴弦間的一隻手
一只古舊三弦
究能撥出多少繫念
撥彈多少慰安的手
　　　　──王浩〈民歌〉

詩中的速度是緩慢的淡淡的。有著悠遠的生命情調為其底色，而在
傷感的生命裏，卻以人間相互關懷的溫暖來獲得慰安。讀他的詩，
會感到一份生命的寂寞，也同時感到一份慰藉，真是溫柔的忠告。
林錫嘉的詩則能在腐朽中也唱出讚歌來。他的詩篇裏，有著人間的
溫暖：

而在那沒有燈的山上
我知道
妻正倚門

　　　　盼望我手上這一點

　　　　搖幌的燈光

　　　　自遠遠

　　　　慢慢走向她

　　　　——林錫嘉〈微弱的燈光〉

詩人「必須走夜路／回到山上的家」，因此買了一支手電筒。詩人拿
著這手電筒走過西門町時，就不得不臉上露出「尷尬的微笑／急急
把手電筒那點微弱的光／熄了」。但這微弱的光與他妻子而言，就是
最溫暖的光芒了。詩中充滿著人情，充滿著人間的溫暖。余中生的
詩，其特色或是老成持重，有著一股渾厚之氣吧：

　　　　今天　　仍然要以

　　　　堅毅的腳步

　　　　踩散寒露

　　　　走向菜園　　急急促促

　　　　真的

　　　　沒有什麼比菜價　　更

　　　　令人關心的了

　　　　——余中生〈菜價〉

他在稍近的詩作中，似乎是試圖用散文之筆，來追求詩的寫實。在
文學史上，有人即說韓愈以文為詩。以散文之筆與寫實的詩情相結
合，也是值得我們開拓的路哩！如果余中生的比較敦厚，翁國恩的
詩情似乎比較激屬了：

靜靜守著
被棄的寂寞
這也是一種生活
沒有陽光
呼吸歲月的霉味

沒有信息傳來
除了那些光澤閃閃的
那些呆板的公寓芳鄰

瞪著示威的眼色

我們原是活在昨天的
接受白眼的
醜惡的一羣
　　——翁國恩〈故鄉〉中的〈青苔〉

把他的詩與王浩的並排一起，我們即發覺他的憤憤不平，他的抗拒
的心態了。在婉約的詩風中，他應是難得的高亢之音吧！吳德亮的
詩則與上述幾位平實的詩風稍異，剝盡外衣，才氣縱走於詩句中：

青苔方自腐朽中掙扎起生機
左腳踏出去的第一個腳印已完成

滄桑的後事

沒有人擁擠在我們疲倦的眼裏
讓我們去哭，讓我們
去說

事件性濃縮至最低限度，而得以較為純粹地、抒發地表出。林明德的詩則帶有古典的書卷氣，並略帶一點禪思：

打多風的玄思道走過
午後，啼鶯蝶影不到

直被遺忘了的
遣心池畔，此際
芙蓉流艷
聽聽，總是柳梢
緊抓的情人語幾句
輕輕
而他打從風的玄思道走過
　　——林明德〈微吟〉之三

融古典詩情與句法於現代詩中，是一條路子。但這條路子是陷阱重重的，且看他將來如何再開拓吧！

　　詩社中除了翔翎外，尚有兩位詩人。淡瑩詩風清婉，最近她嘗試以歷史題材來寫詩，以開拓其詩境：

他是黑夜中

陡然迸發起來的

一團天火

從江東熊熊焚燒到阿房宮

最後自火中提煉出

一個霸氣磅礴的

名字

——淡瑩〈楚霸王〉

蘇凌的詩則有著一份宗教的情操：

因此，你便說

剛一抵岸

猶未卸下行李

就記起在忘川上

遺落了的識言

未啟程前

似曾有個慧眼人

坐在門檻上

垂首觀心

似笑非笑地：

「上路時，可莫忘了帶那偈語。」

詩社中最年輕的成員應是陳德恩和陳黎了。兩位詩人都有著很好的潛力，前途是無可限量的，目前的成就已是非常可觀了。陳德恩的詩以短篇見長，每篇是一完整的詩思，略有哲學味。全詩就像一顆彈丸，完整自圓：

跨一道門
世紀便拋在背後
新的道路
又已招手　於
眼前
記得走過
很久很久以前
曾是這路上的行人

當果實已墜落
當付出過多重量之後
遂驚悸
盡處
竟是來時所跨……
——陳德恩〈門〉

陳黎的詩則以意象繁富，語言鮮明並帶有點揶揄見稱：

父底臉被塑成一具圖騰。鐵窗外陽光極佳，像什麼牌子的
地板臘把發黃底牙齒擦得更像一排上油的槍

突然

母親叫，母親大聲地

叫會客室門口爭論著高高的牆

上面刺刺的鐵絲網是否著電，以及

那隻走鋼索的鳥是否麻痺得兩個弟弟

靜下來

——陳黎〈最後的晚餐〉

最後我們一提已故的詩人黃郁銓。黃郁銓是富有詩情的極少數的優秀詩人之一，他的逝世是我們詩社最大的損失，也是詩壇上的一大損失。他雖然去世了，但他留下的詩篇將能使他在詩壇上永遠佔有一席地位。他的詩篇是美麗的哀愁，是宇宙流轉的籟音。

自我的內裏步出

在濕濕濡濡的石板

窺探一些虛掩的門扉

乃發覺

寂寞是

驚蟄後

蠢動的

不安。

…………

啊　乃想起
只有微微薄衫的我們
　如何走向
　遠遠地
　遠遠地
沒有寂寞的
鄉親的
大地
──黃郁銓〈貌〉

對郁銓而言，大地是永恆的歸宿。現在他已在大地永恆的懷抱裏安
息了。

國家圖書館出版品預行編目(CIP)資料

比較文學.現代詩（增訂版）/ 古添洪著. -- 初版.
-- 臺北市 ：萬卷樓，2011.09
　面 ； 公分. --（文學研究叢書.文學理論叢
刊）
　ISBN 978-957-739-728-7(平裝)

819　　　　　　　　　　　100019675

比較文學・現代詩（增訂版）

2012 年 3 月 初版 平裝

ISBN 978-957-739-728-7　　　　　　　　　定價：新台幣 340 元

作　　　者	古添洪	出　版　者	萬卷樓圖書股份有限公司
發　行　人	陳滿銘	編輯部地址	106 臺北市羅斯福路二段 41 號 9 樓之 4
總　編　輯	陳滿銘	電　　話	02-23216565
副總編輯	張晏瑞	傳　　真	02-23218698
主　　編	陳欣欣	電　　郵	editor@wanjuan.com.tw
編輯助理	游依玲	發行所地址	106 臺北市羅斯福路二段 41 號 6 樓之 3
封面設計	果實文化設	電　　話	02-23216565
	計工作室	傳　　真	02-23944113
		印　刷　者	百通科技股份有限公司

新聞局出版事業登記證局版臺業字第 5655 號

網路書店　　www.wanjuan.com.tw
劃撥帳號　　15624015